„NEW YORK ist eine hässliche, eine schmutzige Stadt.
Das Klima ist scheußlich, die Kommunalpolitik zum Grausen,
der Straßenverkehr infernalisch,
der Lebenskampf mörderisch.
Aber wer einmal in dieser Stadt zu Hause war,
dem bietet keine andere Ersatz."

John Steinbeck

Warum ich das schreibe

Ja ich weiß, dass in Deutschland zu viel geschrieben wird!

Das auf jeden dahingegangenen Autor mindestens zehn neue nachgewachsen sind, die ihre Tinte nicht halten konnten und irgendeinen Quatsch über ihr so furchtbar (un)interessantes Leben geschrieben haben, die die Welt so gar nicht interessiert und braucht.

Ich weiß auch, das Schreiben im heutigen Zeitalter von PC, Laptop, diversen Textverarbeitungsprogrammen und dem Internet ein Kinderspiel geworden ist.

Auch ist mir bewusst, dass es genug junge Autoren gibt, die sich von der Seele schreiben, was sie gerade so bewegt. Oder unausgelastete Hausfrauen und Pensionäre irgendein ein unrhythmisches Wortgeklimper niederschreiben. Und Regionalkrimis wie Pilze aus dem Boden schießen, bei dem irgendein an den Haaren herbeigezogener Mordfall an einem für den Leser bekannten Ort gelöst wird.

Ich habe auch zur Kenntnis genommen, das es leider immer weniger Leute in unserem Land gibt, die noch zum Buch greifen.

Und nichtsdestotrotz habe ich den Mut diese Herausforderung anzunehmen, nämlich ein für mich damals sehr emotionales Erlebnis niederzuschreiben. Ich habe es vorrangig für mich getan, das Erlebte noch einmal Revue passieren zu lassen, aber auch, um meine eventuell interessierten Mitmenschen, daran teilhaben zu lassen.

Ich ziele gar nicht darauf ab, das dieses Buch bundes-, bzw. **welt**weit in den Buchhandlungen steht, Lesungen abzuhalten oder in diversen Talkshows rumgereicht zu werden…

Aber ich würde mich trotzdem freuen, wenn ich in 100 Jahren mit Heinrich Böll oder ähnlichen großen Schriftstellern erwähnt werden würde…(obwohl das nur noch mein Geist erleben wird!).

Deshalb danke ich jetzt zu Lebzeiten allen potentiellen Lesern dieses literarischen Wunderwerkes und verneige mich demutsvoll vor unserer Natur, der dadurch zahlreiche Bäume zum Opfer fielen, um dies drucken zu lassen…

Was heißt eigentlich „Au-pair"?

Im Wörterbuch findet man folgende Definition unter diesem Wort:

Au-pair (ein Begriff aus dem Französischen) – Leistung gegen Leistung, ohne Bezahlung.

Im Klartext sprechen wir bei einem „Au-pair-Mädchen" von einer weiblichen Person, die gegen Unterkunftsgewährung, Verpflegung und Taschengeld als Haushaltshilfe im Ausland arbeitet, um eine Fremdsprache zu erlernen. Ein Aufenthalt im Ausland ermöglicht jungen Menschen, einen anderen Sprach- und Kulturraum kennenzulernen.

Die wesentlichen Aufgaben des Austausches bestehen hauptsächlich in der Kinderbetreuung sowie in der Mithilfe bei der Haushaltsarbeit.

Die Gastfamilie übernimmt dafür die Kosten für Unterkunft und Verpflegung und zahlt zusätzlich ein Taschengeld, was damals 100 $ wöchentlich betrug. Heute bekommen die Mädchen das Doppelte.

Wie kommt ein „Au-pair" Aufenthalt zustande?

In den 70er Jahren konnte ein „Au-pair" Aufenthalt in den USA nur privat arrangiert werden. Dies geschah aufgrund von Anzeigen amerikanischer Familien in europäischen Zeitungen. Jene privaten Aufenthalte waren und sind jedoch illegal. Zum einen handelt es sich um illegale Arbeitsbeschaffung in den USA, was Ausweisung und künftiges Einreiseverbot nach sich zog und weiterhin wurden Einreisegesetze gebrochen, da einem Touristen nur ein 3-monatiges Visum genehmigt wird und ebenfalls eine Arbeitsaufnahme ausschließt.

Ein weiterer Punkt, der das massive Vorgehen der amerikanischen Behörden gegen private „Au-pair" Aufenthalte erklärt, war die Tatsache, dass die europäischen Mädchen in den USA völlig auf sich allein gestellt waren, zum Teil ausgenutzt und belästigt wurden oder mittellos auf der Straße standen.

Die USA üben nach wie vor eine starke Anziehungskraft aus; das Land der unbegrenzten Möglichkeiten ist das Traumziel vieler junger Menschen. Um so erfreulicher ist es, dass die amerikanischen Behörden seit Anfang der 80er Jahre einigen ausgewählten Organisationen die Erlaubnis erteilt haben, legal „Au-pair" Stellen an amerikanische Familie zu vermitteln und die entsprechenden notwendigen Visumunterlagen auszustellen.

Damit es dazu kommen kann, muss ein werdendes „Au-pair" erstmals eine Kurzbewerbung ausfüllen.

Nur wenn die darin enthaltenen Teilnahmevoraussetzungen erfüllt werden können, kann diese zurückgesendet werden.

Teilnahmevoraussetzungen sind die Folgenden:

1. Das Au-pair muss bei Abreise zwischen 18 und 25 Jahre alt und gesund sein.
2. Sein Englisch muss konversationsfähig sein und zumindest etwa 6 Jahren Schulenglisch entsprechen.
3. Man muss Erfahrung in der Pflege und Betreuung von Kindern einschließlich Säuglingen vorweisen oder zumindest die Befähigung hierzu plausibel nachweisen.
4. Der Führerschein (Klasse III) ist erforderlich.
5. Nichtraucher sollte man sein.
6. Außerdem muss man die Verpflichtung, für ein volles Jahr in die Staaten zu gehen, ernst nehmen und auch gewillt sein, eventuelle „Downs" und Heimweh zu überwinden, sprich Durchhaltevermögen zeigen.

Mit dieser Kurzbewerbung erhält die Organisation einen ersten Eindruck von dem Bewerber und kann dann im Hinblick auf die eingehenden Bewerbungen, die einzelnen Abreisetermine festlegen sowie anhand der Informationen aus den USA eine erste Vorauswahl treffen.

Binnen 10 Tagen kann sich der Bewerber auf die Zu- oder Absage gefasst machen. Mit einer Zusage erhält man automatisch die ausführlichen Bewerbungsunterlagen. Diese sind in Englisch auszufüllen und werden später den US-Familien vorgelegt. Man sollte sich hierbei Mühe geben, denn sie ist die persönliche „Visitenkarte". Gleichzeitig wird der Bewerber aufgefordert, zu einem persönlichen Interview zu erscheinen.

Die Bewerbungsunterlagen mit Interviewergebnis (welches natürlich in englischer Sprache abgehalten wird), gehen danach an die ZAV- Zentralstelle für Arbeitsvermittlung- mit Sitz in Frankfurt zurück. Nach deren Überprüfung und Genehmigung werden die Bewerbungen an die Hauptstelle in den USA geschickt und an die einzelnen „Betreuer" in den jeweiligen Staaten verteilt.

Unter „Betreuer" versteht man dort der Agentur unterstellte Personen, die zur Aufgabe haben, innerhalb der USA, interessierte Familien ausfindig zu machen, zu besuchen und sich einen ersten Eindruck zu verschaffen.

Sie wird dann, nach Überprüfung der Gegebenheiten und Voraussetzungen eine Auswahl an Bewerbungen vorlegen, woraus sich die Familie dann „ihr" Au-pair-Mädchen auswählen wird.

Zu den weiteren Aufgaben des Betreuers gehört es, die Abholung des Au-pair vom Flughafen sicherzustellen, ein Einführungstreffen mit anderen Austauschdamen zu arrangieren, Meetings untereinander während des Aufenthaltes zu planen sowie gemeinsame Ausflüge und Besichtigungen durchzuführen. Dies soll den Mädchen das Gefühl des „Nicht-Alleinseins" vermitteln und ihnen einen Erfahrungsaustausch ermöglichen. Heutzutage gibt es sogar einwöchige Einführungsseminare für Neuzugänge, die von der Agentur bezahlt werden und das angehende Kindermädchen auf das neue Leben vorbereiten.

Zu ihren wichtigsten Aufgabengebieten gehört während der Aufenthaltsdauer der Damen, ihnen bei auftretenden Problemen zu helfen, bei Uneinigkeit mit der Familie zu vermitteln und notfalls den Wechsel in eine neue „family" vorzunehmen.

Der Betreuer überwacht das Austauschprogramm von der Ankunft bis zur Abreise und somit die Erfüllung der Interessen beider Parteien.

Hat nun eine Familie ihr „Mädchen" ausgewählt, erhält es umgehend von der Organisation die vollständigen Details über ihren Kandidaten, Flugvorbereitungen, Visum etc..... Es kann im Übrigen sein, dass die „family" vor ihrer Entscheidung erst einmal mit dem Betreffenden telefonieren will, was heißt, dass man sich gedanklich ein wenig auf einen solchen Anruf aus Übersee vorbereiten sollte.

Die Rechte eines „Au-pair" ergeben sich aus den Pflichten der amerikanischen Gastfamilie. Diese zahlt zunächst den Flug bis zu dem ihrem Wohnort nächstgelegenen Flughafen. Außerdem wird der Transatlantik Rückflug bezahlt.

Bei der Familie erhält man eigenes Zimmer und volle Verpflegung. Wöchentlich wird ein Taschengeld von 100 $, also 5200 $ insgesamt für den 1-jährigen Aufenthalt bezahlt. Des Weiteren werden Kosten bis zu 300 $ für Fortbildungsmaßnahmen wie z.B. Englischkurse oder sonstige Abendkurse und Sportangebote finanziert. Zwei Wochen bezahlte Urlaube stehen einem zu, genauso wie freie Wochenenden.

Die Pflichten bestehen darin, jeweils von Montag früh bis Samstagmittag (einmal im Monat nur bis Freitagabend) für Kinderbetreuung und leichte Hausarbeiten zur Verfügung zu stehen. Etwa die Hälfte der Zeit ist reine Arbeitszeit, die andere Hälfte ist eine Art „Bereitschafts-/Anwesenheitszeit" z.B. wenn die Kinder schlafen oder in Schule oder Kindergarten gehen.

Die einzelnen Tätigkeiten werden nach Ankunft mit den Eltern festgelegt. Es kann vorkommen, dass die Arbeitszeit ins Wochenende fällt und dafür dann Wochentage frei sind, wenn der Beruf der Eltern dies erfordert.

Es sollte auch immer von dem angehenden Au-pair beachtet werden, dass man nicht einfach „vermittelt" wird, sondern von einer Familie ausgewählt wird. Somit muss man auch bereit sein, örtlich dorthin zu gehen, wo die Familie lebt. Gebietswünsche können daher nicht zugesagt werden.

Rechtzeitig vor der Abreise erhält der Teilnehmer die erforderlichen Dokumente, für die Dauer des Aufenthaltes wird man bei einer amerikanischen Versicherung im Rahmen des Austausch-Programms automatisch krankenversichert. Die Höchstsumme pro Unfall- oder Erkrankungsfall beträgt $15000 und reicht somit für alle „Normalfälle" aus. Da deutsche Versicherungen jedoch keine Auslandskosten übernehmen, empfiehlt sich zur vollkommenen Absicherung eine zusätzliche deutsche Krankenversicherung mit einer vollen Kostenerstattung in unbegrenzter Höhe. Zu Fahrten mit den Autos der Familie wird man mit auf deren PKW-Versicherung eingetragen.

Sobald eine „family" für den Teilnehmer gefunden wurde und die Reisevorbereitungen laufen, erhält man durch die Organisation eine Rechnung über $500 als Sicherheitszahlung. Dieser umgehend an die Vermittlung gehende Betrag wird auf ein Freihandkonto eingezahlt. Erst nach Ablauf eines Jahres, sprich nach Vertragserfüllung, bekommt man postwendend das Geld per Scheck zurückbezahlt. Die Sicherheitsleistung verfällt allerdings, wenn der Vertrag nicht für die volle Zeit von 12 Monaten erfüllt wird.

Auch das Rückflugticket wird bei vorzeitigem Abbruch nicht erstattet. Diese Regelung basiert darauf, dass die Organisation der Au-pair Vermittlung, der amerikanischen Familie gegenüber die Verpflichtung übernommen hat, eine Stelle für ein volles Jahr zu besetzen, und bei vorzeitigem Abbruch ein „Ersatz-Mädchen" in die USA fliegen muss.

Nach Ablauf eines vertragserfüllten Jahres können weitere 30 Tage für eigene Reisen in den Staaten genutzt werden. Man muss also nicht sofort zurückfliegen, sondern kann auf eigene Kosten noch einen Urlaub dranhängen. Es sei an dieser Stelle darauf hingewiesen, dass die meisten amerikanischen Fluggesellschaften sehr preisgünstige Reisetickets innerhalb der USA anbieten.

Bevor ich über meine Erfahrungen eingehend berichten werde, sollte ich vielleicht noch eine kurze Einführung über das „Land der unbegrenzten Möglichkeiten" geben.

U.S.A = Abkürzung für United States of America
(Vereinigte Staaten von Amerika)

Union von 50 Staaten mit einer Gesamtfläche von 9363353 qkm, ca. 250 Millionen Einwohnern und der Hauptstadt Washington.

Das Klima ist sehr unterschiedlich, Südflorida ist subtropisch, die kalifornische Küstenregion südlich von San Francisco mediterran mit Winterregen. Der größte Teil der USA liegt in der gemäßigten Zone und hat kontinentales Klima. Mehr als ¼ der Gesamtfläche ist bewaldet, dennoch gibt es Prärien und subtropische Dornbuschsavannen, zwischen den Gebirgszügen viel Wüstensteppe und teilweise absolute Vegetationslosigkeit.

Während im südlichen Klimabereich Kaliforniens Hartlaubgewächse, im Yukonbecken Alaskas boreale Nadelwälder verbreitet sind, werden die vegetationslosen Gebirge von arktischer Kältewüste umgeben.

Die Bevölkerung setzt sich aus Weißen (höchster Anteil), den Schwarzen, den Indianern, Japanern, Chinesen, Filipinos und anderen Volksgruppen zusammen. Jährlich werden ca. 500.000 Einwanderer gezählt.

Die geringste Bevölkerungsdichte hat Alaska, während die Nordost-Staaten am dichtesten besiedelt sind. Land- und forstwirtschaftlich genutzt werden fast 80 % der Festlandfläche; vor allem Mais, Weizen und Hafer sowie Baumwolle, Tabak Zuckerrohr, Obst und Gemüse werden angebaut.

Verkehrsmäßig sind die USA ein gut erschlossener Wirtschaftsraum, sie verfügen vor allem im Osten über ein dichtes Netz an Straßen- und Schienenwegen. Eine bedeutende Rolle wird auch der Binnenschifffahrt und dem Flugverkehr zuteil. Dieser verbindet mit rund 17400 Flugplätzen alle wichtigen Zentren. 95 % der Agrar- und Industrieprodukte werden im Land selbst verbraucht, importiert werden hauptsächlich Rohstoffe.

Haupthafen der USA ist New York, wo etwa ¼ des Gesamtverkehrs zusammenläuft. Bedeutend am Atlantik sind ferner Boston, Philadelphia und Baltimore. Galveston und New Orleans am Golf von Mexiko sind Baumwollausfuhrhäfen, am Pazifik sind San Francisco, Los Angeles und Seattle die größten Häfen.

Die Vereinigten Staaten entstanden aus britischen Kolonien an der nordamerikanischen Ostküste, von denen Virginia die älteste war. Seit dem Jahr 1620 erfolgte die Besiedelung der Gebiete durch puritanische Einwanderer, deren jüngste Gründung der Staat Georgia im Jahre 1733 war.

Durch das wachsende politische Selbstbewusstsein der Kolonien kam es zu Auseinandersetzungen mit dem Mutterland, aus denen von 1775-1783 der Unabhängigkeitskrieg hervorging.1776 kam es zur Unabhängigkeitserklärung, die noch heute von den Amis am 1.Juli gefeiert wird.

Die 1787 errichtete Präsidialdemokratie wurde mehrfach ergänzt, ist jedoch heute noch gültig: Der Präsident, der alle 4 Jahre vom Volk indirekt gewählt wird, ist Staatsoberhaupt und führt die Regierung.

Gesetzgebendes Organ ist der Kongress, bestehend aus dem Senat mit je zwei Mitgliedern pro Bundesstaat und dem Repräsentantenhaus mit 435 Mitgliedern.

Entsprechend der Größe des Kontinents sind die USA in vier Zeitzonen unterteilt (eigene Zonen gelten für Alaska und Hawaii). An der Westküste ist in der *Pacific Standard Time* der Unterschied zur MEZ mit − 9 Stunden am größten. In den Rocky -Mountains –Staaten sind es nur noch − 8 Stunden, im Mississippi-Tal und in den Prärien − 7 Stunden. Florida, Neuengland und die gesamte Ostküste liegen in der *Eastern Time Zone* mit − 6 Stunden Zeitverschiebung.

Jetzt habt ihr alle einen Überblick bekommen, auf was für einem Kontinent ich ein Jahr lang verbracht habe. Deshalb will ich euch weitere Details ersparen. Man könnte noch über sämtliche Kriege referieren (Kuba, Korea, Vietnam, Irak…), aber diese überflüssigen Themen haben hier keinen Platz.

Widmen wir uns lieber als nächstes dem Staat New York, insbesondere Manhattan, dem ich sehr viele schöne und einprägsame Erinnerungen zu verdanken habe.

Für mich wird diese Stadt immer die beeindruckendste der Welt sein, und immer wieder werde ich dahin zurückkehren!

Der Staat New York

Abkürzung N.Y. - auch „Empire State" genannt, liegt im Nordosten der USA zwischen Eriesee- und Ontario-See. New York umfasst eine Fläche von 128400qkm, verglichen mit den knapp 250000qkm, die Deutschland umfassen, eine horrende Zahl. 17,8 Millionen Einwohner leben in diesem Staat dessen Hauptstadt nicht, wie viele annehmen Manhattan, sondern Albany ist.

New York ist seit George Washington nicht mehr die Hauptstadt der Vereinigten Staaten und nicht einmal die Hauptstadt des gleichnamigen Bundesstaates, dem sie angehört. Dafür jedoch ist sie Weltstadt! Wer Beschaulichkeit sucht ist in dieser Metropole nicht allzu gut aufgehoben

Im gesamten Bundesstaat New York herrscht ein gemäßigtes Klima. Die Infrastruktur ist im Bundesstaat New York gut ausgebaut. Mehrere Highways verbinden New York City mit den Städten an den Großen Seen sowie mit den anderen Bundesstaaten, vor allem New Jersey, in dem viele Menschen wohnen, die in New York City arbeiten.

Nur im Südwesten des Bundesstaates ist das Straßennetz sehr weitmaschig, allerdings besteht dort aufgrund der geringen Bevölkerungsdichte kaum Bedarf. Die Straßen sind größtenteils asphaltiert, befinden sich aber in ziemlich schlechtem Zustand. Vor allem die Brücken gelten als gefährlich, weil sie zu einem großen Teil veraltet und einsturzgefährdet sind.

N.Y. entstand aus der 1626 errichteten niederländischen Handelsstation (Nieuw Amsterdam), Hauptstadt des niederländischen Besitzes in Amerika und wurde 1664 nach dem englischen Grafen York, Bruder von Charles II von England benannt. New York besteht vorwiegend aus wald- und seenreichem Hügel- und Bergland der nördlichen Appalachen.

Der Staat besitzt hochentwickelte Landwirtschaft, Verlage und Druckereien, Textil- und Nahrungsmittelfabriken. Es werden hier 5 Bezirke unterschieden: Manhattan, Bronx, Brooklyn, Queens und Richmond. Zusammengefasst ergeben sie eine Fläche von 816 qkm und eine städtische Agglomeration von 8,4 Millionen Einwohnern.

Die Flußinsel Manhattan zwischen Hudson und East River bildet den Stadtkern, von hier aus findet man ein regelmäßig angelegtes Straßennetz. Straßen wie „Broadway", "Fifth Avenue", "Park Avenue" und „Wallstreet" werden schnell zu einem Begriff, auch die Hochhäuser wie „Empire State Building" und „Rockefeller Center" sind jedem von Bedeutung. Manhattan ist durch Brücken und Tunnel mit dem Festland und Long Island (Brooklyn u. Queens) verbunden.

New York heute – Verfall einer Stadt

Es sind nicht nur die täglichen Widrigkeiten, die 43% der New Yorker in einer Umfrage zu der Aussage veranlasst haben, sie würden diese Stadt am liebsten verlassen – sofort, auf der Stelle. Es ist nicht der strenge Uringeruch von den verlumpten *„homeless"* (Obdachlosen), der einem in der Grand Central Station in die Nase steigt, bevor sich unweigerlich die Hand ausstreckt mit der immergleichen Bitte: „Can you spare some money"? „Nein", sagt der abgebrühte New Yorker und wirft eine Kippe statt ein paar Cents.

Es ist auch nicht nur die aggressive Grundstimmung, dieses **„Ein falsches Wort und ich hau` dir in die Fresse"**-Gesicht das jeder geborene N.Yer sofort aufsetzt, wenn er bloß nach der Uhrzeit gefragt wird.

Nur der naive Neuankömmling stößt seine Mitmenschen nicht mit Schwung in die Pfütze, wenn er bei strömendem Regen um dasselbe Taxi kämpft. An solche Konfrontationen ist der New Yorker längst gewöhnt. Sei es in der überfüllten Metro, wo sie von drogensüchtigen Vietnam-Veteranen angebettelt werden, sei es zu Hause, wo der Vermieter einem aus der Wohnung zu graulen versucht, in dem er bei schwüler Hitze die Klimaanlage abstellt.

Es ist alles zusammen; der New Yorker Alltag ist gespickt mit Widerhaken. Das macht ihn anstrengend, aber auch bunt, schrill und aufregend. Die New Yorker haben schon immer ihre Vorsicht wie eine zweite Haut getragen.

Die Kette an der Wohnungstür von innen einzuhängen, Geld immer lose in der Handtasche haben, wenn man das Haus verlässt, damit es bei einem Überfall rasch und schmerzlos geht. Schnelle Schritte, Augenkontakte vermeiden. Nur Alte und Fremde gehen langsam in New York.

Die Verbrechensrate in New York ist sehr hoch, es wird viel gestohlen und Touristen sind stets lohnende Ziele für Überfälle. Falls Sie einmal trotz aller Vorsicht überfallen werden sollten, spielen Sie bitte nicht den Helden, lassen Sie sich lieber ausplündern…

Die hochexplosive Mischung aus Crack, Wirtschaftsrezessionen und allgemeiner Verrohung lässt die Acht-Millionen Stadt zum tödlichen Pulverfass werden. Der Big Apple fing schon in den goldenen Achtzigern an zu faulen, als die Skyline von Manhattan durch riesenhohe Pfeiler aus Chrom und Stahl emporschoss und Männer wie Donald Trump und seine diamantenbehängte Ivana die Millionen säckchenweise schaufelten.

Mittlerweile ist es in dieser Stadt schon soweit, dass Highschools stacheldrahtumzäunt sind. Wer die Schule betritt wird vorher auf Waffen und Messer untersucht!

Denn langsam verbreitete sich Crack, das stark süchtig machende Kokain-

Derivat, über die Bronx und Brooklyn nach Harlem, die Upper Westside und ins East und Greenwich Village.

Die New Yorker haben das Vertrauen in ihre Stadt verloren, haben Angst nachts ihre Wohnung zu verlassen, geschweige denn die *subway* zu benutzen.

Doch während eine Krise nach der anderen sich die Hand gibt, bleibt New York New York. Es geht jeder weiter bei Rot über die Strasse, pöbelt sich gegenseitig an, verschlingt Seifenopern und befasst sich mit Schönheitsoperationen.

Mittlerweile hat sich schon Gruppe, bestehend aus einigen Dutzend Geschäftsleuten und Prominenten in New York zusammengetan, um Unhöflichkeit und Rücksichtslosigkeit in der knapp 8 Millionen Einwohner zählenden Metropole auszumisten. Entnervt von den rauen Sitten einer Stadt, wo Rücksichtslosigkeit ein Lebensprinzip ist, wo Fußgänger für Autofahrer Freiwild sind und Taxifahrer ihre Kunden wie Klassenfeinde behandeln, haben sie eine Aktion „New York Pride" (etwa: Stolz auf New York) ins Leben gerufen, um der angeblich aufregendsten Stadt der Welt etwas Höflichkeit beizubringen. Doch bis heute konnte diese Ellenbogen-Politik in der multikulturellen Metropole nicht bekämpft werden!

Und doch gibt es immer wieder Momente, wo man New York alles verzeiht......(ich zumindest)!

Wie alles begann

Wir wissen ja alle, wie unschlüssig man manchmal im Leben ist.

Ich war seit meiner Kindheit mit einer bemerkenswerten Talentfreiheit gesegnet, sportlich wie ein Mettbrötchen und auch die künstlerischen Fähigkeiten eher unterentwickelt.

So erging es mir, als ich mir in der 13.Klasse des Friedrich-List-Wirtschaftsgymnasiums (benannt nach dem deutschen Wirtschaftsökonom), Gedanken über meinen weiteren Lebensweg machen musste...

Mit meinen 18 Lenzen, von dem faulen Leben in der Schule und zuhause verwöhnt, konnte ich mich nicht mit dem Gedanken anfreunden, einem geregelten Arbeitsleben nachzugehen, geschweige denn, in dem überfüllten Hörsaal einer Universität, das kläglich, hochgeistige Leben eines Studenten zu bestreiten.

Abwarten und alles auf einen zukommen lassen war mein Motto, mit dem ich zwar ganz gut zurechtkam, mit dem jedoch meine Eltern ein Problem hatten.

Jetzt stand erst einmal das schriftliche Abi vor der Türe, das hieß natürlich voller Lerneinsatz und höchste Konzentration. Da wurde nur an den nächsten Tag gedacht, es blieb keine Zeit für Zukunftsspielereien.

Jeden Tag wurden unzählige Vokabeln, Formeln und Wirtschaftsdefinitionen gepaukt, denn schließlich waren meine Leistungsfächer Englisch und VBR- besser bekannt unter „Volks- und Betriebswirtschaftslehre mit wirtschaftlichem Rechnungswesen". Von Mathematik ganz abgesehen, denn schließlich war das immer eines meiner eher leistungsschwachen Fächer.

So gingen das Weihnachtsfest bzw. die Weihnachtsferien vorüber, Silvester und Neujahr böllerten an mir vorbei und ich musste mit Erschrecken feststellen, dass wir Januar 1989 schrieben.

Mit großem Gezitter und hohem Adrenalinausstoß standen die schriftlichen Prüfungen vor der Tür. Die ersten Zweifel kamen; hatte man genug gelernt, hätte man noch mehr Zeit in die Büffelei stecken sollen, war es recht, dass man hier und da doch mal seinem Vergnügen nachgegangen war?

Mathematik lief super, VBR zufriedenstellend, Englisch bescheiden. Und dass, obwohl diese Fremdsprache immer zu meinen Lieblingsfächern zählte und der Unterricht immer so viel Spaß machte. Schließlich war unser Tutor ein begeisterter USA-Fan und ließ uns immer an seinen „Stories" teilhaben und mit ihm in Erinnerungen an seine dortigen Aufenthalte schwelgen. Sein Unterricht war informativ und ungemein lustig, da er englische Phrasen verwendete, bei denen sich sogar uns Lernenden die Fußnägel kräuselten... Hier ein kleiner

Auszug:

„*I think I hear not right*" (ich glaube ich höre nicht richtig…)

„*I think I break together*" (ich glaube ich breche zusammen…)

„*My English is not the yellow from the egg*"

(mein Englisch ist nicht das Gelbe vom Ei…)

Mann, musste dieses Land faszinierend sein...

Die erste Hürde war nun genommen, der letzte Stoff für das mündliche Abi musste nun noch gelehrt und gelernt werden.

So vergingen die Tage und für Ende April war die Ausgabe der Zeugnisse angesetzt. Jetzt sollte man doch einmal etwas vorausschauen. Die Ersten von uns hatten sich schon um Studien- bzw. Ausbildungsplätze bemüht.

Nun war es auch für mich an der Zeit, erste Schritte zu unternehmen. Also bewarb ich mich auf Drängen meiner Eltern halbherzig auf zwei Stellen.

Aber wie gesagt „halbherzig".....

Wir schrieben mittlerweile März, den 16., als wir in der großen Pause zusammengluckten. Rebecca erzählte, dass sie sich um einen Medizin-Studienplatz bemüht hatte, Linda strebte eine Banklehre an und Michaela wollte für ein Jahr als Au-pair nach Amerika.

Wow, was für ein Vorhaben, waren meine Gedanken. Diese Idee, diesen Weg vielleicht auch einzuschlagen, ging mir nicht mehr aus dem Kopf. Eigentlich war dies ja das Optimale für mich: noch keine berufliche Festlegung und einen Sinn für Sprachen hatte ich ja sowieso schon immer.....

Wie ich meinen Eltern in größter Euphorie von diesem Projekt erzählte, hörten sie mir nur mit halbem Ohr zu. Klar, denn schließlich war ich ja schon immer das „Mama" Kind, das nie aus Karlsruhe hinausgehen würde...

Freunde und Freund schauten mich mit Unverständnis an, irgendwie traute mir niemand so ein Vorhaben zu!

Um zu begreifen, dass der Himmel überall blau ist, braucht man nicht ans andere Ende der Welt zu reisen!

Solche Sprüche musste ich mir anhören!

Na denkste, ich ließ mir von der Schulkameradin mit den gleichen Plänen die Adresse der Organisation geben und setzte noch am gleichen Tag ein Schreiben auf.

Ca. eine Woche später flatterte schon ein Begrüßungsschreiben mit beiliegender Kurzbewerbung ins Haus. Auch diese wurde sorgfältig von mir ausgefüllt und mit lächelndem Passbild abgeschickt. Nun begann die Warterei; würde es zu einem Vorstellungsgespräch kommen oder nicht? Schließlich hing das nicht nur von der Organisation ab, sondern musste vorher von der ZAV genehmigt werden.

Und tatsächlich kam zwei Wochen später die Einladung zu einem Vorstellungsgespräch nach Ulm. Ja, und da ich, wie vorhin erwähnt, ein **Mama-Kind** bin, musste diese natürlich mit.

Es war eine schöne und vor allem für mich aufregende Zugfahrt. Da wir zeitig in Ulm ankamen, besuchten wir natürlich das gotische Münster, dessen Kirchturm der höchste der Welt ist. Als berühmtester Sohn der Stadt wird hier übrigens Albert Einstein verehrt. Als wir schließlich in die Altstadt vordrangen, in der ich mich vorzustellen hatte, stießen wir auf ein kleines romantisches Gässchen, das zum Träumen verleitete. Aber nix gab`s, jetzt hieß es, sich dem Leben, der Realität, stellen.

Nachdem ich meine Mutter „Shopping" schickte, ging ich herzklopfend in den 2.Stock des alten Fachwerkhauses empor. Die Dame am Empfang schenkte mir ein nettes Lächeln und bat mich, in einem geschmackvoll eingerichtetem Raum Platz zu nehmen. Also steuerte ich zielstrebend auf ein rotes Kanapee zu, in dessen Ecken ich mich sofort verdrückte.

Fünf Minuten später kam ein distinguierter Herr und eine ebensolche Dame herein, gaben mir graziös die Hand und legten – sehr zu meinem Schreck – sofort auf Englisch los. Das übliche Blabla, dann gab ich etwas über meine Wenigkeit kund (in englischer Sprache versteht sich), bis ich mich dem schlimmsten Teil – der Prüfung- unterziehen musste.

Es wurden mir englische Fragen über Kindererziehung gestellt, bzw. Situationen geschildert, die ich zu lösen hatte. Da war z.B. die Frage, was ich tun würde, wenn ich zwei Kinder zu betreuen hätte, wovon eines gerade im Kindergarten weile, das andere zeitgleich sein Mittagsschläfchen halten würde und ich einen Anruf der Kindertagesstätte bekäme, das dort befindliche Kind sofort abzuholen, da es kränkeln würde. Jetzt wurde eine Lösung von mir erwartet und zwar die richtige:

1. Soll das schlafende Kind geweckt werden?

2. Sollte man vielleicht eine dritte Person schicken, um das schwächelnde Kind abzuholen?

3. Oder sogar das schlafende Kind schnell allein zurücklassen und zum Kindergarten eilen?

So ging es Schlag auf Schlag weiter mit komplexen Frage-Antwort-Spielen und nicht immer konnten die Fragen in flüssigem Englisch und mit einem zufriedenstellenden Lösungsansatz beantwortet werden.

Nach ca.einer Stunde war ich zwar ausgelaugt, schien aber meine Sache ziemlich gut gemacht zu haben, denn ich wurde mit den Worten „Sie sind kompetent für diese Aufgabe" und „wir werden Ihre Unterlagen weitervermitteln" in die Ulmer Altstadt entlassen.

Das hieß also im Klartext, dass meine Bewerbungsunterlagen mit dem Interviewergebnis an die ZAV in Frankfurt zur Überprüfung geschickt wurden.

Und tatsächlich traf zwei Wochen später, am 19.06.1989, das Schreiben ein, indem mir mitgeteilt wurde, dass meine Vermittlung in die USA befürwortet wurde. Jetzt gingen also meine Unterlagen im Original gen Übersee, während ich weiterhin hier in Deutschland um meine Zukunft hoffen und bangen musste.

Mit dem Abi-Zeugnis in der Tasche und um etliches erleichtert, fing ich an, mich mit jobben ein wenig auf das Arbeitsleben vorzubereiten. Ich arbeitete von 7.30h-16.30h in der Versandabteilung eines Schreibwarengeschäftes, in dem ich viele Jahre später über Umwege wieder gelandet bin.

Die Wochen vergingen, ich hörte nichts mehr über mein geplantes Vorhaben. Meine Ungeduld wuchs, und wieder waren es meine Eltern die mir Mut zusprachen und mir rieten, nicht die Flinte ins Korn zu werfen.....

Und dann endlich, wir schrieben schon September 1989, kam am 07.09.1989 der erwartete Brief, mit der Überschrift: "Erfreuliche Nachrichten aus den USA"...

Man hatte tatsächlich eine Familie für mich gefunden und zwar in einem meiner Zielstaaten:

NEW YORK

Hierbei handelte es sich um eine *„family Ward"*, der Vater Ingenieur, die Mutter arbeitete bei der Verkehrsüberwachung von PAN AM, einer US-amerikanischen Fluggesellschaft mit Sitz in New York, deren Betrieb 1991 eingestellt wurde.

Die Kinder, Kristen 6 Jahre alt und Andrew 4 Jahre jung, meine zukünftigen Arbeitgeber.

Dem Brief lag eine Übersicht über den Staat N.Y. bei, ein Auszug eines Stadtplanes meines neuen Wohngebietes und die *„family application"* (Bewerbung). Aus dieser Bewerbung erfuhr ich weiteres über meine neuen Lebensgefährten, wie z.B. über ihren *„Lifestyle"*, ihre Hobbies, Religion und ihr soziales Umfeld.

Des Weiteren waren zwei Bilder darin enthalten, eines von ihrem Haus, ein anderes aufgenommen in Alaska bei ihrem Sommerurlaub im Jahre 1988.

Mein Gott, meine Begeisterung war grenzenlos. Nur meine Eltern, wie auch mein damaliger Freund konnten meine Freude nicht so recht mit mir teilen.

Irgendwo haftete immer ein Hauch von Skepsis an ihnen…

Aber das war mir im Moment relativ egal, ich hatte nur noch Augen und Ohren für alle weiteren Vorbereitungen. Einen Tag nach Erhalt des Schreibens erhielt ich den Anruf meiner „Pflegemutter" und obwohl ich total nervös war, ich meinte keinen Frosch, sondern ein ganzes amphibisches Aquarium im Hals zu haben, verlief das Gespräch super und auf beiden Seiten war sofortige Sympathie zu spüren.

Um meine Visumsunterlagen zu erhalten, musste ich noch eine Kaution leisten. Also wurde meine Bank damit beauftragt, schlappe 500.- $ (damals 1020.- Deutsche Mark) zu überweisen.

Außerdem benötigte ich einen internationalen Führerschein und für die Versicherung der neuen Familie eine Übersetzung meines Führerscheins. Nachdem ich noch eine zusätzliche Krankenversicherung abschloss und alles Erforderliche in Bezug auf mein Visum regelte, war alles unter Dach und Fach.

Apropos Krankenversicherung:

In Amerika sind rund 47 Millionen Menschen von 300 Millionen ohne Krankenversicherung. Eine allgemeine Krankenversicherungs-Pflicht ist in den USA nicht vorgesehen, der KV-Schutz der Einwohner gilt grundsätzlich als private Angelegenheit. Eine staatliche Gesundheitsfürsorge gibt es für Einwohner die jünger als 65 Jahre sind nur in Ausnahmefällen. 15,3 Prozent der rund 300 Millionen Einwohner sind weder privat krankenversichert, noch können sie staatliche Hilfe beanspruchen.

Das Risiko, in den USA krank zu werden, ist nicht größer als bei uns. Vorbeugende Impfungen sind nicht notwendig und nur vorgeschrieben, wenn man aus Staaten einreist, in denen Infektionskrankheiten oder Seuchen aufgetreten sind.

Am größten ist noch die Gefahr, die von den überall vorhandenen Klimaanlagen ausgeht und von den meisten Europäern unterschätzt wird. Restaurants, Supermärkte, Hotelzimmer und öffentliche Gebäude sind oft dermaßen heruntergekühlt, dass man sich selbst im Hochsommer ohne leichte Jacke schnell eine Erkältung zuziehen kann.

Leichtere Medikamente wie Schmerztabletten erhält man rezeptfrei in den Pharmacy-Abteilungen der großen Supermärkte.

In medizinischen Notfällen sind Krankenhäuser gesetzlich verpflichtet, unversicherte oder nicht ausreichend versicherte Patienten auch dann in der Notaufnahme zu behandeln, wenn absehbar ist, dass diese die Rechnung nicht begleichen können. Bei Gesundheitsproblemen, die nicht die Stufe eines medizinischen Notfalles erreichen, dürfen solche Patienten aber abgewiesen werden. Unvorstellbar für uns wohlbehütete, rundum versorgte und versicherte Deutsche.

Denn es ist für uns nicht nachvollziehbar, dass in den USA jährlich 45000 Menschen an den Folgen einer fehlenden Krankenversicherung sterben. Mediziner erklären dies mit der schlechten gesundheitlichen Versorgung der Betroffenen. Deshalb ist jetzt Präsident Barack Obama gefordert sein Ziel zu verwirklichen und eine staatliche Krankenkasse einzuführen.

Gott sei Dank, absolvierte ich das Jahr ohne erwähnenswerte Blessuren, Krankheiten oder sogar Unfällen. Nicht einmal ein Herzinfarkt infolge akuten Heimwehs ereilte mich!

Jetzt musste ich mich auf das Unangenehmste und für mich und meine Lieben das Schlimmste vorbereiten:

Der Abschied von Deutschland

Für meine Freunde arrangierte ich eine 3-Funktions-Party. Das hieß, eine nachträgliche Geburtstagsfeier kombiniert mit bestandenem Führerschein und Abschied. Bei dieser Fete, die in der elterlichen Garage stattfand, wurde das Land der unbegrenzten Möglichkeiten von allen Seiten umschwärmt, so dass gar keine schmerzvollen Abschiedsgedanken aufkamen.

Den Anfang meiner heiß fließenden Tränen machte der Geburtstag meines Onkels am 16.September. Mit dem damaligen Auto meiner Oma (ein silbergrauer Honda Civic) durfte ich die Besitzerin des Wagens und meine Tante nach Stuttgart zur Feier chauffieren, meine Eltern und mein Schwesterherz zuckelten hinterher. Schließlich musste ich ja noch an meiner Fahrpraxis üben....

Die Feierlichkeit verlief fröhlich und harmonisch wie immer, bis zu später Stunde der Abschied nahte. Als ich meinem Onkel und meiner Tante adieu sagen wollte und Tränen in deren Augen sah, war es um meine Fassung geschehen.

Bei mir stürzte das Wasser in Bächen, denn zum ersten Mal war mir jetzt bewusst, was es hieß, ein Jahr von meinen Leuten getrennt zu sein. Meine Mutter konnte das Schauspiel nicht mit ansehen und verließ die Wohnung, meine Tante verkrümelte sich ins Badezimmer und auch meine Großmutter gab ihren Tränen freien Lauf.

Jetzt im Nachhinein frage ich mich, was eigentlich mein Vater und meine Schwester in dieser Zeit gemacht haben.... Wahrscheinlich „handclaps" auf die bevorstehende ruhige Zeit............

Über die Heimfahrt zurück nach Karlsruhe will ich nur soviel sagen, als dass meine Tante die einzige war, die mit mir verflenntem Wesen die Strecke Stuttgart-Karlsruhe aufnahm. Ich weiß nur noch, dass ich es mit überschaubaren 80kmh und mit Dauer-Tränenschleier nach Hause schaffte.

So, eine von vielen Hürden war überwunden, aber noch weitere standen aus.

Das nächste Schauspiel fand bei meiner Freundin und deren Familie statt. Der Abend verlief heiter, wenn auch nicht ganz so unbeschwert wie ich das gerne gehabt hätte. Als die Zeit des Aufbrechens nahte, plärrte meine Freundin hemmungslos los, gefolgt von ihrer Oma und ihrer Mutter.

Somit war es natürlich auch wieder um meine Fassung geschehen und auch diese Heimfahrt wurde beherrscht von Tempolimit und nassen Augen.

Der vorletzte Stepp fand einen Tag vor meinem Abflug bei meinem damaligen Freund statt. Wie schon mittlerweile gewohnt, folgten den Tränen Versprechungen treu zu sein und sich so oft wie möglich zu schreiben.

Gedrückte Stimmung als ich die Familie meines Ex-Freundes verließ, gedrückte Stimmung als ich zu Hause eintraf... Na ja, das bei meinen Eltern auch keine „Friede-Freude-Eierkuchen-Stimmung" herrschte, konnte ich ja auch nicht erwarten.

Da ich meine Erziehungsberechtigten darum gebeten hatte, so zu tun, als ob ich am nächsten Morgen „nur" in Urlaub fahren würde, war die Stimmung unnatürlich natürlich. Ich ging wie gewohnt gegen 23 Uhr ins Bett, aufgeregt bei dem Gedanken an den morgigen großen Tag des Aufbruchs. An meine Eltern und wie sie ihre Nacht verbrachten dachte ich nicht und möchte es auch heute über 20 Jahre danach nicht wissen.

Pünktlich um 6 Uhr klingelte am nächsten Morgen mein Wecker, denn um 7 Uhr sollte mich ein Freund zum Flughafen bringen. Der einzige, den ich an diesem Morgen wahrnahm, war mein Vater, der wie jeden Morgen um diese Zeit aufzustehen pflegte. Völlig verschlafen kam mir auch meine Mutter über den Weg gelaufen, aber da sie morgens nicht unbedingt ansprechbar und gesellig ist, war die Verabschiedung kurz und schmerzlos.

Als ich jedoch im Auto von Uwe saß, und mich auf die Autobahn Richtung Stuttgarter Flughafen zubewegte, gab es kein Halten mehr. Ein kleiner feuchter See aus Dezilitern von Tränen legte sich vor meine Sicht, was schier meine Augäpfel zum Bluten brachte...

Mir tat in dem Moment nur der geduldige Fahrer leid, der am frühen Morgen so etwas ertragen musste. Ich glaube, er wusste sich auch nicht so recht in dieser Lage zu helfen, und so beschränkte er sich darauf, mir hin und wieder ein Taschentuch zu reichen.

Oh Jammer, jetzt fingen zum ersten Mal die Zweifel an:

War meine Entscheidung richtig?

Ich hatte immer wieder einen Spruch vor Augen beziehungsweise in den Ohren:

Wer nicht zufrieden ist mit dem was er hat, der wäre auch nicht zufrieden mit dem, was er haben möchte...

Aber ich war ja zufrieden, wollte doch nur vorausschauend auf mein zukünftiges Leben ein bisschen Erfahrung sammeln!

Ist es richtig aus der Geborgenheit der Familie auszubrechen, denn schließlich ist diese ja ein warmes Nest, in dem es sich gut leben lässt...?

Traue ich mir dieses Projekt wirklich zu?

Doch dann hielt ich mir mein Motto wieder vor Augen:

„Setze deine Ziele hoch, deine Erwartungen niedrig und sei positiv überrascht vom Ergebnis"!

Nach Pforzheim hatte ich mich wieder einigermaßen beruhigt und wir plauderten ungezwungen vor uns hin. Langsam näherten wir uns dem Airport und meine Stimmung und Aufregung wuchs. Nachdem ich mein Gepäck am Schalter der Fluggesellschaft „Swiss Air" aufgegeben hatte gingen wir noch ins Airport-Bistro und verleibten uns ein Frühstück ein. Bei Uwe stillte es tatsächlich den Hunger, bei mir diente es lediglich zur Nahrungsaufnahme.

Und dann war es soweit, der Flug

SR 101

nach Zürich wurde durchgesagt. Ich verabschiedete mich von meinem Begleiter, dieser mir beim Abschied fast das Blut aus dem Körper drückte, dann war er auch schon aus meinem Gesichtskreis entschwunden. Bei mir herrschte in diesem Moment ein Gefühl ehrlicher Trauer.

Das Flugzeug, voll mit *„Business People"*, hob ab in den klaren Himmel des deutsch-amerikanischen Nirgendwo und wir schwebten gen Zürich. .Mein Kopf war so hohl wie eine Kokosnuss und nachdenken wollte ich jetzt auf keinen Fall. Einfach davondüsen und alles hinter sich lassen lautete meine Devise.

Keine 45 Minuten später landeten wir in der Schweiz und noch etwas benommen von meinem ersten Flug suchte ich das Gate für meine weitere Strecke. Ich verbrachte eine Stunde lang mit Warten und begutachtete meine Mitreisenden. Zum größten Teil waren es die typischen Vertreter des Amerikaners: Mit kurzgeschorenen Haaren, Sonnenbrille, kurze Hose und Kaugummi. Der Flug SR 570 nach New York wurde aufgerufen.

Die Zeit in der Luft verging ziemlich schnell, nachdem wir ein recht gutes Dinner serviert bekamen, und auch der *movie* ganz unterhaltsam war. Nach gut acht Stunden Flugzeit setzten wir auf ostamerikanischem Boden auf.

Mein Gott war das ein Riesen-Flughafen! Bis ich mich durch Pass- und Visumkontrolle durchgekämpft hatte vergingen gefühlte drei Stunden. Jetzt nur noch zur Gepäckausgabe und dann raus hier…

Die Zeit verging, die Passagiere verließen müde aber zufrieden mit ihrem Hab und Gut das Flughafengebäude. Nur Mrs.Fläschel stand da wie bestellt und nicht abgeholt. Denn ihr Gepäck hatte es sich wahrscheinlich überlegt, noch einen Tag länger in *good old Germany* zu bleiben…

Ziemlich wütend und vor allem orientierungslos stampfte ich zu einem Schalter und schilderte die Situation. Man nahm die hiesige Adresse auf und versprach mir, möglichst schnell das fehlende Habe zuzusenden. Na prima, dachte ich, dass geht ja gut los…

Inzwischen hörte ich meinen Namen durch die Lautsprecher des John F.

Kennedy Airports dröhnen. Klar, meine Gasteltern hatten sich mittlerweile schon Sorgen gemacht!

Eigentlich erwartete ich ein „Welcome to the United States of America", wie früher die Besucher des Landes auf dem Einreiseformular begrüßt wurden oder ein Einfaches „Glory, glory hallelujah". Aber nichts dergleichen drang an meine mittlerweile glühenden Ohren und dieser Empfang irritierte mich dann doch ein wenig!

Dann endlich standen wir uns gegenüber, die einen neugierig, die andere etwas scheu. „*Hi, how are you? Nice to meet you*". Das sagt einem ein Amerikaner zur Begrüßung und genauso geschah es auch bei mir. Man freut sich, streckt als gut erzogener Deutscher die Hand zum Greifen aus – und greift ins Leere. Nur Politiker, Vertragspartner und alte Freunde schütteln sich die Hände. Leute , die einander kennenlernen nicht. Es reicht völlig aus, seinen (Vor-)Namen zu nennen und" *I'm doing fine* " zu murmeln. Aber freundlich und willkommen wurde ich aufgenommen und somit rollten wir im Mazda meines neuen Hausherrn gen *Cornwall*.

Cornwall liegt etwa 52 Meilen nördlich von New York City (ca. 84 Km) am westlichen Ufer des Hudson Rivers.

Doch zunächst sollte mich die Fahrt durch das aufregendste Freilichttheater der Welt führen. Schon von weitem erkannte ich *Manhattans Skyline* – die einzigartige Silhouette von Wolkenkratzern – die das Stadtbild prägt. Ein wahrer Wald aus Glas und Stahl!

Das Lichterspiel in der Abenddämmerung, die heulenden Kranken- und Polizeiwagen, die Leuchtreklamen – es war einzigartig. Ich glaube ich saß sprachlos und mit offenem Mund auf dem Rücksitz, was bei mir sonst recht selten vorkommt.

Auf die Frage von Bob: *So, what's your first impression* (na, wie ist denn dein erster Eindruck?), konnte ich lediglich mit einem „*great*" (großartig) antworten.

In Cornwall angekommen, nach ungefähr 1,5 stündiger Autofahrt, begrüßte mich ein kläffender „*English Setter*", braun-weiß gescheckt, der sich als gutmütige Cindy entpuppte.

Mary, meine Gastmutter verschwand, um die „kids" abzuholen und Bob bot mir zunächst mal eine Pepsi an. Wir führten angeregt Konversation, wobei sich herausstellte, dass Bob bis zu seinem vierten Lebensjahr in Deutschland gewohnt hatte und seine Mutter noch deutsch sprechen konnte.

Autotüren schlugen, der Lärm begann und zwei schüchterne Kinder standen vor mir. Das Mädchen stellte sich mir als Kristen vor, war sieben Jahre alt, braunhaarig und braunäugig und das Ebenbild ihres Vaters. Der Junge entpuppte sich als vierjähriger Andrew, blond und blauäugig- der Mutter ähnelnd.

Dann begannen sie auf ihre Eltern einzureden, das Essen – frisch vom Chinesen geholt- wurde ausgepackt und ich saß etwas ratlos am Tisch, mit dem Gedanken, wie ich „die" jemals verstehen sollte mit ihrem fürchterlichen „american Slang".

Eintritt in das amerikanische Alltagsleben

Das erste Wochenende verlief sehr ruhig, schließlich hatte ich infolge der Zeitumstellung eine Menge Schlaf nachzuholen.

Wie schon eingangs erwähnt gibt es auf dem amerikanischen Kontinent 4 Zeitzonen. New York hat die *Eastern Standard Time*, die hinter der Mitteleuropäischen Zeit um 6 Stunden zurück ist. Zwischen April und Oktober gilt auch hier die Sommerzeit (*Daylight Saving Time*), die Uhren sind also um eine Stunde vorgestellt.

Sollte man übrigens beachten, wenn man Telefonate nach Hause tätigen möchte. Sonst kann es nämlich ganz schnell passieren, dass man seine Lieben nachts unliebsam aus dem Bett klingelt oder morgens früh aus den Federn schmeißt(hat mir allerdings nichts ausgemacht), es gab jedoch den ein oder anderen der nicht sehr *amused* darüber war!!!

Außerdem ist es wichtig zu wissen, das man in den USA die Uhrzeit nicht nach dem 24-Stunden-System angibt, sondern bei den 12 Zahlen des Ziffernblattes bleibt und *a.m.* (ante meridiem, d.h. vor 12 Uhr) oder *p.m.* (post meridiem, nach 12 Uhr mittags) hinzufügt. 10 *a.m.* bedeutet somit 10 Uhr, 10 *p.m.* 22 Uhr.

Dies erwähne ich nur, da es ungemein bedeutend für die Terminierung eines *dates* ist. Wenn man sich um 8 Uhr treffen will, muss man schon wissen, ob man zum Kaffee trinken oder auf ein Bier kommen soll…

Den Samstag verbrachten wir dann damit, die Gegend zu erkunden, das heißt, mit dem Auto die Stellen abzufahren, die ab Montag meine zukünftigen Tagesziele sein würden. Als da wären:

Die Bushaltestelle für Kristens Schulbus- lediglich am Straßenende, Andrews Kindergarten, Post, Bank, Arzt, Supermarkt etc. (alles in der Ortsmitte, einige Meilen entfernt!).

Ich bekam einen Ford Bronco (=eine Art Geländewagen/Jeep) als mein Eigen zugeteilt, das Auto war ein Riesengefährt, in dem man mich nur vermutete, vielleicht noch ein Stück Nasenspitze oberhalb des Lenkrades erahnen konnte. Ich fand ihn ultracool und freundete mich sofort mit ihm an, obwohl er kackbraun war, eine Farbe mit der ich mich gar nicht abfinden konnte!

Jetzt musste ich mich nur noch auf ein paar wichtige Verkehrsregeln einstellen:

* Die Höchstgeschwindigkeit ist ausgeschildert und beträgt auf den Interstate Highways meistens gemächliche 55 m.p.h. (Meilen pro Stunde, etwa 89 km/h), außerhalb der Stadtgrenzen 65m.p.h(105km/h) und in Städten und Ortschaften 25 bis 30m.p.h. (40-48km/h).

* Grundsätzlich dürfen keine Schulbusse mit blinkender Warnanlage aus

keiner Richtung passiert werden.

* Fußgänger und Kinder haben immer Vorrang.

* Auf Straßen und Autobahnen mit mehreren Spuren in eine Richtung darf auch rechts überholt werden.

Es waren alles böhmische Dörfer für mich, schließlich ist die Gegend viel weitläufiger und unberührter als man das bei uns kennt.

Sonntagmorgen – oh Schreck – ging es dann mit Mary und den Kleinen in die Kirche (episcopalian). Die Episkopalkirche der Vereinigten Staaten von Amerika ist eine der ältesten Kirchen im Gebiet der heutigen USA.

Heute allerdings mit 2,3 Millionen Mitgliedern deutlich kleiner als einige andere amerikanischen Kirchen. Sie folgt, wie andere Kirchen einem „mittleren Weg" zwischen protestantischen und katholischen Praktiken. Sie bejaht den Glauben an die heilige und apostolische Kirche.

Für mich war der Gottesdienst nur in der Hinsicht anders wie der unsere, weil ich kein Wort verstand. Ich beschloss für mich, in Zukunft den Sonntagmorgen mit erholsamen Schlaf und Erledigen meiner ach so wichtigen Korrespondenz zu verbringen und Mary alleine mit den Kindern das Halleluja singen zu lassen.

Was mich auch sehr überraschte waren die vielen amerikanischen Flaggen, die von den Häusern oder in den Gärten wehten. Klarer Fall - mit wehender Fahne und Trommelwirbel: Der Amerikaner liebt sein Land.

Später stellte ich des Weiteren fest, dass es keinen Parteitag ohne Fahnenmeer, kein Baseballspiel ohne Flaggengruß gab. Würden in Deutschland derart viele Staatsbanner wehen und so viele Bekenntnisse zur Größe der Nation abgelegt werden, würde die restliche Welt aufschreien.

Na gut, jetzt kannte ich die nähere Umgebung, die täglichen Stätten, die Familie. Nur wann würde ich endlich New York City kennenlernen? Das war ja alles ganz nett, aber doch nicht das was ich erwartet hatte…...

Schließlich verbindet kein Mensch N.Y. mit ganz normalem Familienalltag!

New York ist „Big Apple": Hier wimmelt es von Menschen, es ist schmutzig und laut. Mögen auch Feuersirenen die ganze Nacht über heulen und stinkende Schwaden aus den Kanaldeckeln wabern, Mauern und Zäune von Graffitis verunstaltet und Fußgänger schneller als Taxis sein…Das ist eben New York und in dieser Stadt ist eben alles möglich! Die Wall Street und ihre Dollars, das Rockefeller Center mit seinen multinationalen Konzernen, die medienmanipulierende Madison Avenue, die Vereinten Nationen mit ihren diplomatischen „Hickhack"… Noch dynamischer geht´s eigentlich nicht…

Im Grunde gibt es nur zwei Möglichkeiten: Entweder man liebt diese Stadt auf

Anhieb, oder man ist froh, dieses Babylon der Neuen Welt recht bald wieder zu verlassen.

Mein Gott, ist es da nicht verständlich, dass ein Mädchen von 19 Jahren – zum ersten Mal auf sich alleine gestellt – hungrig, fast gierig danach ist, solch eine Weltstadt zu erforschen? Doch wie heißt es so schön: "Erst die Arbeit, dann das Vergnügen".

Das genau ist auch ein massives Problem, mit dem Au-pair oder Austauschschüler immer wieder zu kämpfen haben. Denn viele gehen davon aus oder sind der Meinung, dass das Arbeiten zweitrangig ist und der Freizeit,- Spaß - und Reisefaktor im Vordergrund stehen. Aber dem ist nicht so, man geht ein Arbeitsverhältnis ein, hat eine bestimmte Stundenzahl in der Woche zu leisten und einen gewissen Urlaubsanspruch. Von dem Irrglauben, hier unablässig Party und Action zu haben, muss man sich ganz zügig verabschieden, sonst ist man schneller wieder zuhause als man dachte…

Denn du bist hier angestellt und wirst für deine Leistung bezahlt. Das muss man sich immer vor Augen halten und das Schöne beziehungsweise generell das Beste an einer Familie ist doch:

Du bist nie alleine, was am Anfang sehr gut tut, um einfach auf andere Gedanken zu kommen.

Das weniger schöne, manchmal nervende an der oder einer Familie:

Du bist wirklich nie alleine…

O.K., dann lernen wir eben erst den kleineren Umkreis kennen, bevor wir uns auf höheres Niveau begeben und unserer Lust frönen…

Erst einmal den Blick in die Küche

Auf jeden Fall bekam ich in diesen ersten Wochen einen Einblick in die amerikanische Küche. Die Pariser Küche ist sicherlich feiner, aber so kosmopolitisch wie in New York kann sie gar nicht sein.

Man hat hier die Wahl zwischen Gerichten aus aller Welt, ganz zu schweigen von den sagenhaften amerikanischen Steaks, Hamburgern und Meeresfrüchten.

Der Spätaufsteher (am Wochenende auf jeden Fall auf meine Gastfamilie zutreffend), nimmt einen „Brunch" zu sich. Dieser ist eine Mischung aus **breakfast** (Frühstück) und **lunch** (Mittagessen), und wird traditionsgemäß an „Faulenzer-Sonntagen" irgendwann zwischen 11 Uhr und 15 Uhr eingenommen.

Bestehend aus Fruchtsaft(in 1,5 oder 2 Liter Gallonen), Toast oder *„Danish Pastry"* (süße Brötchen), Kaffee bzw. Tee, Eier (mit gebuttertem Toast und Marmelade), Würstchen, Pfannkuchen (so richtig echt nur mit Ahornsirup) oder Waffeln in verschiedenen Geschmacksrichtungen.

Verzichtet der Amerikaner auf einen ausgiebigen Brunch, wird zwischen 14 Uhr und 14.30 Uhr der lunch eingenommen. Er besteht gewöhnlich aus einem Hamburger oder Sandwich, den man mit einer Coke, im Sommer mit einem schrecklich gesüßten Eistee, oder einem Kaffee hinunterspült. Als „Deckblatt" eines Sandwichs kann man zwischen Weiß-, Roggen- und Vollkornbrot oder einem „**bagel**" wählen. Zum klassischen „dazwischen" gehören Huhn-, Thunfisch und Eiersalat, **lox** (Räucherlachs) mit Sahnekäse („creamy cheese"), was übrigens eine jüdische Spezialität ist.

Clubsandwiches sind „Dreidecker", belegt mit Kopfsalat, Tomaten, Schinken und manchmal auch Käse.

Hot dogs, übrigens eine New Yorker Erfindung, werden gewöhnlich mit Sauerkraut (Geschmacksache!) oder gerösteten Zwiebeln und Senf serviert. Zwingende Zutaten sind die weichen Brötchen und ein erhitztes Würstchen. Hot dogs sind eines der beliebtesten Fast Food's der Amerikaner und zu fast jeder Zeit und überall an Hot Dog-Ständen erhältlich.

Hamburgers, das „Nationalgericht", sind meist größer und schmackhafter als ihre europäischen Nachahmungen (aber genauso wenig nahrhaft!). Der Hamburger besteht aus ca. 500 Gramm Hackfleisch, zu einer Frikadelle zusammengepackt, zwischen zwei wabbeligen Brötchenhälften.

Will man es noch ein bisschen kalorienintensiver, kann er mit einer Scheibe Käse aufgewertet werden. Selbstverständlich muss er vorher mit mindestens einer halben Flasche Ketchup oder anderen Saucen unkenntlich gemacht werden. Nur noch fettige Pommes machen das Menü zu einem einzigartigen kulinarischen Genuss.

Für das abendliche Wohl sorgt das Dinner (Abendessen), was bereits ab 17.30 Uhr bis 22.30 Uhr eingenommen wird. Hierzu gehören Salate, bei deren Bestellung man gewöhnlich nach der gewünschten Soße gefragt wird:

French (cremig mit Tomatengeschmack)

Russian (Mayonnaise und Chili Tunke)

Italian (Öl, Essig, Knoblauch und Kräuter) oder

Roquefort (mit blauem Käse, brrrrhhhhhhhhh).

Man kann natürlich auch nur Essig und Öl verlangen, wird dann aber mit ein wenig Unverständnis als Schlemmerbanause beäugt.

Der Salat-Klassiker ist der **Chef salad**, der mit Schinken, Käse und Huhn angereichert ist und meist die abendliche Hauptmahlzeit gesundheitsorientierter Amerikaner ist. Salat aus rohem Spinat mit Pilzen gilt als originelle Eigenheit, für mich ein absolutes Brechmittel und der „*Caesar Salad*" bestehend aus Endivie und rohem Eier-Dressing ist fast genauso schlimm!

Des Weiteren gehört Fleisch zum abendlichen Wohl derer, die es herzhaft wollen. An erster Stelle steht Rindfleisch in gewaltigen Portionen, man stelle sich ungefähr ein halbes Kalb vor, aber nahezu ausnahmslos zart. In vielen Steak-Häusern zahlt man einen Pauschalpreis für das Stück Fleisch, einer gebackenen Kartoffel mit saurer Sahne oder Pommes frites, einen Salat den man sich selber zusammenstellt, und manchmal auch soviel Wein oder Bier wie man mag.

Ein Steak bestellt man

Rare (nicht durchgebraten)

Medium (halbgar) oder

Well done (gut durchgebraten).

Spareribs sind marinierte, gebratene oder gegrillte Schweinerippchen, die man ausschließlich mit den Fingern isst, was tierisch Spaß macht und eine irre Sauerei sein kann.

Zum Ablauf des eigentlichen Essvorgangs muss noch gesagt werden, dass die Amerikaner die Angewohnheit haben, ihre Mahlzeit in kleine Stücke zu schneiden, dann das Messer beiseite legen und nur mit der Gabel essen. Jene wird in der rechten Hand gehalten, während die Linke im Schoß ruht. Diese Eßgewohnheit gilt in den USA als vornehm.

Als Nachtisch gönnt sich der Ami **ice-cream**. Bei geschätzten 1000 verschiedenen Sorten müsste für jeden extraordinären Geschmack etwas dabei sein. Gebäck und Torten sind nicht minder gut, doch herausragend darf ich den amerikanischen **cheesecake** erwähnen, der hier mit Frischkäse zubereitet wird, während in Deutschland Quark verwendet wird. Eine wahre Köstlichkeit...

Aber auch **Apple pie** (Apfelkuchen) mit Eis a`la mode und Schlagsahne oder der **pumpkin pie** (traditioneller Erntedanktags-Kürbiskuchen) dürfen im Angebot nicht fehlen.

Auch **rice Pudding** (Reispudding) und **jelly** (Wackelpudding) sind begehrte Nachspeisen.

Auf Wunsch bekommt man vor dem Essen ein Glas Eiswasser, wenn jemand eher ein Süßer ist, reicht man ihm auch einen Eistee (zuckersüß versteht sich).

Doch der absolute Renner sind Limonaden, vor allem die „Braunen", mit oder ohne Kalorien. Wie zum Beispiel das sogenannte **Root Beer** (Wurzelbier), welches hierzulande ein beliebtes alkoholfreies Erfrischungsgetränk ist. Es wird häufig mit dem deutschen Malzbier verglichen, unterscheidet sich von ihm aber erheblich im Geschmack.

Bier, das man frostkalt serviert bekommt, entspricht meist den europäischen „Hellen". Man findet aber auch verschiedene ausländische Sorten, die entweder importiert sind oder im Lande unter Lizenz gebraut werden. Das sogenannte „**Budweiser**", kurz „**Bud**" genannt, wird auch Frauenbier genannt, da es kaum Alkohol enthält.

New York produziert zudem – wer hätte das gedacht – einige annehmbare Weine. Doch die kalifornischen Weine, berühmt durch ihr bekanntes Anbaugebiet, das Napa Valley, sind zweifellos die besten Weine die Amerika zu bieten hat. Vor allem der „**Zinfandel**" genießt einen hervorragenden Ruf, da er meist im Barrique ausgebaut wird. Sie werden vielerorts glasweise oder in Karaffen als *"house wine"* angeboten. Auf den Getränkekarten findet man außerdem preislich angemessene französische und italienische Tropfen.

Seit die Amerikaner den Wein entdeckt haben, sind harte Getränke ein wenig aus der Mode geraten. Keineswegs aber die Cocktail-Stunde. „Dry Martinis" (Gin und ein paar Tropfen trockenen Wermut) beweisen das gestandene Mannsbild. Bourbon, der Whisky vornehmlich aus Kentucky, wird aus Mais, Malz und Roggen destilliert und entweder pur *on the rocks* mit Eiswürfeln oder *White Soda* (mit Mineralwasser) getrunken. Aber Obacht: der übermäßige Genuss dieser Getränke schadet nicht nur der Gesundheit, sondern auch der Bepflanzung amerikanischer Vorgärten...

Nebenbei bemerkt, wird Alkohol meist nur in Läden verkauft, die eine besondere Erlaubnis dazu haben. Bier kann man in Manhattan in lizenzierten Supermärkten und Lebensmittelmärkten erstehen, meist sind diese *liquor stores* bis 22 Uhr, manchmal auch bis Mitternacht geöffnet. Ein weiteres Überbleibsel aus der Prohibitionszeit ist das Gesetz, das man in der Öffentlichkeit keinen Alkohol trinken darf (wenn, dann nur in kaschierten Einkaufstüten) und für einen kräftigen Schluck mindestens 21 Jahre alt sein muss! Wird man bei

Genuss des Alkohols im Freien erwischt kann dies mit einem hohen Bußgeld geahndet werden!

Der Mensch lebt nicht vom Brot, äh Hamburger, allein. Auch der Amerikaner nicht. New York bietet Restaurants für jeden Geschmack und Geldbeutel. Wer will, kann hier Kaviar oder Froschschenkel, Vitello tonnato oder Pekingente in erster Qualität genießen. Nur mit der deutschen Küche hapert es, aber wer reist schon in den Big Apple, um dort das gleiche zu essen, was er jeden Tag haben kann.

Aber immerhin kommen ab und an noch deutsche Au-pair ins Land, die sich mit deutschen Gerichten versuchen.

Wie zum Beispiel mein kläglicher Versuch, Sauerbraten mit Knödel und Rotkraut aufzutischen. Wäre nicht rein zufällig meine Mutter auf Besuch gewesen, wäre das Essen wahrscheinlich nicht genießbar gewesen und für den Ami unter **junk food** verbucht worden!

Auch die Backkunst wurde ausprobiert, wunderbare Donauwellen, die jedoch nicht wie unsere Donauwellen schmeckten. Warum? Weil die Zutaten schon ganz anders schmecken und die Mengenangaben andere sind wie bei uns.

Die Art der Küche lässt sich meist am Namen des Restaurants ablesen. In den Spitzenrestaurants ist eine Reservierung, meist schon mehrere Tage vorher unabdingbar. Auch in der mittleren Klasse empfiehlt sie sich.

Was die Kleidung zum Essen gehen anbelangt, sind die Amerikaner, entgegen einem weit verbreiteten Vorurteil, konservativer als die Deutschen. Gute Restaurants legen Wert darauf, dass ihre Gäste mit Sakko und Schlips erscheinen.

Das Trinkgeld ist in aller Regel nicht inbegriffen. Der Kellner - dessen Haupteinkünfte die von ihm kassierten Trinkgelder („*Tips*") sind – erwartet etwa 15 % von der Gesamtrechnung. Wer schwach im Kopfrechnen ist, mache es wie die New Yorker: Sie verdoppeln einfach die – stets gesondert ausgewiesene – Steuer(8,25%) und fügen diese Summe dem Rechnungsbetrag hinzu. Wie alle Regeln hat auch diese Ausnahmen: Vermeiden Sie am Tisch Deutsch zu sprechen, denn mancher Kellner ergreift dann von sich aus die Initiative und addiert selbst das Trinkgeld! Also jedes Mal die Rechnung prüfen!

Auf was unbedingt geachtet werden muss ist, anders als in Deutschland, dass sich der Gast nicht auf einen freien Tisch stürzt, sondern wartet, bis ihm von einem Kellner ein Platz zugewiesen wird.

So ist es mir bei meinem ersten kulinarischen Besuch ergangen. Zwei quengelige Kinder im Schlepptau, Kohldampf ohne Ende, und nichts war für mich wichtiger als ein freier Tisch!

Bis mir eine genervte „**waitress**" (Bedienung) hinterher eilte und mich der

Hausordnung und eines Tisches verwies. Solche Situationen kommen in der Regel nur einmal vor, dann hat man sie für die folgenden Male kapiert...

Meine Gasteltern waren über diesen Vorfall entsetzt, zumal ja ihre Sprösslinge auch involviert waren, versicherten mir jedoch, dass man aus mir bestimmt die Deutsche gehört hätte und damit die Sache nicht ganz so dramatisch wäre! Na bravo, sprach einerseits für meine Englischkenntnisse beziehungsweise Aussprache, andererseits für die Sitten der Deutschen...

Streng verpönt ist es auch, sich nach deutscher Sitte zu Unbekannten an den Tisch zu setzen, sofern dort noch ein Plätzchen frei ist. Obwohl die Amis ein sehr kontaktfreudiges und geselliges Völkchen sind, wollen sie bei Tisch eher ungestört und unter sich bleiben. Nun gut, mit der Zeit lernt man die Gepflogenheiten kennen und akzeptieren und prinzipiell ist es ja bei uns auch nicht anders.

Nach dem in New York geltenden Gesetz, müssen größere Restaurants einen Teil ihrer Tische für Nichtraucher reservieren. Ich muss immer wieder darauf hinweisen, dass wir das Jahr 1989/1990 schreiben, in dem die Welt und ihre Bevölkerung noch etwas anders tickte.

Deshalb durfte man damals nicht überrascht sein, wenn man mit der Frage begrüßt wurde „Smoking or non Smoking?" Hatten sie zu der Zeit Kinder mit sich, wurden sie nicht danach gefragt, sondern bekamen ganz selbstverständlich einen **non-smoking** Platz zugewiesen.

Ich weiß von was ich rede, schließlich ging ich einmal im Monat mit Kristen und Andrew zu „**Pizza-Hut**", da Kristen für besonders gute Schulleistungen (und sie war zu meiner Freude eine gute Schülerin), einen Essensgutschein für eine Pizza und eine Cola, von ihren nie anwesenden Eltern bekam.

 Die sonst sehr sparsamen Erziehungsberechtigten standen es uns dreien zu, mit ihrer 100%-igen finanziellen Unterstützung diesen Gutschein gemeinsam einzulösen.

Well, uns Trio hat es gemundet und die Alten hatten eine Weile ihre Ruhe von uns!

Der erste Familienausflug

Knapp 14 Tage nach meiner Ankunft beglückte mich meine Gastfamilie mit einem gemeinsamen Wochenend-Trip. Anlässlich des „**Columbus Day**", hier wird die Ankunft von Christoph Kolumbus am 12. Oktober 1492 in der Neuen Welt gefeiert, bot sich ein verlängertes Wochenende an.

Also wurde der Caravan gepackt, ein uraltes Ding mit wenig Komfort. Für zwei Personen kein Problem, aber drei Erwachsene, zwei Kinder und ein Hund waren schon zum Kuscheln (!) verurteilt. Nun gut, kannte ich bisher nicht, deshalb ließ ich alles auf mich zukommen und war neugierig auf diesen Kurztrip.

Es war ein verdammt schwüles Wochenende und diese vielen Menschen (fünf sind drei zuviel!) in dem Campingbus raubten mir fast die Sinne. Nicht nur das wir einen Höllen-Verkehr hatten und die doppelte Anreisezeit wie normal üblich brauchten.

Dieser erste Familienausflug ging in die „**Whiteface Mountains**", eines der Top-Skigebiete im Nordosten New Yorks. Hier fanden 1980 die Olympischen Winterspiele statt. Seit der Austragung dient es nur noch als US-Olympia Camp.

Im Sommer bietet sich Whiteface Mountain für ausgiebige Mountainbike Touren an oder ermöglicht Gondelfahrten auf den Gipfel des High Peaks. Hier gestattet die Höhe eine grandiose 360°Grad Aussicht und an klaren Tagen einen Blick bis Vermont und sogar Kanada.

Große Teile des Lake Placid und des Adirondack Gebirges wurden bereits 1892 unter Naturschutz gestellt und gelten, außerhalb Alaskas, als größtes Naturreservat Amerikas.

Lake Placid ist ein Ganzjahres-Resort und bietet eine Vielzahl sportlicher Aktivitäten. Ich kann hier alles schön reden, nur wenn diese Einrichtungen nicht genutzt werden, kann alles noch so herrlich klingen.

Meine Familie wollte sich einfach nur ausruhen und das hieß im Klartext vor dem Wohnwagen sitzen und den lieben Gott einen guten Mann sein lassen! Für die Kinderbetreuung war ja das Au Pair da, welches dem 4-jährigen Andrew mit akribischer Ruhe und Selbstbeherrschung das Fahrradfahren ohne Stützräder beibrachte…

 Das es mir langweilig war und ich gerne etwas von der ehemaligen olympischen Einrichtung gesehen oder genutzt hätte, stand gar nicht zur Debatte. Es gab das Angebot Kanu zu fahren oder auch hervorragende Wanderwege auszuprobieren. Aber meine family zog es vor, sich auf dem Campingplatz zu relaxen.

Und alleine solche Unternehmungen anzustreben, war mir dann doch etwas zu doof, denn ich hatte ja auch noch mit sprachlichen Hürden zu kämpfen.

Des Weiteren hatte ich auch Orientierungsprobleme und schlichtweg Respekt vor eventuellen Angriffen von den in den Bergen lebenden Raubtieren.

Das wurde mir nämlich als allererstes unter die Nase gerieben, wie viele Angriffe es hier schon von diesen niedlichen Pelztierchen gab. Nur wussten meine Gasteltern nicht, dass man solche Nachrichten besser für sich behält und nicht einem Hosenscheißer wie mir aufs Brot schmiert!

Der einzige Ausflug ging an den **North Pole,** einen verwunschenen Familien-Freizeitpark, in dem man den Weihnachtsmann treffen kann und sich alles um das Thema X-mas dreht! Hier gibt es mehr als zwei Dutzend familienfreundliche Fahrgeschäfte, wie mit der Fahrt auf einem Weihnachtsbaum direkt in den Himmel oder in einer Himmelsschaukel.

Vor allem trifft man persönlich auf Santa Claus, wird von ihm in den Arm genommen und kann persönlich seine Wünsche bei ihm abliefern. Ein Erinnerungsfoto mit dem weißbärtigen Mann wird selbstverständlich geschossen.

Der Souvenirshop darf natürlich auch nicht fehlen mit einer großen Auswahl an weihnachtlichem Schmuck, Figuren und Krippen. Das faszinierende an der Sache ist, das der Shop 365 Tage im Jahr besteht und immer reißenden Absatz findet!

Ich hätte schlichtweg kotzen können, denn Anfang Oktober war ich noch nicht in Weihnachtsstimmung. Aber die Kinder fanden es cool, die Eltern waren auch zufrieden und somit hielt auch ich mich bedeckt. Aber meine Irritation über eine verkehrt laufende Welt kann hoffentlich jeder deutsche Leser verstehen…?

So verging ein verlängertes Wochenende mit rumtoben, essen und trinken, plaudern und langweilen. Ich lief umher, kümmerte mich um die ausgelassenen Rabauken und fotografierte wie ein Weltmeister. Schließlich war es ja eine einzigartige Kulisse; ein **Indian Summer** mit Bäumen voll mit bunt gemustertem Laub und schneebedeckten Bergen im Hintergrund. Schade, hätte bestimmt Spaß gemacht diese zu entdecken. Well…

Somit war es dann auch kein Wunder, dass ich von einer Heimwehattacke übermannt wurde! Wie einsam war ich doch und hatte niemand mit dem ich meine Freude bzw. mein Leid hätte teilen können!

Die Rückfahrt am Sonntagmittag war für mich auch sehr erbauend, weil Cindy, unser vierbeiniger Begleiter, mich als ihre Freundin auserkoren hatte!

Da ich ein sehr tierlieber Mensch bin und mich auch mit dem Hund abgab, dankte sie es mir mit inniger Zuneigung. Spazierengehen kannte der arme Vierbeiner gar nicht, denn zuhause war das Areal um das Haus so groß und von Wald gesäumt, das man nicht mit ihr Gassi gehen musste!

Sie war die einzige die mich immer freudig begrüßte wenn ich nach Hause kam, keine sonderliche Ehre, denn sie war dumm wie Brot und freute sich schon, wenn ein Ast vom Baum fiel.

So genoss sie mit mir die Zweisamkeit unserer Spaziergänge und natürlich auch meine Aufmerksamkeit. Alles überhaupt kein Problem, wenn dieser Köter nicht so grauenvollen Mundgeruch gehabt hätte!

Der Hund wich mir nicht mehr von der Seite, hechelte mir aufgeregt seinen Atem ins Gesicht und ich kam fast komatös wieder in Cornwall an. Da fragte ich mich doch tatsächlich, wie ich jemals auf die Schnapsidee kam, ein Jahr meine mittlerweile „heilige" Familie in Karlsruhe zu verlassen…

New York – Schaufenster Amerikas

New York, eine Stadt die niemals schlaft geht, alles verkraftet und in Energie umsetzt. Es soll Europäer geben, die der festen Überzeugung sind, alle paar Jahre müssten sie mal wieder nach N.Y. fliegen, um den Akku neu aufzuladen.

Zu diesem Schlag gehöre ich auch, denn seit meinem einjährigen Aufenthalt in dieser Stadt bin ich genauso süchtig geworden und danach noch weitere dreimal dort gewesen. Mit Sicherheit auch nicht zum letzten Mal...

Man muss diesen „Big Apple" gesehen haben, diese Stadt die man aus Filmen und Büchern längst kennt. Enttäuscht wird, nehme ich mal an, keiner!

Wie sie diese Megalopolis einigermaßen in den Griff bekommen? In dem man dem **Empire State Building** einfach aufs Dach steigt. Nach Meinung der Einheimischen ist dieser Wolkenkratzer, der jahrzehntelang das höchste Gebäude der Welt war, das achte Weltwunder.

Es hat 102 Stockwerke, sage und schreibe 65000 Fenster (die geputzt werden müssen!) und 1860 Treppenstufen. 25000 Menschen arbeiten in diesem Bienenwabenhaus und 72 Aufzüge befördern jeden wohin er will – Touristen müssen Schlange stehen, um auf die Aussichtsplattform zu kommen!

 Wenn man endlich auf der Aussichtsterrasse im 86.Stockwerk ins Freie tritt, dann ist das, als setze für einen Augenblick der Herzschlag aus. Unter einem liegt Manhattan, dieses gewaltige Gebirge aus Stahl, Beton und spiegelndem Glas. Ein Augenblick, den man nicht so schnell vergisst. Eine steinerne Landschaft rundum ausgestattet mit Flüssen, Inseln und einem offenem Ozean.

Wenn es zu dunkeln beginnt, erstrahlen die schönsten der Wolkenkratzer in märchenhaftem Licht. Und drunten, durch die Straßenschluchten, rollen die Spielzeugautos...

Was immer in dieser Stadt geschieht, es ist überdimensional: 274 Raubüberfälle pro Tag, mehr als 100000 Obdachlose. Und an jedem Werktag benutzen ca. 5 Millionen Menschen die öffentlichen Verkehrsmittel. Unter der Erde, im Bauch von Manhattan, lebt die rastlose Stadt ein zweites Mal mit 400 Kilometer Subway-Linien und 462 Haltestellen.

Um New York kennenzulernen gibt es ein paar klassische Methoden:

    1.) Man nimmt am Times Square einen der vielen Sightseeingbusse. Für drei Stunden oder Ganztagstouren. Auch nach Brooklyn oder Harlem, wo die Masse der Farbigen mehr schlecht als recht haust.

    2.) Verlockender als die Busfahrt ist die dreistündige Schiffsreise mit der „Circle Line". Da sitzt der Besucher behaglich an Deck und lässt sich die

Skyline, die Wolkenkratzer, die Brücken, die noblen und weniger noblen Wohngegenden vorführen.

Der New York Besucher wird seine Aktivitäten mit Sicherheit nach seinen Interessen ausrichten. Der kulturell begeisterte kann zwischen dem Guggenheim oder dem Metropoliten Museum wählen. Alles interessant, aber das „MOMA"- Museum of Modern Art- das einen geradezu fantastischen Überblick über die Kunst unseres Jahrhunderts bietet, ist fast ein „Muss".

Nicht zu vergessen die **Fifth Avenue**. Alle großen Modeschöpfer und Juweliere haben hier ihre dekadenten Geschäfte. Bei „Tiffany" liegt im winzigen Schaufenster ein Collier für schlappe 500000 Dollar.

Am Rockefeller Center kann man im Sommer im Freien tafeln, angesichts von Wasserspielen und staunenden Zuschauern, im Winter Schlittschuhläufern zusehen.

Um sich ein wenig vom schnelllebigen Alltag oder auch von den vielen Sehenswürdigkeiten zu erholen, empfiehlt sich der **Central Park**.

Diese weitläufige, 4 km lange Grünanlage mitten in Manhattan ist Sport-, Spiel- und Picknickplatz für Zehntausende von City- Bewohnern und Tausenden von Touristen. Tagsüber kann man ganz unbesorgt durch den Park spazieren, aber auf der Hut sollte man trotzdem bleiben.

Doch abends wäre es besser, diese Anlage zu meiden, falls man nicht gerade das Sommer-Freilichttheater besuchen will.

Nördlich des Central Park liegt **Harlem**, das Herz der schwarzen Kultur Amerikas. Harlem ist Legende und Schande zugleich, jedoch voller Hoffnung. Zur Legende gehört das berühmte **Apollo Theater**, zur Schande die allgegenwärtige Kriminalität. Obwohl Harlem einst als Problemviertel verschrien war, feiert es allmählich eine zweite Renaissance. Und immer mehr Weiße entdecken das „Schwarze Viertel"!

Ansonsten hat man die Möglichkeiten, 14 km Fahrstraßen, 9 km Reitwege, über 10 km Radfahr- und 45 km Spazierwege zu nutzen. Neben verschiedenen anderen Attraktionen wartet der Park mit Einrichtungen zum Bootfahren, Eis- und Rollschuhlaufen, für Baseball, Football, Bowling, Krocket, Tennis und Handball auf. Zur Unterhaltung der Kinder stehen eine Reihe von Spielplätzen, ein Karussell und ein Kinderzoo zur Verfügung.

Wenn der Tourist genug hat von all dem Rummel, den Hot Dog Buden am Straßenrand, von eiligen New Yorkern die ihren Frühstückskaffee oder ihr Lunch im Stehen essen und trinken, genug von Restaurantketten – dann flieht er einfach nach Italien zu Pizza, Lasagne und Chianti.

Italien in Manhattan heißt **Little Italy**, liegt ziemlich im Süden der Stadt und ist nach dem vielem Fast Food eine Offenbarung. Die Straßen (vor allem Mulberry Street) sind mit Autos fast zugestopft, manchmal hängt die Wäsche von einer Straßenseite zur anderen, die Menschen stehen an der Ecke und schwatzen – und auch das Essen ist so gut wie in Italien.

Wer es noch exotischer möchte, braucht nur ein paar Schritte weiterzugehen, nach **Chinatown**. Hier nahm N.Y. seinen Anfang und man befindet sich Downtown. Von hier kann man zu Fuß zur **Wallstreet** schlendern, diese einst der sichere Palisadenwall der ersten Siedler war, heute die Börse beherbergt. Von außen ein römischer Tempel des Geldes, von innen ein Tollhaus, wo täglich die größte Geldauktion der Welt stattfindet.

Rings um die Börse sind die futuristischen Glaspaläste der Banken in den Himmel geschossen. Die **Federal Hall**, wo 1789 George Washington seinen Amtseid als erster Präsident des Landes leistete, nimmt sich dagegen klein aus.

Nur wenige Schritte weiter war das **World Trade Center**, was seinerzeit beinahe als neuntes Weltwunder galt. Die beiden Zwillingstürme, Nord -und Südturm, waren 420 Meter hoch mit jeweils 110 Stockwerken und wurden 1970/1971 vollendet und 1973 offiziell eröffnet.

Das **WTC** war so riesig, dass es eine eigene Postleitzahl (10048 N.Y.) bekam. Eine Stadt in der Stadt, mit öffentlichen Wintergärten und der größten überdachten Ladengalerie der Welt. 50000 Menschen arbeiteten hier. In einem Raketentempo von 58 Sekunden konnte man sich auf die Aufsichtsplattform des Südturms hinausschießen lassen. Im Blickfeld, monumental auf winziger Insel: Die Freiheitsstatue.

Es ist noch immer ein schrecklicher Moment, sich die Bilder des 11.September 2001 ins Gedächtnis zu rufen. Daran erinnert zu werden, wie diese Zwillingstürme bei den Terroranschlägen durch zwei entführte Passagierflugzeuge zerstört wurden. Einfach grauenhaft...

Derzeit wird auf dem Gelände ein neuer Komplex errichtet, der aus vier neuen Wolkenkratzern bestehen soll.

Gott sei dank kann einem niemand die Erinnerung nehmen, denn New York wird nie mehr so sein wie vor dem Jahre 2001!

Zurück zur Freiheitsstatue: Die berühmteste Frau von N.Y. ist 46 Meter hoch, wiegt 225 Tonnen und ist ein Geschenk Frankreichs an die Vereinigten Staaten. Geschaffen wurde sie von Frédéric Auguste Bartholdi aus Colmar. Diese Stadt ist die Drittgrößte im Elsass nach Straßburg und Mülhausen. Sie gilt außerdem als Hauptstadt elsässischer Weine und ist der Geburtsort der für mich mächtigsten Frau: meine MAMA!

Weltweit gilt **Miss Liberty** als Symbol für die USA- als ein Hort der Freiheit und der Demokratie.

Tagaus und tagein klettern Tausende von Ausflüglern bis in den Kopf der Statue hinauf, nachts leuchtet die Fackel in der Hand dieser Dame…

Für Millionen von Einwanderern, die damals mit dem Schiff kamen, war ihr Anblick der Inbegriff all ihrer Hoffnungen. New York ist in vieler Hinsicht ein „Flüchtlingslager", das größte der Welt. Die Einwanderer, die nicht weiter wollten und denen nicht daran gelegen war, im Schmelztiegel Amerika aufzugehen, ließen sich in New York nieder und behielten weitgehend Kultur und Brauchtum ihres Heimatlandes bei.

Auf dem Rückweg setzte das beladene Flüchtlingsschiff die Fahrgäste auf **Ellis Island** ab – Insel der Hoffnung, Insel der Tränen. 17 Millionen Einwanderer aus aller Welt haben von 1892 bis zum ersten Weltkrieg diese Kontrollinsel passiert.

"*Be prepared*" war das Überlebensmotto der ersten amerikanischen Einwanderer. Be prepared auf Überfälle, auf Schlangenbisse, Wassermangel, Schneestürme und vieles mehr.

Seit 1990 ist sie ein Museum. Hier sieht man Bilder des Schreckens, die Ärmsten der Armen, die hier nach langer, stürmischer Überfahrt die erste Mahlzeit bekamen. Und doch haben die Einwanderer New York geprägt. Heute noch bestimmen sie mit dem Neben- und Miteinander extrem unterschiedlicher Kulturen das Bild der Stadt.

Orthodoxe Juden, vollbärtig, mit dunklen Anzügen und breitkrempigen schwarzen Hüten (2 Millionen Juden leben hier), schokoladenbraune Frauen, dazu Puertoricaner, von denen nur wenige den erhofften Aufstieg schafften. Hier kann jeder tun und lassen was er will, mitten auf dem Times Square Kopfstand machen oder in der Wall Street Gedichte aufsagen – da guckt niemand zweimal hin!

New York konfrontiert den Besucher aber auch auf Schritt und Tritt mit seinen Problemen.

Am **Broadway** und am **Times Square**, wo N.Y. Hauptstadt des Entertainments wird, sieht man die obdachlosen Menschen, wenn sie die Mülltonnen nach Essbarem inspizieren, während gleich nebenan der Chauffeur den Straßenkreuzer vorfährt, um seine Gäste ins Theater oder Musical abzuladen. „Cats", „Phantom of the Opera", „A Chorus Line", „Miss Saigon" – sie alle bieten absolute Perfektion der Aufführung. Wer hier auf der Bühne besteht, kann überall bestehen!

Verkehrstechnisch fällt der Broadway aus dem wohlgeordneten Verkehrsnetz. Der „breite Weg", die berühmteste und längste Straße der Stadt schlängelt sich nach Belieben durch den Distrikt zwischen der 42sten und 55sten Straße.

Wider Erwarten ist NewYork auch eine Stadt für Fußgänger. Auf die 34.Strasse folgt mit tödlicher Sicherheit die 35.Strasse…auf die 58. die 59. und dann ist man schon am Central Park. Dieser ist die grüne Lunge der Millionenstadt. Ein

Dorado für Spaziergänger und Liebespaare, für Jogger, Rollschuhfahrer, Reiter und Radler. Aber nach Anbruch der Dunkelheit ein Dschungel, den jeder, dem sein Leben lieb ist, tunlichst meiden sollte.

Es gibt so viel von dieser Stadt zu sehen, das man Jahre und viel Zeit dazu bräuchte, alles zu Gesicht zu bekommen. Als da wäre **SoHo** (South of Houston Street), das als Szenenviertel und Shoppingmeile hochwertiger Modelabels gilt. Hier reiht sich eine moderne Galerie und schicke Boutique an die andere, die Menschen bevölkern die Straßencafes als sei das Leben nichts als ein schöner Müßiggang.

Auch erwähnenswert sind die 65 Brücken, die die vom Wasser geteilte Stadt zusammenhalten. Allein 14 davon verbinden die Insel Manhattan mit den umliegenden Gebieten.

Meine „Lieblingsbrücke" ist die 480 m lange **Brooklyn Bridge**, die schon 1883 bei ihrer Eröffnung eine Sensation war. Die Brücke mit ihrem einzigartigen Kabelgeflecht ist nicht nur bei Fotografen und Sonntagsmalern ein beliebtes Motiv.

Auch ihr Bau sorgte für Furore, denn der Konstrukteur und sein Sohn verloren hierbei ihr Leben, wie unzählige andere auch! Es ist einzigartig den Tag mit dem schönsten Spaziergang, den New York zu bieten hat, zu beginnen: Über den hölzernen Walkway der Brücke, hoch über den Fahrbahnen Manhattans, zu marschieren und die durch das Sonnenlicht gleißenden Fenster zu bestaunen.

Die zweigeschossige **George Washington Bridge** überspannt den Hudson zwischen Manhattan und New Jersey. Ihre anmutigen Linien kommen am besten bei Nacht zur Geltung, wenn sie angestrahlt wird. Das war das erste Sightseeing-Highlight das ich bei meiner Ankunft zu Gesicht bekam, da wir diese passierten, als mich meine Gasteltern vom Flughafen abholten.

Die jüngste Brücke im New Yorker Stadtbild ist die **Verrazano-Narrows Bridge** zwischen Brooklyn und Staaten Island. Sie ist eine der längsten Hängebrücken der Welt mit einer Spannweite von 1300 Metern.

Oder der Trump Tower, dieses fantastische Denkmal, das Mr.Trump sich selber setzte. Im Inneren dieses Wolkenkratzers – alles aus rosa Marmor – rauscht ein Wasserfall drei Stockwerke in die Tiefe.

Es gibt einfach nichts, was es in New York nicht gibt. Und was es hier nicht gibt, gibt es nirgendwo!!!!!!!!!!!!

Überzeugt euch selbst!

Eingewöhnung

Nach 4 Wochen hatte sich mein Rhythmus eingependelt.

Morgens um sieben Uhr riss mich der Wecker aus tiefsten Träumen und mürrisch schwang ich meine müden Knochen aus den weichen Polstern. Zum Glück musste ich Kristen nicht wecken, da sie Wert darauf legte, von der eigenen *alarm clock* wach zu werden.

Während „mein" Kind sich fertig machte, sie zog sich immer selbständig und sehr geschmackvoll an, rührte ich ihr Kakaopulver in die Milch, um diese dann in der Mikrowelle zu erhitzen. Dazu gab es köstliches weißes Toastbrot (ungetoastet) mit **peanut-butter and jelly** (Erdnussbutter und Marmelade). Dieses richtete ich in doppelter Ausführung an, da das zweite als Vesper diente.

Wenn die Kleine dann hungrig ihr Frühstück verschlang, saß ich meistens schlaftrunken daneben und hörte mir die Aktivitäten ihres bevorstehenden Tages an. Um zwanzig vor acht verließen wir dann das Haus und gingen gemeinsam bis ans Ende der Straße. Dort fuhr der school bus vor, um seine Schützlinge aufzunehmen.

Wieder zuhause, begab ich mich meistens in meine vier Wände, denn ich hatte noch Zeit bis zum Erwachen des zweiten Kindes. Meistens las, schrieb oder sinnierte ich.

Wenn es dann soweit war, dass Andrew erwachte, war er sehr mürrisch und ungemütlich. Vor allem brauchte er mindestens eine Viertelstunde um zu überlegen, was er heute Morgen essen wolle. Dieses Frühstück fiel um einiges ruhiger als das erste aus, was für mich manchmal ein wahres Glück war. Andrew war zwar ein drolliges Kerlchen, aber mit seinen vier Jahren in seiner Aussprache noch ziemlich zurück. Das machte die Konversation mit ihm sehr anstrengend!

Irgendwann, gefühlte zwei Stunden später, gingen wir dann zum nächsten Tagesritual über – das Anziehen. Dieses wahnsinnig komische Geschöpf, machte es sich zum Spaß, mir beim Ankleiden der Socken die Füße wegzuziehen.

Anfangs machte ich dieses ungemein lustige Späßchen ja noch mit, aber irgendwann musste ich härtere Methoden aufziehen. Fernsehverbot half an dieser Stelle immer...

Wenn der Schöpfer dieses reizenden Kindes dann zwischen zehn und elf Uhr unter uns Aktive trat (schließlich arbeitete er Nachtschicht und war daher privilegiert länger zu schlafen!), war ich für Andrew völlig uninteressant.

Was mich jetzt aber nicht in eine Depression oder ähnliches führte, da ich dringend Erholung von diesem Monster benötigte. Dieses Kind wollte immer beschäftigt werden, und das kann, vor allem morgens, sehr anstrengend sein. Heute kann ich meine Mutter verstehen, die dasselbe von mir behauptete...

Daddy war jetzt unter uns, hatte den kleinen Racker am Hals, während ich mich der Hausarbeit widmen konnte. Die bestand aus Betten machen, Frühstücksgeschirr versorgen, Kinderzimmer in Ordnung bringen, saugen und je nach Bedarf Wäsche waschen (die allerdings am Vorabend von Mary vorsortiert wurde), damit ich nicht in die Verlegenheit kam, eventuell ein Schlüpferchen oder BHchen von ihr oder sogar ne Unterhose vom Alten zu waschen...

Klingt jetzt für den ein oder anderen etwas naiv, war aber tatsächlich so. Die Prüderie in diesem Hause war nahezu übertrieben. Wenn ich anatomisch nicht aufgeklärt gewesen wäre, hier hätte ich es auf keinen Fall gelernt oder gezeigt bekommen! Aber dazu noch später.

Drei mal in der Woche ging Andrew von 14 Uhr bis 16 Uhr in den „kindergarden". Dieses Wort wurde übrigens aus Deutschland übernommen! Auf keinen Fall durften die drei Mal wöchentlich, und die zwei Stunden überzogen werden, denn man wollte das Kind ja nicht überfordern! Schließlich findet ein Kind seine Erholung und Entspannung vor dem TV (war die überzeugte Meinung meiner Gasteltern!).

In dieser Zeit erledigte ich Botengänge, wie Einkaufslisten abarbeiten, die mir von der Hausherrin aufgetragen wurden. Oder ich erledigte meine persönlichen Dinge, man glaubt es kaum, aber die gab es auch. Zum Beispiel musste ich mein vieles, hart erarbeitetes Geld auf die Bank schleppen! Ich hatte nämlich ein eigenes Bankkonto bei der *Norstar Bank* mit coolem eigenem Scheckheft. Damals war es in den USA üblich, Einkäufe mit Scheck zu bezahlen. Bargeld war schon immer verpönt, hängt wahrscheinlich damit zusammen, das man es auf der Bank oder am Automaten hätte holen müssen! Heute im Plastik-Zeitalter wird ja auch bei uns fast nur noch mit Kredit- bzw. der ec-Karte bezahlt.

Es war tatsächlich so, das ich mehr Geld auf die Bank brachte, als das ich es ausgab. Das hing wahrscheinlich damit zusammen, dass ich keine große Gelegenheit zum Verprassen hatte und beim Fortgehen meistens eingeladen wurde. Und ab und an auch mal ein Scheinchen aus Deutschland angeflattert kam...

Zurückgekehrt von meinen Erledigungen machte ich mir die Mühe, Spielzeug heranzuschleppen und den Jungen anderweitig als mit *watching TV* zu beschäftigen. Das Interesse war jedoch nur von kurzer Dauer. Sehr schnell verlor er die Geduld, vielleicht verstand er auch meine stümperhaften Erklärungen nicht und sauste wieder zielsicher zu seinem Lieblingsgerät.

Somit beschäftigte ich mich dann mit meiner beziehungsweise der Wäsche der Kinder. Die der Eltern war ein Tabu für mich, wer weiß was für heiße Teilchen mich da erwartet hätten. Da konnte Mary noch so spät heimkommen und erschöpft sein, um die Wäsche kümmerte sie sich höchstpersönlich. Sollte mir recht sein, denn mit den kleinen Höschen und Söckchen der Kinder war ich schnell fertig.

Wenn Kristen um kurz nach vier Uhr von der Schule heimkam, aßen wir meist eine Kleinigkeit. Mal gab es Käse und Brot vom ansässigen deutschen Bäcker „Rudi", ein Bayer der vor zwanzig Jahren nach Amerika auswanderte, um sein Glück mit deutschen Backwaren zu versuchen, was ihm auch gelang. Ein anderes Mal gab es **donuts**, lecker gefülltes Kleingebäck oder einfach nur Toast mit peanut butter und jelly.

Nach dieser kleinen Stärkung hieß es *„teaching"*. Kristen packte ihre Schulsachen aus, und wir widmeten uns mit höchster Konzentration den ernsten Sachen des Lebens. Addition und Subtraktion, Multiplikation und Division, Lückentexte und Erzählen von Bildergeschichten. Das war mir aus der eigenen Schulzeit noch bekannt, so dass ich der Arbeit interessiert und verständigend folgen konnte.

Das Interessante an der Sache war, das alles in einer anderen Sprache als der meinen ablief, was für mich eine Herausforderung war, jetzt in Englisch umzudenken.

Waren wir dann am Ende unserer Hausaufgaben angelangt, ging der Ernst in Spaß über – schließlich lernt man ja auch spielerisch ganz gut – und die *„German lessons"* folgten.

Mein Gott, manchmal war es dann doch peinlich, wenn man aus dem Mund eines der Kinder, das Wort SCHEISSE hörte. Man darf nicht annehmen, dass ich das offiziell beigebracht habe. Niemals hätte ich dieses Wort vor den kids in den Mund genommen. Doch manchmal wähnte ich mich alleine und da konnte es passieren, dass mir bei einem Missgeschick oder sonstigem Verdruss dieses böse Wort entfleuchte!

Peinlich war nur, dass Andrew eines Samstag abends beim gemütlichen gemeinsamen Abendessen mit der ganzen Familie, dieses braune Wort in irgendeinem unpassendem Augenblick aussprechen musste!

Und zwar mit einer Freude und Lautstärke, dass meine sowieso prüde Gastmutter vor Schreck fast vom Stuhl fiel und so konsterniert schaute, als würde das Abendessen zu ihr sprechen. Der burschikose, robuste Bob hingegen kriegte sich nicht mehr ein, versuchte jedoch einigermaßen Contenance zu wahren!

Er sagte später bloß zu mir, er heiße es ja gut, dass ich seinen Kindern Deutschunterricht erteile, ob jedoch diese Ausdrücke zum Programm gehören mussten? Ich versuchte ihm klarzumachen, dass ich niemals bewusst diesen Ausdruck vor den Kindern gebraucht habe!

Endlich – mein erster Tag in N.Y.C

Drei **very long weeks** nach meiner Ankunft war es endlich soweit- ich würde die Stadt meiner Träume kennenlernen!

Nachdem Mary mich zur Bus Station in Newburgh gebracht hatte konnte es losgehen.

Katja – allein in New York!

Die Fahrt durch das Hudson Valley war ungemein aufregend, schließlich war rechts und links der Scheiben alles so typisch amerikanisch. Genau so, wie man es aus den Filmen kennt! Blockhütten, riesige Grundstücke, Cadillacs, Menschen mit Cowboy-Hüten...

Dann kam jedoch das spannendste: die Fahrt auf das Eiland Manhattan, die fast 22 km lange und über 3km breite Insel, die das Herzstück der Metropole bildet. Ich sah nur Wolkenkratzer, mein Blick war nach oben gerichtet. So bekam ich überhaupt nicht mit, dass ich schon am **Port Authority**, dem Bus Terminal in der 42. Straße, angekommen war. Na ja, was soll's, für diesen Anblick nimmt man auch einen steifen Hals in Kauf...

New York gehört zu den wenigen amerikanischen Großstädten, in denen man gut zu Fuß gehen kann. Tun Sie´s – wenn es das Schicksal (sprich: der Straßenverkehr) erlaubt, denn sie kommen schneller voran als mit dem Auto. Für größere Strecken empfehlen sich U-Bahn (Subway), Bus oder Taxi.

Bepackt mit Rucksack und Reiseführer in der Hand musste ich mich auf den Weg zur Metropolitan machen, wo mich mein erstes Au Pair Treffen erwartete. Ich wusste dass es gefährlich war so offensichtlich als Tourist herumzustromern (bekam ich ja auch täglich von Bob zu hören), aber wie sonst sollte ich mich als „Fremde" orientieren?

Was die vielerörterte Sicherheit in New York angeht, so gibt es ein paar einfache Verhaltensregeln: Bereitet euch auf eure Besichtigungstour vor, so dass ihr auf der Straße nicht schon von weitem als ortsunkundiger Tourist erkennbar seid. Wer auf dem **Times Square,** den Fotoapparat über der Schulter, Stadtpläne entfaltet, darf sich nicht wundern, wenn ihn die Diebeszunft als dankbares Opfer ansieht.

Meidet nachts einsame Straßen, den **Central Park** und die **Subway.** Unter keinen Umständen sollte man viel Bargeld mit sich führen. Wenn man keine Kreditkarte besitzt, sollte man sich vor Antritt der Reise in die USA unbedingt eine besorgen; mit American Express und Visa/Master Card kann man so gut wie überall bezahlen.

Aber ich fand mein Ziel recht schnell und ohne erwähnenswerte Zwischenfälle und somit auch meine Leidensgenossinnen – sprich sämtliche Au Pair aus den Staaten New York, New Jersey und Connecticut. Ich fand gleich ein paar „Germans" und ein reger Austausch begann. So ganz nebenbei wurden wir von unserer Gruppenleiterin „Mrs. Muller" begrüßt und das Programm des heutigen Tages besprochen. Wir schauten uns die **Met** an, welche die „Metropolitan Opera" und das „American Ballet Theatre" beherbergt und 1966 vollendet wurde.

Natürlich durfte bei diesen Treffen, die einmal im Monat stattfanden, die Kultur nicht zu kurz kommen. Einige der Mädchen hatten nur dieses „Meeting" zur Gelegenheit, die Stadt näher kennenzulernen.

Also schwärmten wir aus wie die Fliegen, summend wie Bienen den Broadway entlang, holten uns unterwegs einen unverschämt lecker schmeckenden „hot-dog". Einige erinnerte er an die Heimat, da man ihn wahlweise mit Sauerkraut essen konnte. Schließlich hielten wir am nächsten Sightseeing Spot:

Das **Rockefeller Center**. Was ursprünglich mal ein Opernhaus werden sollte und 1811 noch aus Ackerland und botanischem Garten bestand ist heute ein Ensemble aus 19 Bürohochhäusern.

Unterirdisch sind die Häuser miteinander verbunden. Davor findet man die fahnengeschmückte „Lower Plaza" mit dem vielfotografierten, vergoldeten Prometheus- Denkmal, im Sommer Gartencafé, im Winter Eislaufbahn.

Heute beherbergt das Rockefeller Center multinationale Firmen und wurde vor einigen Jahren von der Mitsubishi-Gruppe aufgekauft.

Mein Gott, man kommt sich zwischen den Häuserschluchten so winzig vor. Irgendwie glaubt man, man wäre der kleine Däumling, andererseits kommt man sich vor wie Alice im Wunderland.

Als letzter Besichtigungspunkt des heutigen Tages stand die **Radio City Hall** auf dem Programm. Diese ist mit 5882 Plätzen das größte Kino der Welt. Filme sind heute nur noch ausnahmsweise zu sehen. Stattdessen finden Pop –Konzerte statt, wie an diesem Abend von Michael Jackson.

Es wird einem wahrscheinlich keiner glauben, das just in dem Moment, als unsere schnatternde Mädchentraube auf das Gebäude zusteuerte, Jacksons Limousine vorfuhr. Gesehen haben wir leider nichts, aber zumindest in seiner Nähe sind wir gewesen. Obwohl ich dazu sagen muss, das ich nur ein Anhänger seiner Musik war, nicht seiner Person!

Unsere erste gemeinsame Tour war beendet, es war auch schon später Nachmittag. Wir hatten alle noch eine zwei - bis dreistündige Heimfahrt vor uns, was in Amerika nichts Außergewöhnliches ist, und wollten vor der Dämmerung das heiße Pflaster Manhattans verlassen haben.

So bekam jeder von uns noch einen Veranstaltungsplan für die kommenden

Monate in die Hand gedrückt, dann hieß es Abschied nehmen. Telefonnummern wurden noch schnell ausgetauscht (damals gab es noch keine Handys) und jeder ging wieder seines Weges.

Zurechtfinden kann man sich mit ein bisschen Orientierungssinn ganz gut auf Manhattan, denn es ist nach einem sehr einfachen Grundriss angelegt:

Das „Rückgrat" bildet die Fifth Avenue, das gesamte Gebiet westlich davon bis zum Hudson River heißt „West Side". Die Gegend zwischen Fifth Avenue und East River nennt sich „East Side". Unter „Downtown" ist Manhattan südlich der 34th Street zu verstehen. „Midtown" spricht für sich selbst und „Uptown" ist das Gebiet nördlich der 59th Street.

Und somit fand auch „Katja im Amiland" unbeschadet wieder den Weg zurück in das 52 Meilen entfernte Cornwall.

Shopping in Amerika

Eine gängige Redensart in New York lautet:

„Shop till you drop" Einkaufen bis zum Umfallen und gilt als beliebter Sport und das wichtigste Freizeitvergnügen. Entsprechend attraktiv ist das Angebot.

Shopping und noch einmal Shopping, ganz Amerika ist, so scheint es, ständig dabei einzukaufen. Auch jene, die es sich eigentlich nicht leisten können, erliegen immer wieder dem Konsumrausch.

New York zum Beispiel kennt keine geregelten Öffnungszeiten. Fast alle Läden haben auch sonntags geöffnet. Viele Geschäfte haben bis Mitternacht offen. Elektronische Geräte sind meist wesentlich billiger als bei uns. Solche mit Steckdosenanschluß lassen sich meist auf unsere Spannung umstellen oder mit Hilfe eines Adapters betreiben.

Hierbei sollte ich erwähnen, dass es ratsam ist, sich einen Adapter vor dem bevorstehenden USA-Urlaub zuzulegen, sonst ist es nämlich fast nicht möglich, seinen Fön oder Rasierer zu benutzen (je nach Motel und Art des Urlaubs) und man sieht nach drei Wochen Amerika aus wie Robinson Crusoe, der völlig von der Außenwelt abgeschnitten war.

Das eigentliche Shopping findet in den Malls statt. Diese als Einkaufszentren zu beschreiben wäre zu einfach. Manche sehen von außen aus wie große, hässliche Betonburgen. Allerdings eröffnen sie im Inneren eine völlig andere Welt.

Künstliche Wasserfälle, Fußböden aus Marmor umrahmen Geschäfte ohne Eingangstüren. Dazwischen befinden sich Cafés, Kinos, Restaurants und mitunter auch Hotellobbies.

In dieser Servicegesellschaft ist der Kunde König. Nichts von jenen „Was-wollen-sie-eigentlich-hier"-Blicken, die einen in so manchen europäischen Geschäften empfangen.

Nur ein Beispiel für die andere, die amerikanische Haltung:

In einem europäischen Supermarkt schiebt die Kassiererin die Lebensmittel lustlos, aber im Eiltempo am Band weiter, sie wissen nicht, ob sie zuerst zahlen oder die Ware versorgen sollen. In einem amerikanischen Supermarkt steht jemand hinter der Kasse, packt alles für sie ein, während sie in Ruhe zahlen können und trägt ihnen die Lebensmittel oft noch zum Auto. Und die Verabschiedung ist immer gleich freundlich, egal ob sie für einen Dollar oder 100 Dollar eingekauft haben. Man wird ihren Besuch mit einem freundlichen Lächeln und einem *„Thank you for visiting us"* quittieren.

Was mir bei einer meiner Einkaufstouren auch einmal begegnet ist, sind die lautmalerischen Verwendungen von Buchstaben und sogar Zahlen.

„**IfU don't C what you need ask 4 it**"- Wenn sie nicht sehen, was sie brauchen, dann fragen sie nach!

Solche Kürzel finden sie mittlerweile überall, ob im Straßenverkehr „**U-turn**", steht für eine Wende auf der Straße, „**Ped X-ing**", steht für Fußgänger kreuzen.

Auch in der Weihnachtspost hat sich mittlerweile die Kurzform breitgemacht: „**Happy Xmas**", *Fröhliche Weihnachten*!

Das einzige was ich mir hin und wieder leistete, beziehungsweise leisten musste, waren neue Klamotten! Da die mitgebrachte Kleidung nicht mehr so trendy war, also gut ich will ehrlich sein, weil sie nicht mehr so am Körper lag wie sie ursprünglich sollte, musste ich ab und an Bequemeres aus Jersey oder anderem dehnbarem Material kaufen. Was aber auch überhaupt kein Problem darstellte, den solche Gewebe kriegen man hier in Hülle und Fülle und vor allem in allen Größen und sogar in den großen Supermärkten!

An Designer Outlets, die damals wie Pilze aus dem Boden sprießten, habe ich nicht im geringsten gedacht, denn wem hätte ich denn diese schicken Sachen vorführen sollen? Und vor allem hätte ich dazu einen Anlass gebraucht...

Die deutsche Wiedervereinigung

Es war an einem kalten Novemberabend, als ich mit meiner Gastmutter Mary, etwas gelangweilt - aus Verständnisgründen - vor dem Fernseher saß.

Wie schon einmal erwähnt, fand jeden Abend ein Baderitual der lieben Kleinen statt und somit war ich zwischen TV und halbnackten Kindern hin und her gerissen. Somit registrierte ich nur beiläufig eine kurze Meldung in den amerikanischen Nachrichten. Hierbei ging es um Germany – jubelnde Menschen und irgendetwas mit und auf einer Mauer.

Da ich nicht fix genug reagierte, da die Kinder mich mal wieder in Beschlag nahmen, vergaß ich es schnell wieder.

Am nächsten Morgen sprach mit Bob auf die glückliche Wende in Deutschland an. Ich wusste im ersten Moment gar nicht was er von mir wollte und ging gar nicht darauf ein. Ja ich weiß, ist nicht die feine Art…

Da er jedoch nicht aufhörte und zu meinem besseren Verständnis die *news* anmachte, begriff ich – nein, eigentlich fasste ich es gar nicht – das die Berliner Mauer geöffnet war!

Dies konnte doch nicht wahr sein! Bin ich einmal fern der Heimat kommt es zu bahnbrechenden Entwicklungen, die in die Weltgeschichte eingehen!

Das es im Sommer 1989 schon zu Massenfluchten von DDR-Bürgern kam, als Ungarn seine Grenzen zu Österreich öffnete, hatte ich ja noch mitbekommen.

Dass innerhalb der DDR der Druck wuchs und es zu regelmäßigen Großdemonstrationen kam und Erich Honecker im Oktober 1989 zurücktrat, erreichte mich nicht mehr!

Am 7.November 1989 trat dann die DDR-Regierung zurück und zwei Tage später kam es zum Fall der Berliner Mauer.

Die Bilder der glücklichen Menschen, die risikolos über die Grenze marschierten, rührten mich zu Tränen. Warum musste ich ausgerechnet jetzt, wo Deutschland nach 1961 wieder einen radikalen, diesmal jedoch positiven Umbruch erlebte, so weit weg sein?

Mein Volk feierte, lag sich in den Armen. Und in wessen Armen lag ich? Mit wem konnte ich diese Freude teilen? *Nobody, nothing* – mit niemand, denn in Amerika fand das alles nur als Randnotiz statt, es interessierte nicht sehr.

In diesem Zusammenhang, weil man Menschen mit Sektflaschen in Feierlaune sah, fiel mir auf, dass ich bisher noch niemanden öffentlich Alkohol trinken gesehen hatte. Ein Bauarbeiter, der auf offener Straße eine Bierdose an die Lippen setzt? Undenkbar. Deshalb gibt es hier den Ausdruck „*gebrownbagt*" heißt, du kaufst dir im Laden ein Bier und kriegst vom Verkäufer eine braune Papiertüte, aus der du dann nicht öffentlich ersichtlich deinen Alkohol trinken kannst.

Denn Alkoholkonsum in der Öffentlichkeit ist verboten und verpönt. Ist die Dose aber in der Papiertüte, dann bemerken sie anscheinend weder der Allmächtige noch das allgegenwärtige Auge des Gesetzes. Hintergrund: die Prohibition. Die Prohibition in den Vereinigten Staaten war das landesweite Verbot des Verkaufs, der Herstellung und des Transports von Alkohol und scheint noch heute in den Köpfen verankert zu sein.

Zurück zu meinen saufenden, partyfeiernden Landsleuten.

Niemand sprach mich auf die Wiedervereinigung in meinem neu zusammengewachsenen Land an und meine Informationen holte ich mir aus Telefonaten oder Briefen (und beigelegten Zeitungsartikeln)! Acht Tage später wurde kein Wort mehr über das deutsch-deutsche Ereignis verloren.

Deutschland ist einfach zu weit weg und zu unbedeutend für den Nordamerikaner. Für mich war die Vorstellung wieder ein Volk zu sein, keine trennende Mauer mehr zwischen Ost und West, keine Grenzen, eine Währung, freie Menschen, keinen Kommunismus mehr zu haben, genau so irreal, wie die Tatsache, dem Geschehen nicht näher zu sein !

Deutschland einig Vaterland

Klamotten + Körperhygiene

In Amerika ist es nicht selbstverständlich, in der Schule so viel Haut zu zeigen wie in Deutschland. Wie streng die Kleidungsregeln an einer Schule sind, hängt vom *dress code* der jeweiligen Lehranstalt ab.

Ein zu großer Ausschnitt oder ein bauchfreies Top - auch wenn nur minimal etwas rausguckt - führen schnell dazu, dass Irritationen und vor allem Diskussionen entstehen. Gleiches gilt auch für T-Shirts oder sonstige Kleidungsstücke mit nicht erwünschten Aufdrucken wie zum Beispiel Waffen, anrüchigen Körperteilen, Stinkefingern und eventuell auch Totenschädeln (hängt aber auch alles von der jeweiligen High School ab).

Auch hier gilt: wer auf seiner Bekleidung unerwünschtes zeigt, muss seine Klamotten den Rest des Schultages "*inside Out*" tragen und wird dazu aufgefordert sich in Zukunft anders bekleidet in der Schule zu zeigen. Im Klartext, er darf das Schulgebäude erst wieder verlassen, wenn er nach Hause geht, die Pausen müssen innerhalb des Schulhauses verbracht werden.

In den USA gibt es sogar Schüler die in ihrem Schlafanzug in die Schule kommen, zumindest sieht es danach aus. Beliebt sind vor allem weite Jogginghosen, Sweatshirts und ähnliche *chill-out* Bekleidung.

Mode ist in den meisten Schulen zweitrangig. Heißt aber für dich als Europäer, dass du mit deinen preiswerten H&M Klamotten der Mode-Hit schlechthin bist. Dort wirst du dann bald als Trendsetter/in gehandelt. Generell scheint ein Gefälle zu herrschen zwischen Stadt und Land, sodass in High Schools in Städten eher auf Kleidung, Marken, Make-up und dergleichen geachtet wird, während es auf dem Land weniger von Bedeutung ist. Am besten geht man die ersten Tage als Mädel nur leicht geschminkt in relativ neutraler Bekleidung in den Schulalltag.

Daher ist es auch ganz gut, dass viele Privatschulen eine Einheitsuniform vorschreiben. Denn oft ist die Kleidung ein Grund dafür, dass Schüler gemobbt werden, weil sie sich beispielsweise die neueste Markenkleidung nicht leisten können. Durch eine einheitliche Schulkleidung verliert die Kleidung in der Schule den Rang eines Statussymbols.

Amerikaner haben allgemein ein anderes Bewusstsein für Hygiene. Tägliches Duschen - wenn nicht sogar 2 Mal pro Tag - ist üblich.

Austauschschülerinnen oder Au-pair sollten ihre Beine und Achseln stets ohne Haare zeigen.

In Amerika, wo natürliche Körperbehaarung so undenkbar ist wie ein noch heute lebender Dinosaurier, greifen die Damen ca. alle 2 Tage zur Klinge oder zum Epiliergerät.

Ich bin froh und dankbar, dass ich Verwandtschaft in Arizona habe, die mir mit solchen Tipps zur Seite stand. Meine Tante warnte mich sofort am Telefon vor, als sie von meiner bevorstehenden Auswanderung hörte.

„Denk daran, deine Beine und Achseln zu rasieren und nie nachwachsen zu lassen, solange du dort drüben bist", flötete sie mir gutgemeint in den Hörer. „Wieso das denn"? Bis zu diesem Zeitpunkt hatte ich mich mit Reiseführern und Englischvokabeln beschäftigt, aber doch nicht Körperenthaarung...

Weil für Amerikaner die Behaarung an jenen Stellen als asozial gilt und du sofort schief oder gar nicht angesehen wirst! Danke fürs Gespräch, dachte ich damals, konnte und wollte es irgendwie gar nicht richtig glauben. Als ich dann aber noch mit anderen Leuten über dieses für mich brisante Thema sprach, wurde mir das bestätigt. Es war auch gut so, denn Mary meine Gastmutter war in dieser Angelegenheit sehr penibel und bedacht. Heute kann ich es mir gar nicht mehr vorstellen, jemals behaarte Beine wie Meister Petz gehabt zu haben(na ja, so schlimm war es auch wieder nicht).

Auch das Thema duschen und Haare waschen hatte bei meiner Gastmutter einen hohen Stellenwert. Es verging kein Tag ohne volles Körper-Waschprogramm, inklusive Haare. Also machte ich das auch. Nachteil heute jedoch ist, dass ich jeden Tag meine Haare waschen muss, da ich sonst am nächsten Tag aussehen würde, als wenn die Matte voller Gel, sprich Fett wäre...

Niemand soll stinken! Ein Kleidungsstück wird niemals zwei Tage hintereinander getragen, höchstens mal eine Jeans, aber keine T-Shirts oder Pullis, dies gilt als unsauber! Einen Trick gibt es: Lege einfach dein Kleidungsstück zurück in den Schrank, wenn du es einen Tag gebraucht hast, natürlich nur, wenn es nicht vor Schweiß oder Dreck trieft oder stinkt und wenn du es vorher gelüftet hast! Du kannst es paar Tage später wieder tragen ohne dass es jemandem auffällt.

Ja, manchmal erscheinen uns die Amis so unwahrscheinlich cool und leger und manchmal können sie so verdammte Spießer sein...

A propos Prüderie und Coolness

Mary, meine Gastmutter, war von dieser sehr empfindlichen Einstellung gegenüber Sitte und Moral schwer geprägt. Bestes Beispiel war der abendliche Badegang der kids. Vor dem Zubettgehen gehörte es zum Ritual, ein Kurzwaschprogramm für tagesverbrauchte Kinder durchzuführen. Bedeutete, Wasser in den „**tub**"(Wanne) und Kinder kurz durchziehen. Wenn man sonst sehr empfänglich von meiner Hilfe und Unterstützung war, hier hörte der Spaß auf...

Baden war „Muttersache", die versuchte, sexuelle Äußerungen (in diesem Falle die Nacktheit der kleinen Geschöpfe) in der Öffentlichkeit zu vermeiden und auch im Privatbereich abzuschirmen.

Doch, oh Schreck, eines Abends passierte es dann doch; Andrew der vierjährige, völlig unbedarfte Racker entbüchste der langweiligen Zeremonie und sprang nackt wie Gott ihn schuf im Wohnzimmer umher! Ich saß völlig relaxed vor dem TV, amüsierte mich königlich über diesen kleinen Nudisten, als eine völlig hysterische Mutter angekeucht kam.

Man hätte meinen können, er hätte das Bad geflutet oder seine Schwester ertränkt...Das Ende seines Ausfluges endete mit einer gehörigen Tracht Prügel auf seinem kleinen Ausreißer-Popo!

In vielen Staaten ist zu knappe Badekleidung verpönt, es gibt sogar Staaten, die regeln, wie hoch der prozentuale Anteil an bedeckter Haut in öffentlichen Badeanstalten sein muss. Auch ist es kleinen Kindern untersagt, nackt herumzulaufen.

Eine Nachbarin und später dann auch gute Freundin und Seelsorgerin, erzählte mir auch eine nette Story. Sie hatte einen zweijährigen Sohn, Travis, und ein riesiges Anwesen. An einem schwülen Sommernachmittag wollte sie ihrem Kind eine kleine Erfrischung in dem eigens dafür gekauften Planschbecken gönnen. Gesagt getan, kaltes Wasser hinein und ein nacktes Kind.

Dieser hatte seine wahre Freude an dem Geplansche, jauchzte vor sich hin und bespritzte den Haus- und Hofhund. Alle hatten ihren Spaß bis die Polizei am Haus vorfuhr und der verdutzten Besitzerin einen Strafzettel von 50$ verabreichte. Die Nachbarn hatten sich beschwert, dass sie den Anblick eines nackten Kindes ertragen mussten...

Als mir Gabi das erzählte, zweifelte ich echt am Verstand der Amerikaner! Ich muss dazu sagen, dass auch Gabi eine Deutsche war, die mit einem Amerikaner verheiratet war und auch so ihre Erfahrungen machen musste.

Nun ja, andere Länder, andere Sitten...

Auch für das Wort Toilette benutzen die Amerikaner züchtige Umschreibungen. Man fragt nicht nach einer *toilet*, das ist sehr bauernhaft ausgedrückt, sondern nach restroom, bathroom und Ladies oder men´s room.

Dafür gab es Situationen, bei denen meine Gasteltern völlig cool reagierten, wogegen meine leiblichen Eltern mir wahrscheinlich 8-Tage-Hausarrest verpasst hätten. Ich durfte ja ein ganzes Jahr lang einen kackbraunen Ford Bronco mit Vierradantrieb und Geländeuntersetzung mein Eigen nennen. Das dieses Auto auf mich als Führerscheinneuling mit wenig Fahrpraxis eine gewisse Faszination ausübte, ist wohl selbstredend.

Demzufolge sauste ich mit großer Begeisterung über New Yorks Highways. An einem lauen Samstagabend verabredete ich mich mit Erika, der chilenischen Freundin. Nach dem wir uns in einer Fast Food Kette gestärkt hatten, kamen wir auf die glorreiche Idee durch „*Newburghs*" Strassen zu flitzen.

Hier muss dazu gesagt werden, dass dieser, sich im südlichen Teil N.Y. befindliche Stadtteil, zu den unsichersten Städten der USA zählt. Die Kriminalitätsrate ist doppelt so hoch wie der US-Durchschnitt.

Nichtsdestotrotz hieß es für uns dieses Gebiet zu erforschen. Die Strassen waren dunkel, an den Straßenecken standen zwielichtige Gestalten. Da uns das nicht so behagte und wir uns das irgendwie anders vorgestellt hatten, beschlossen wir ganz schnell wieder in Richtung Heimat zu schaukeln. Wenn da nicht diese Glasscherben auf der Fahrbahn gelegen hätten…

Ich wäre ja nicht Katja Fläschel, wenn ich jetzt nicht genau hier über die Scherben fahren würde! Bingo, Volltreffer, wir haben sie alle erwischt!

Jetzt nichts wie weg, nur der Wagen wollte auf einmal nicht mehr so schnell wie wir. Als wir nach der Ursache schauten, sahen wir das Malheur: ein platter Reifen! SCHEISSE. Da für mich ein Reifenwechsel an einem solchen Gefährt unmöglich war, musste ich wohl oder übel den Rückzug mit plattem Gummi nach Hause antreten.

Da es Nacht war konnte ich auch keine Werkstatt mehr aufsuchen. Unterwegs schmiss ich Erika raus, die mir noch kleinlaut „*good luck*" wünschte. Lieber Leser ich weiß nicht, ob du dir vorstellen kannst wie gestrichen voll meine Hosen waren…

Als ich ankam, waren die Lichter im Haus erloschen, was ja auch kein Wunder um drei Uhr morgens war. Ich fuhr das Auto in die Garage und schlich mich auf leisen Sohlen in mein Zimmer. Jetzt erst mal schlafen und für morgen einen Schlachtplan ausarbeiten.

Der nächste Tag kam und voller schlechtem Gewissen ging ich zu Bob und erklärte ihm meine Misere. Wo und wann es passierte erwähnte ich nicht, zeigte ihm lediglich den platten Reifen. Well, sagte er ganz lapidar, da müssen wir später vier neue Reifen aufziehen lassen und verschwand vor den Fernseher…

Und hinterließ eine verdutzte, manchmal die amerikanische Welt nicht verstehende Katja!

Stress der New Yorker

Es ist fast nicht möglich zu sagen, um welche Art und Nationalität es sich bei manchen Menschen handelt. Und doch kann man nach einem Jahr New York meinen zu behaupten, welches ein „typical American Business man" ist.

Da ist zum einen der Geschäftsmann, der eine halbe Stunde vor der Landung bereits unruhig auf seinem Sitz herumrutscht. Kaum aufgesetzt, drängt er sich zur Flugzeugtür und verschwindet. Wohin? Na zum Telefon natürlich.

Und siehe da, da steht er – Hörer zwischen Ohr und Schulter, in der Hand einen Notizblock, kritzelt hektisch, denn er hört seinen Anrufbeantworter ab. Die Standardfloskel der Amis lautet dann immer:

I have to make some calls

Egal ob mit der Bahn, dem Flugzeug oder mit dem Bus unterwegs, der Stress ist überall dabei. Sitzt man vielleicht auf einer entspannten Fahrt gen NYC, kann einem passieren, das auf dem Sitz nebenan Anrufbeantworter abgehört werden, und hinter einem Geschäftsbriefe auf einem Laptop getippt werden.

Das mag sich jetzt für den einen oder anderen komisch anhören, schließlich ist das ja auch bei uns reiner Alltag. Nur mit dem Unterschied, dass wir das Jahr 1989 schreiben, wir sprechen von einem Unterschied von 22 Jahren.

Heute scheint es ganz normal zu sein, ständig das Handy am Ohr, oder in SMS - Bereitschaft zu haben, den Laptop in öffentlichen Verkehrsmitteln auf dem Schoß zu drangsalieren. Aber meine Eindrücke sind über zwei Jahrzehnte alt...

Kommt man nach einer längeren Fahrt am Grand Central an, sprich der Bus-Endhaltestelle auf Manhattan ist es chancenlos, ein freies Telefon zu finden. Ich erlebte dort einmal eine Frau, deren Telefonkreditkarte im Apparat feststeckte. Sie zerrte an der Karte und fluchte verzweifelt: Verdammt, jetzt bin ich für Stunden unerreichbar"!

Natürlich haben die Amerikaner bereits ein Wort für diese Neurose:

Acceleration Syndrome

Auf Deutsch „Beschleunigungssyndrom", meint, den Tag vollstopfen, bis er platzt. Nicht zwei Sachen zur gleichen Zeit machen, sondern mindestens fünf. Im Morgengrauen aufstehen, Sprachkassette in den Walkman (ja Walkman, Discman gab es noch nicht) und joggen gehen, während das Baby in der Joggingkarre sitzt. Danach Frühstücksfernsehen beim Zeitunglesen, Cornflakes essen, Post lesen, telefonieren. Termine, Termine, Termine.

Nichts ist peinlicher als Zeit zu haben (Lieblingsmotto meines Gastvaters: "Immer arbeiten").

„Let's do lunch", sagen vielbeschäftigte Freunde zu mir. Okay, sage ich, wann passt es dir? Betretenes Schweigen in der Leitung, dann raschelt der Terminkalender. Ergebenes Seufzen. „Die nächsten Wochen sieht es ganz schlecht aus". Und dann kommt ein Satz der für New Yorker so typisch ist, wie für Manhattan das Empire State Building:

„I will try and squeeze you in"

"Ich werde versuchen, dich reinzuquetschen".

Lunch also am Montag in drei Wochen...

Ich sitze in einem Lokal und warte auf meine Verabredung. Irgendwann stehe ich frustriert auf und gehe wieder. Was ist passiert? Ganz einfach, ich habe den New Yorker Verhaltenskodex nicht eingehalten. Jede Verabredung muss *confirmed* (bestätigt), werden, sonst ist sie null und nichtig. Denn meistens gibt es inzwischen interessantere Angebote...

Der New Yorker hat nicht nur einen Anrufbeantworter, sondern außerdem noch Fernabfrage: „*call waiting*" und „*call forwarding*". Ersteres heißt, jedes Gespräch, das länger dauert als zwei Minuten, wird mindestens fünfmal mit einem „hang on a second" unterbrochen, damit mein Gesprächspartner, der einen anderen Teilnehmer in der Leitung hat, prüfen kann, welches Gespräch für ihn interessanter bzw. wichtiger ist. Ist derjenige von Wichtigkeit wird das Gespräch fortgesetzt, ansonsten heißt es: „Ich rufe gleich zurück", manchmal mitten im Satz!

Call forwarding leitet die Gespräche auf einen anderen Anschluss. Kaum im Wochenendhaus angekommen, nervt der Chef fernmündlich...

Die größte Angst eines New Yorkers ist es, einen Anruf zu verpassen. Jeder hat ständig Verabredungen, selbst wenn er sich nicht mehr erinnert, warum und mit wem. Er beeindruckt damit, dass er ständig zu spät kommt und leider nicht länger bleiben kann. Schließlich ist nichts unangenehmer als ein Mensch der nicht gestresst und überbeschäftigt ist!

Das Telefonkabel ist die Nabelschnur von New York. In jeder Telefonzelle krümmt sich Tag und Nacht ein Mensch, dahinter steht immer einer, der nach spätestens 30 Sekunden fragt: "Dauert´s noch lange?"

In jeder öffentlichen Toilette, in jedem Kino gibt es Telefone – und immer sind sie besetzt. Autotelefone sind selbstverständlich, wer auf sich hält hat ein Fax im Haus. „Ich faxe dich an", heißt es unter Leuten von Welt. Das neueste Statussymbol ist ein Fax im Auto.

Der Kardiologe Friedman Meyer spricht vom Suchtverhalten dieser „Beschleunigungsbesessenen": Unter Stress produziert der Körper Adrenalin und Endorphine, von denen der Mensch abhängig werden kann.

Ich las doch tatsächlich eines Tages in einem US-Nachrichtenmagazin genannt

Times, dass das Leben in New York nur mit einem kleinen „Dachschaden" zu ertragen sei! Fachleute sind allerdings der Ansicht, dass man dies nicht wörtlich zu nehmen habe, denn das Leben in dieser Stadt bringt automatisch Stress und typische Folgeerscheinungen mit sich – Kopfschmerz, hoher Blutdruck, Ohrensausen und Verdauungsbeschwerden!

Die Menschenheere die durch die Straßenschluchten von Manhattan drängen, scheinen sich immer im Laufschritt zu bewegen – ein New Yorker schlendert nicht. Laisser-faire und Muße sind Fremdwörter in der Stadt, die zum Synonym für die Jagd nach dem Erfolg geworden ist: "wenn du es hier schaffst, dann schaffst du es überall", heißt es in einem Schlager Frank Sinatras.

Aber der Erfolg wird erkauft mit Einbußen an Lebensqualität. Das Motto „Ich zuerst" erlaubt wenig Rücksicht auf den Mitmenschen. Die Folgen sind allgegenwärtig: Drängeleien beim Kampf um ein Taxi und Autofahrer die Verkehrsstaus verursachen, weil sie unbedingt noch auf eine ohnehin verstopfte Kreuzung fahren müssen.

Auffällig ist auch die große Zahl der Menschen, die selbst in besten Gegenden, wie der Fifth Avenue, Selbstgespräche führen.

Vieles mag daher rühren, dass in New York mehr Menschen zusammengepfercht sind, als an irgendeinem anderen Ort der USA. Die Stadt zählt im Schnitt 8800 Einwohner pro Quadratkilometer (im Stadtteil Manhattan sind es 24000). Das stressige Umfeld der Bewohner ist geprägt von Wasserrohrbrüchen, ewig verspäteten U-Bahnen, Taxis, die einem weggeschnappt werden, von einsturzgefährdeten Brücken und schmalen Gehsteigen. Nirgendwo auf der Welt hat man mehr Chancen, ausgeraubt zu werden, wenn man zur Mittelschicht gehört.

Nach Aufzählen dieser unterschiedlichen und bizarren Dinge, die man in meiner behüteten deutschen Heimat so gut wie gar nicht kannte, konnte ich mir die eigenartige Lebens- und Verhaltensweise der New Yorker tatsächlich erklären!

Zeit für Kinder? Steht auch auf dem Terminkalender unter „*quality time*"!

Meinen Gastvater, ihren Daddy, sahen die Kinder am Abend überhaupt nicht, da er seinen Dienst mittags um 14 Uhr antrat, und bis 22 Uhr arbeitete. Die Kinder pflegten um diese Zeit natürlich schon zu schlafen…

Meine Gastmutter, kam zwischen 18 Uhr und 18.30 Uhr nach Hause, nachdem sie 1,5 Stunden Fahrzeit (pro Strecke) hinter sich hatte!

Das sie dann nicht, mit der von den Kindern erwarteten Euphorie, an deren Beschäftigung ging, war einerseits natürlich nachzuvollziehen, andererseits verstand ich nicht, weshalb man dann zwei Lebewesen in die Welt gesetzt hatte!

Alles ging dann im Schnelldurchlauf, Tagesablauf erzählen, essen, baden und Zubettgehen. Inzwischen ermahnen amerikanische Pädagogen die Eltern:

"Geben sie ihren Kindern unstrukturierte Zeit"; Rumblödeln also, dummes Zeug machen, Zeit haben. Leider ist es oft schon zu spät, denn auch die Kinder sind bereits beschleunigt! Sie spielen nicht mehr, sie gehen auf sogenannte *„playdates"*. Möglichst mit Spielkameraden, deren Daddy man beruflich nutzen kann. Nach der Schule bringen Nannis oder Au Pairs sie zum Judo, Fechten oder Ballettunterricht. Und Kindergeburtstage gestaltet ein Berufsclown zu 175 $ die Stunde. Es ist traurig aber wahr, es wird hier **für** die Kinder gelebt, materiell fehlt es ihnen an gar nichts, aber nicht **mit** ihnen...

Die Firma Hallmark verkauft ganz im Trend, Postkarten für eilige Eltern.

„Viel Spaß in der Schule", oder „Ich hätte dich heute Abend so gerne ins Bett gebracht" ist dort aufgedruckt.

Schließlich ist jede Minute kostbar. Es gibt kein größeres Geschenk als Zeit. Gäste, die länger bleiben als 22.30 Uhr oder einen selbstgebackenen Kuchen mitbringen sind mir nicht einmal begegnet. Nur meine deutschen Freunde bleiben bis nach Mitternacht, trinken meinen Wein und verqualmen mir die Bude...

Der neueste Schrei in den Staaten sind sogenannte „Scheidungspartys". Ja lieber Leser, ich glaube du guckst im Moment genauso belämmert wie ich, als ich dies das erste Mal gehört habe! Die Scheidung feiern? Am besten schön laut mit vielen Freunden und einigem Brimborium? Ja klar, denn schließlich beginnt nun ein neuer, befreiender Lebensabschnitt...also ist es doch richtig so eine Party zu schmeißen! Auf keinen Fall fehlen darf die schöne rosafarbene Torte auf der *just divorced* (frisch geschieden) mit Zuckerguss steht oder auf der eine Bräutigamsfigur heruntergekickt werden kann...

Die Industrie rund um diesen Markt boomt, die enttäuschten Neu-Singles können sogar bei den Juwelieren Scheidungsringe anfertigen lassen, die ein gebrochenes Herz zeigen oder Minisärge auf den Ehering setzen lassen! Ist das nicht total krass? Manchmal muss man wirklich am Verstand der Amis zweifeln.

Man braucht aber nicht annehmen das der Verzweifelte das selber in die Hand nimmt, denn dafür gibt es eigens dafür ausgebildete „Scheidungspartyplaner" (ein Pedant zum Wedding Planer), die von den Servietten bis hin zur Einladung und der eigentlichen Feier alles organisieren. Hier ist die Rachsüchtigkeit der Betroffenen gefragt. Sei es eine Veranstaltung, bei der die Sachen des Ex verbrannt werden oder eine Voodoo-Puppe als Ehemaliger herhalten muss!

I LOVE IT

Sweeties und andere Dickmacher

Ganz aktuell bin ich wieder mit dem Thema Au-pair konfrontiert, da die Tochter einer Kollegin für ein Jahr nach Boston/Massachusetts entfleucht ist.
Als wir vor kurzem über das abtrünnige Kind sprachen, fiel eine Bemerkung die mich aufhorchen ließ.

Sie schickte ihren Eltern per E-Mail ein paar Bilder und die Mutter stellte entsetzt fest, dass das einst so zarte Geschöpf – zumindest auf den Fotos – gar nicht mehr so zart wirkte. Im Moment sehe ich gerade meine eigene Mutter vor mir, wie sie kopfnickend meiner Kollegin zustimmt...
Nach diskreten Rückfragen bestätigte sich die Vermutung – sie hatte deutlich an Gewicht zugelegt – und das nach fünf Monaten Aufenthalt!
Aber schließlich ist das auch kein Wunder, wenn man sich vorstellt, was über den Tag verteilt so alles Kalorienreiches in einem verschwinden kann!
Fangen wir doch mit dem Frühstück an.

„Meine" Kinder bekamen Cerealien, meist **Fruit Loops** von Kellog´s, schöne bunte Ringchen, die einen fruchtigen Geschmack versprachen, schnell mit Milch anzurichten waren, aber für die Sättigung nicht lange anhielten. Hier sei bemerkt, dass das bunte *breakfast* die Farbstoffe E102, E110 und E129 (warum eigentlich nicht E605?) enthielten, die die Aktivität und Aufmerksamkeit bei Kindern beeinträchtigen...

Mittlerweile gibt's diese noch mit Marshmallow-Zusatz, dem Zuckerkonsum wird noch einmal eins draufgesetzt.
Entscheidet man sich beim Frühstück eher für die klassische Variante Brot und Aufstrich, kriegt man folgendes geboten:
Jedem bekannt sein dürfte das überaus nahrhafte Toastbrot oder auch Sandwichbrot genannt, von dem man circa fünf Scheiben essen kann, ohne überhaupt zu realisieren, dass man Nahrungsaufnahme betrieben hat.
Aber auch hier muss ein kalorienreiches Topping drauf, sehr empfehlenswert

Peanut Butter von „**Jif**", die es in zwei Varianten gibt:

1. Peanut Butter **extra creamy** (sehr geschmeidig, fettig und streichfein) oder
2. Peanut Butter **extra crunchy**, die dann noch frisch geröstete Erdnussstückchen enthält.

Damit dem aber noch nicht genug ist, sollte man hier noch mit **Jelly** (Marmelade oder Gelee) aufwarten. Ein richtiges Sandwich sollte nach Möglichkeit „**Welchs**

Grape Jelly" auf der Erdnußbutter beinhalten, damit der einzigartige, volle Geschmack der berühmten „**Concord**" Trauben zur Geltung kommt. Ein vollendeter, künstlicher Genuss angeblich sonnengereifter kalifornischen Weintrauben, die mit ihrer violetten Farben den Fruchtaufstrich zu einem farbenfrohen Erlebnis machen.

Sollten wir uns jetzt an einem Wochenende befinden, sieht die Planung der morgendlichen Nahrungsaufnahme ein wenig anders aus.

Da man in den meisten Haushalten samstags und sonntags mehr Zeit für ein ausgiebiges, familienfreundliches und zusammenhaltförderndes Frühstück aufwenden kann, werden des öfteren **Pancakes** gebacken. Kleine runde, etwa die Größe einer Kaffeetassenöffnung und dickliche Pfannkuchen.
Schmecken aber nur dann einzigartig amerikanisch, wenn sie in **Pancake Syrup** ertränkt werden. Dieses ist ein Ahornsirup, eine dunkelbraune, zähe Flüssigkeit, die einfach nur nach Zucker schmeckt und babb-süß ist!
Um die „*topping*" Geschichte etwas abwechslungsreicher zu gestalten, kann wahlweise noch von „**Hersheys**" Schokoladen-, Erdbeer- oder Karamellsirup darüber gegossen werden.
Da Kaffee bei Kindern kein so beliebtes Morgengetränk ist, kommt auch hier wieder der Schokoladensirup zum Einsatz. Milch mit ca. einem Viertel des Flascheninhaltes versehen, ab in die Mikrowelle und zwei Minuten später ist der Kaba perfekt.

Tagsüber kann man auch viel Zucker in Form von unterschiedlichen Getränken zu sich nehmen. Die klassischen Softdrinks wie Coca Cola, 7up oder Icetea kennt jeder. Wie sieht´s aus mit **Root Beer**? Eine Art Kräuterlimonade auf Basis von fruktosehaltigem Maissirup. Hiermit lässt sich auch hervorragend ein „**Root Beer Float**" machen:

Ein Glas zu ¾ mit Root Beer füllen, danach eine Kugel Vanilleeis dazugeben.
Die Eiskugel beginnt zu schweben und die Kohlensäure bildet eine Art Schaum über dem Eis.
Jetzt noch einen Strohhalm dazu und einen kleinen Löffel – fertig ist die kalorienreiche Überraschung für eure Gäste.

Wenn ihr es mit denen gut meint, serviert ihr ihnen an diesem Tag/Abend nichts mehr…
Was noch ein Kult-Getränk in Dosen ist – **Dr.Pepper**, mit dem einzigartigen Geschmack aus einer Mischung von Cola und einem Hauch von Marzipan. Gibt's mittlerweile noch in weiteren Geschmacksrichtungen wie Kirsche, Vanille und die altbewährte Traube.
Gut ankommen, vor allem bei den Müttern, tut „**Kool Aid**". Dieses zuckerhaltige Getränkepulver lässt sich gut anrichten und vorbereiten. Die

Menge ist ausreichend für ungefähr acht Liter Limonade. Diese eisgekühlt aus dem Kühlschrank, ein erfrischender, farbintensiver und glukosehaltiger Genuss. Den Tag über verteilt kann man sich auch mit verschiedenen Geschmacksrichtungen an Kaugummis amüsieren.

Zu meiner Zeit war es der legendäre **Hubba Bubba**, schön süß und zuckrig, farbenfroh, mit künstlichen Aromen versetzt und garantierte riesige Blasen, die **stets** an Gesicht und Haaren festklebten!
Wenn **chewing gum** zu anstrengend ist, denn schließlich muss hier der Kaumuskel richtig arbeiten, kann man es mit anderen **candies** probieren.
„Nerds" oder „Life savers" bieten sich als Lutschvariante an. Die einen sind Hartkaramelle mit verschiedenen Zusätzen, die anderen bunte Bonbons, die an einen Rettungsring erinnern (deshalb auch der Name!).

Wer Sehnsucht nach seinem Zahnarzt hat, sollte es mal mit „**English Wine Gum**", Fruchtgummi der besonders klebefreudigen Variante, probieren. Kein Vergleich zu Haribo die im Mund zergehen. Hartnäckig setzen sie sich in den Zahnzwischenräumen fest, auch Plombenbesitzer sind extrem gefährdet.
 Hier in Deutschland ist mir solch ein Missgeschick mit diesen Biestern passiert, eine Plombe musste dran glauben. Schade, denn in den USA hätte ich die Möglichkeit gehabt, die Firma auf Schadensersatz zu verklagen!

Ich für meinen Teil interessierte mich mehr für *cookies* und Schokolade. Meine absolute Lieblingsmarke waren *Chocolate Chip Cookies* von **„Chips Ahoi"**. Noch heute, 22 Jahre später, komme ich mir beim Anblick dieser Packung vor wie der Pawlowsche Hund (triefend und sabbernd vor Gier und Gelüsten!).

Mein Gastvater stand auf *„Oreo Cookies"*, Kakaokekse mit einer intensiv nach Butter schmeckenden Cremefüllung. Unser Vorratsschrank, ungefähr die Größe meines Kleiderschrankes zuhause, war nicht komplett, wenn diese überaus existentiellen Artikel darin fehlten. Sie mussten wöchentlich nachgezogen werden, obwohl wir immer die XXL-Packungen vorrätig hatten und Mary und die Kinder sich nichts daraus machten!

Was auch immer ein Knaller, ein absoluter **burner** war, „**Hersheys**" Schokolade. Diese verging auf der Zunge und war geschmacklich mit keiner deutschen oder sogar weltbekannten Schweizer Schokolade vergleichbar.
Für „zwischenrein" gab es auch hin und wieder einen „**Reeses Peanut Butter Cup**". Die Packung enthielt drei kleine Cups - Milchschokolade gefüllt mit Erdnussbutter. Hast du alle drei niedergebügelt, was eigentlich nichts Besonderes war, war dein Kalorienziel für die nächsten zwei Tage erreicht...
Wie unschwer zu erkennen ist, bin ich (noch heute) eine Süße...

Doch es gab auch Tage, da setzten wir uns mit eher herzhaftem auseinander, wie

z.B. Popcorn. Es war ein Leichtes sich mit diesem hier zu beschäftigen. Mikrowelle auf, gezuckerter Mais mit Butteraroma hinein und innerhalb von 10 Minuten stand das fertige Produkt auf dem Tisch. Abraten kann ich von der Geschmacksrichtung mit Käsearoma, denn die Küche riecht danach nach Käsefüßen und so ähnlich schmeckt es auch!
Auch Chips sind in Amerika heißbegehrt, bestes Markenprodukt auf diesem Sektor ist „**Boulder Canyon**".

Ich persönlich stehe ja auf die natürliche Variante (all natural), bei den Amis muss aber immer ein Geschmäckle dran sein. Entweder "Barbecue", "Cheddar", „Parmesan and Garlic", "Black Pepper" oder „Vinegar". Dazu vielleicht noch verschiedene *Dips*, wie wir sie von den *Nacho-Chips* kennen und der Abend kann in punkto Gewichtszunahme nicht schief gehen.

Käsedips oder Käsesaucen sind hier sowieso der Hit. Empfehlen sich für das schnelle Abendessen. Sei es der „**American Cheese Zip**", die sprühfertige Schmelzkäsezubereitung aus Cheddarkäse, die für Sandwichs, Hamburger oder Hotdogs verwendet wird. Oder die mikrowellentaugliche Käsesauce zum verfeinern von Gemüse, Kartoffeln oder Brezeln.
Nicht weniger interessant ist das „Macaroni Cheese Diner", ein Maccaroni Käse Gericht, das sehr schnell in der Zubereitung ist.
Einfach Nudeln abkochen, Wasser abgießen, 60g Margarine, Käsepulver und Milch hinzugeben, vermischen und genießen...
Schnell, lecker und sehr hüftfreundlich...

Frischer Salat?
Ach so Salat!

Habe ich in Deutschland schon einmal gegessen! Soll angeblich ein recht gesundes Nahrungsmittel sein?! Ist schon so lange her, dass ich damit in Berührung kam! Aber an die Dressing Flaschen – mit dem Konterfei von *Paul Newman* – kann ich mich noch genau erinnern. Salatsaucen selbermachen? Wie geht das denn? Kann man tatsächlich Essig und Öl mit verschiedenen Gewürzen zusammentun? Und das schmeckt womöglich auch noch?

Ich habe keinen, und die Betonung liegt auf **keinen**, Ami kennengelernt, der nicht die „**Newmans Salad Dressings**" benutzte. 250ml Flaschen mit besonders cremigen Saucen...

Wundert sich jetzt noch irgendjemand über die fettleibigen US-Bürger? Liegt es nicht auf der Hand, das der Pro-Kopf-Kalorien Verbrauch höher ist als in Europa? Jeder dritte Amerikaner gilt als übergewichtig und mittlerweile gibt es eine wachsende Bewegung, die gegen die Diskriminierung von Dicken kämpft! Kann man stolz darauf sein, Übergewicht zu haben? Treppen hinaufzuwatscheln wie Enten oder hinunter wie Robben? Zu keuchen, zu schwitzen und Stühle unter sich aussehen zu lassen wie Kindergartenmobiliar?

Doch die Regierung sagt mittlerweile den Kampf gegen die Fettleibigkeit an. Schulbehörden streichen Pommes und Burger aus den Menüs der Kantinen. In New York ist eine Steuer auf Soft Drinks im Gespräch. Restaurants sollen demnächst die Kalorienwerte ihrer Gerichte angeben.
United Airlines zwingen seine Passagiere, die nicht in ihren Sitz passen, ein zweites Ticket zu kaufen.

Aber so lange sich ernährungstechnisch nichts verändert, wird es verdammt schwierig werden, in diesem Land das Durchschnittsgewicht zu reduzieren.
Und deshalb kommen die im Moment in den Staaten weilenden Austauschstudenten, Schüler und Au-pair, genauso wie die vielen vor ihnen, immer noch mit ein paar Kilo zuviel im Gepäck nach Hause...

Auf Kalorien-Tour

Es stimmt tatsächlich wenn man bei *fast food* von schnellem Essen oder schneller Nahrungsaufnahme spricht. Wenn es ums Essen geht, dann waren die USA noch nie eine Insel der Seligen.

Das Land, das der Welt den ebenso fettreichen wie geschmacksarmen Hamburger und den Begriff *Fast Food* bescherte, hat im kulinarischen Bereich traditionell mehr durch Geschwindigkeit und monströse Portionen als durch Qualität von sich reden gemacht. Und weltweit dazu beigetragen, dass Essen immer weniger als Kultur und immer mehr als lästige Notwendigkeit betrachtet wird. Und der Durchschnittsamerikaner lebt sowieso gemäß dem Motto:

„*Die Dicken leben zwar kürzer, aber sie essen länger*"!

Damit keine Zeit beim Herunterschlingen der Speisen verschwendet wird, richten die Schnellrestaurants zunehmend Stehplätze ein und gestalten die verbleibenden Sitzplätze so, dass sie möglichst rasch unbequem werden. Der einzige zeitraubende Faktor, den die Industrie noch nicht in den Griff bekommen hat, ist jetzt noch das Kauen!

„Das Essen"- einst eine gemütliche Handlung, gleichbedeutend mit Vergnügen und sozialer Interaktion – ist heute zu einer notwendigen Funktion reduziert worden, ähnlich dem Rasieren oder dem Betanken des Autos.

Die amerikanische Unkultur beim Essen ist nicht auf die Schnellresraurants beschränkt. Auch in Lokalen, in denen noch eine leibhaftige Bedienung Wünsche entgegennimmt und die Speisen an den Tisch bringt, ist Eile angesagt. Hat der Gast nach dem Mahl die obligatorische Frage verneint, ob er noch etwas wünsche, liegt auch schon die Rechnung auf dem Tisch. Wer jetzt nicht schleunigst das Feld räumt und neuen Umsatz ermöglicht, verstößt gegen die guten Sitten und setzt sich dem Verdacht aus, Europäer zu sein.

Über all der Eile geht leider etwas verloren, was aber vom amerikanischen Konsumenten offensichtlich nicht sonderlich vermisst wird: der Geschmack. Natürlich hat man nicht so viel Vergnügen an Gerichten aus der Mikrowelle, aber offensichtlich seien die Leute bereit, etwas „Minderwertiges" hinzunehmen, so lange es nur schnell geht…

Mein erster Besuch in einer der vielzähligen Fast Food Ketten führte mich in den mit der gelben Möwe (auch in meinem Buch ist Schleichwerbung nicht erlaubt!). Wir fuhren jedoch in den **drive-in**, warum sollte man sich die Mühe machen auszusteigen und vielleicht kultiviert im Inneren am Tisch zu sitzen?

Nein, „*time is cash*" und somit standen wir in einer endlosen Schlange Autos an. Hätten wir der Esskultur im Inneren des Restaurants gefrönt, wären wir wahrscheinlich schneller fertig gewesen. Zumal man bedenken muss, dass zwischen Bestellung und Erhalt der Produkte ca. 5 Minuten vergingen, man die Wartezeit in der Autoschlange berücksichtigen muss und den Zahlungsvorgang. Mitunter können auch die nicht ganz so flotten Mitmenschen den Betrieb etwas aufhalten...

Na ja, Hauptsache ist immer, dass man zu seinen Fehlernährung - Symptomen kommt...

Hier tragen die wenigsten Männer einen Waschbrettbauch vor sich her, die meistens gehen mit der Biotonne spazieren...

Und die Frauen können unter Umständen als Regentonnen mit Brüsten durchgehen...

Mit Erika, wie schon einmal erwähnt, verbrachte ich viel Zeit. Tiefschürfende Gespräche fanden nicht statt, da sie mit hartem südamerikanischen Akzent und ich mit schwerem Deutschem sprach!

Doch wie man so oft feststellen kann klappt es irgendwie mit der Verständigung. Vor allem haben Mädchen im zarten Alter von 17-19 Jahren sehr wichtige Themen zu erörtern. Hauptthema Nr.1 ist das männliche Geschlecht, mit dem man locker Abende füllen kann, und spätestens wenn es zur Nahrungsaufnahme kommt herrscht Einigkeit und Zufriedenheit, man genießt schweigend und kauend.

So verbrachte ich viele Abende bei Erikas family, mitunter wurde auch übernachtet. Das tollste waren dann immer die morgendlichen Frühstücksorgien. Da die Familie neben einem Burger King wohnte, gab es ein ausgiebiges **breakfast menue to go**. Die Mutter besorgte es uns und brachte dann heißen Kaffee, Orangensaft, Rührei, Schinken und Toast in Styroporbehältern ans Bett! What an american way of life...

Niemals zuvor, und das sage ich mit energischem Nachdruck, kam ich in meinem Heimatland in den Genuss eines so umfangreichen Frühstücks direkt ans Bett serviert! Well, hatte einen Vorteil, ich wurde wenigstens mal wieder an meine „Rabeneltern" erinnert.

Habe ich eigentlich schon erwähnt, dass ich Heimweh hatte?

Wahrscheinlich nur angedeutet da es mich ja kaum berührt hatte...

Allein die Tatsache, dass ich ein überdimensionales Weihnachtspaket von zu Hause geschickt bekam. Dazu muss ich vorausschicken, dass meine Eltern mir und meiner Gastfamilie eine vorweihnachtliche Freude in Form von typisch deutschen Weihnachtssüßigkeiten, wie Lebkuchen, Dominosteine, Printen etc. machen wollten.

Vor lauter Heimweh-Frust war es für mich jedoch nicht einzusehen solche Köstlichkeiten zu teilen (wir sprechen hier über ungefähr zwei bis drei Kilos Naschereien!).

Somit versteckte ich mein / unser Präsent in meinem begehbaren Kleiderschrank, um mir nach und nach = ein Zeitraum von vierzehn Tagen, diese Ware einzuverleiben. Mann war das eine Befriedigung – allerdings weniger beim Anblick der Waagen-Anzeige!

So war es dann mit allem was mir persönlich anvertraut und geschenkt wurde. Es war wirklich „MEIN":

Ich habe Bekanntschaft mit einem netten Mann gepflegt, der in **Franchising** (=Geschäftskonzept, in dem der Franchisegeber dem Franchisenehmer die Nutzung eines Geschäftskonzeptes zur Verfügung stellt), eine **Dunkin Donut** Filiale geleitet hat. Feste Bestandteile des Sortiments sind vorwiegend glasierte und gefüllte Donuts, aber auch anderes Gebäck wie Bagels, Brownies, Muffins und Kaffeespezialitäten.

Ich wurde absoluter Donut-Fan (= handtellergroßer amerikanischer Krapfen aus Hefeteig oder Rührteig). Sie werden in Fett ausgebacken und dann mit verschiedenen Glasuren oder Füllungen verfeinert, vor allem der *„chocolate frosted"* hatte es mir angetan!

Zurück zum Thema-

Jedenfalls besaß „Demos", so hieß der Teigling-König, die Freundlichkeit, mir bei jedem Besuch ein Dutzend (=12 Stück) dieser süßen Sünden mitzubringen.

Er kam mindestens einmal in der Woche um mich zu Unternehmungen abzuholen und bat mich sein Geschenk mit den Kindern zu teilen! Bestätigt habe ich es ihm, durchgeführt nicht! Denn wie sagt man in Deutschland so schön: "Selber fressen macht fett".

Leider war das auch unschwer zu erkennen, als ich am 16.09.1990 wieder meine Familie in die Arme schließen konnte. Die 15 Kilo Speck waren bei der stürmischen Wiedersehensfreude etwas hinderlich geworden!

Da stellt man doch wieder unweigerlich fest:

Das Essen ist eine komische Sache; Jeder Bissen bleibt höchstens eine Minute im Mund, zwei Stunden im Magen, aber mindestens drei oder mehr Monate an den Hüften…

Vor lauter Heimweh war ich nämlich notorisch auf „Kalorien-Tour", gemäß dem Motto „Jede Kalorie wird mitgenommen!". Mein Körper nahm es recht gleichmütig auf, als wollte er sagen: Okay Katja, leb´ ruhig in Saus und Braus, ich weiß ja, das es nur etwas Vorübergehendes ist. Sag´ einfach Bescheid, wenn dein kleines Genuss – (Frust?) Experiment vorbei ist, dann will ich mal schauen, was ich in punkto Schadensbegrenzung tun kann!

Dazu kann ich im Nachhinein nur anmerken, dass dies ein verdammt steiniger Weg war, wieder in den Urzustand zurückzufinden!

Freunde und „Kolleginnen"

Fangen wir mit den mir drei wichtigsten „Leidensgenossinnen" an:

Kathrin

Sie war nicht nur meine engste Mitstreiterin, sondern auch die innigste Beziehung die ich pflegte.

Kathrin kam aus Bayern, der Landeshauptstadt München. Der gleiche Werdegang wie meine Person, Abi und danach die große weite Welt entdecken. Eine Familie im Staate New Jersey wurde zu der ihren, ein stattliches, kompaktes Ehepaar mit drei Kindern.

Wir verstanden uns prächtig, verbrachten viele Wochenenden im Wechsel beieinander. Sogar den Jahreswechsel, 1989/1990, verbrachten wir in „meinem" Haus zusammen.

Da ihr Bruder zu dieser Zeit gerade auf Besuch war, durfte auch er mit uns feiern. Zu dritt schliefen wir dann in meinem Zimmer und quatschten bis in den Morgengrauen.

Waren wir in ihrem Hause, hatten wir nie ungestörte Zeit. Da die Eltern durch ihre Leibesfülle völlig phlegmatisch waren, hatten sie überhaupt kein Interesse daran, sich mit ihren Kindern zu beschäftigen. Das hieß für Kathrin, bzw. uns, allzeit bereit! Keine ruhige Minute, was natürlich irgendwann an den Nerven zehrte.

Das Resultat war dann, dass Kathrin keine Lust mehr auf uneingeschränkte Dienstleistung hatte und ihr Au pair- Jahr nach 4 Monaten abbrach...

Wir blieben noch lange in Kontakt, meine Schwester und ich besuchten sie sogar in ihrer Heimatstadt. Dort zeigte sie uns das absolute „Muss" eines jeden dort verkehrenden Touristen: das Münchner Oktoberfest. Ich sah es einmal und dann nie wieder, da diese Art von Massenbesäufnis für mich schlichtweg abstoßend war.

Gesa

Die zweite Verbündete war Gesa, ein ca.1.85m großes, schlankes Mädchen aus Norddeutschland. Sie war ein anderer Menschenschlag; ernst, zurückhaltend und distanziert. Aber da ja bekanntlich das gleiche Schicksal verbindet, fanden auch wir einen gemeinsamen Nenner und gleiche Interessen.

Sie war im Bundesstaat Connecticut stationiert, bei einer Familie mit zwei Kindern. Hier war es das krasse Gegenteil wie bei Kathrin, hier waren die Kinder die Wuchtbrummen.

Für Gesa war es schwer, diese Geschöpfe überhaupt einmal bewegt zu bekommen. Sie war oft schrecklich deprimiert, weil die Zwei völlig interesselos waren, und förmlich vor dem Fernseher klebten. Auch die Eltern trugen nichts dazu bei, an dieser Situation etwas zu ändern!

Ein gemeinsamer Trip nach Philadelphia bereitete uns zwei viel Freude. Diese Stadt liegt im US-Bundesstaat Pennsylvania an der Ostküste der Vereinten Staaten. Nach New York ist sie dort die zweitgrößte Stadt.

Hier spielte übrigens der erste große Hollywoodfilm, „Philadelphia", mit Tom Hanks in der Hauptrolle, der sich kritisch mit dem gesellschaftlichen Umgang von AIDS-Erkrankten und Homosexuellen auseinandersetzt.

Wir nahmen ihr kleines Auto (Honda Civic), packten unsere Reisetaschen und fuhren los. An einem Campingplatz angekommen versuchten wir uns im Aufbauen des Zeltes. Keine von uns hatte jemals Campingurlaub gemacht und somit null Ahnung wie und wo man die Heringe zu platzieren hat. Aber wir „survivors" haben es geschafft. Wahrscheinlich war es das schiefste Zelt des ganzen Platzes! Zur Belohnung stürzten wir uns dann ins Nachtleben Philadelphias.

Außerdem lernten wir im „Big Apple" zwei schwarze, gutsituierte Jura-Studenten kennen. Einer von ihnen hatte ein Apartment auf Manhattan mit grandioser Aussicht auf die Skyline. Dort verbrachten wir, anlässlich der Geburtstagsfeier des Eigentümers, einen unvergesslichen Abend mit Kaviar-Häppchen und Champagner.

Leider war auch Gesa nicht glücklich mit ihrer Familie und ihrer Situation und verließ uns/mich im Frühjahr 1990!

Michaela

Die Dritte im Bunde war Michaela, ursprünglich in Wolfsburg, Bundesland Niedersachsen und Unternehmenssitz der Volkswagen AG, beheimatet.

Sie war eine sehr, dem Aussehen zugeneigte Person, mit üppigen Formen. Nett anzuschauen und mit großer Klappe aber auf ihre Art sehr liebenswert.

Mit Michaela machte ich New York unsicher, danach pflegte sie bei mir zu übernachten. Denn hier hatte sie die Möglichkeit sich auszukotzen.

Entschuldigt bitte die Ausdrucksweise, aber was sie mir erzählte, kann nicht anders artikuliert werden und stellten auch mir die Haare.

Ihre Gastfamilie bestand lediglich aus einem Elternteil, dem Vater, mit zwei Kindern. Frisch geschieden und total überfordert mit Haushalt- und Vater- bzw.Mutterpflichten.

Alles dort war ziemlich verwahrlost, die Kinder desorientiert und ungezogen. Fast täglich rief mich Michaela an, um mir ihr Leid zu klagen. Nein, wir hatten keine Bedenken, was die Telefonrechnung anbelangt, denn in den USA gab es schon vor 20 Jahren eine sogenannte „Flatrate", die es ermöglichte innerhalb einer Stadt (nicht Staat) kostenlos zu telefonieren.

Eines Freitag morgens, ich saugte gerade das Esszimmer, brauste ein Auto unsere Auffahrt entlang. Neugierig, was in diesem völlig lahm gelegten Bezirk jetzt passieren würde, ging ich hinaus in den Hof. Eine total hysterische Michaela kam auf mich zugerannt und verlangte nach Hilfe.

Selbstverständlich bekam sie von mir Asyl und ging mit mir in die Sicherheit des Ward-Hauses, ohne das ich einen blassen Schimmer hatte, was eigentlich vorgefallen war. Dort angekommen berichtete sie mir, was die Ursache ihres außer Kontrolle geratenen Auftretens war:

In der Nacht zuvor war sie aufgewacht, weil sie Geräusche in ihrem Zimmer wahrnahm. Anfangs orientierungslos, brauchte sie ein paar Sekunden um die Lage zu peilen. Mit Erschrecken registrierte sie, dass ihr Gastvater an ihrem Bett saß und sie unsittlich berührte. Sie erstarrte, bis sie irgendwann die Kraft hatte zu reagieren und ihn abzuwehren. Er verließ den Raum, sie verschloss die Türe und packte frühmorgens ihre Koffer. In ihrer Verzweiflung fiel ihr nur meine Adresse ein. Ich rief Anthony, einen befreundeten Polizisten an, um von ihm Beistand und Hilfe zu erwarten.

Kurz nach dem Gespräch hörten wir Autoreifen quietschen und Michaelas Gastvater stand in der Auffahrt. Panisch verriegelten wir die Haustüre, während er wie von der Tarantel gestochen auf das Haus zulief.

Wildeste Gedanken gehen einem in diesem Moment durch den Kopf und du rechnest mit dem allerschlimmsten. Schließlich war ich in meiner Jugend begeisterte „Stephen King"-Leserin und hatte eine blutrünstige Phantasie!

Aber wie es das Schicksal manchmal so will, wenn einem die Schutzengel gut gesonnen sind, flitzte die nächste Karosse heran. Zu meiner großen Freude und Erleichterung war es ein Polizeiwagen – Anthony – unser Lebensretter?! Er peilte sofort die Lage, nahm den Bösewicht fest und verhinderte für uns das Schlimmste…

Mike wurde abgeführt, Michaela fand noch ein paar Tage Obdach bei uns und bereitete alles für ihren Rückflug vor. Man bot ihr noch eine Ersatzfamilie an, doch ihr Bedarf war gedeckt, was auch hundert Prozent nachvollziehbar war.

Acht Tage später trat sie dann ihre Heimreise an und ich war wieder eines Gefährten ärmer…

Anthony

Kommen wir noch einmal auf besagten Polizisten zurück.

Anthony war fünf Jahre älter als ich, gutaussehend und mit deutschen Wurzeln. Seine Eltern, gebürtige Augsburger, wanderten Anfang der 60er Jahre in das Land der unbegrenzten Möglichkeiten aus. Anthony wurde 1965 in New York geboren und zweisprachig erzogen. Das hatte ein einwandfreies, akzentloses Deutsch als Ergebnis. Er besuchte die Highschool und ließ sich mit Leib und Seele zum „Cop" (Polizisten) ausbilden.

Zur amerikanischen Highschool lässt sich noch folgendes sagen: Sie ist eine Einheitsschule, mit der deutschen Gesamtschule vergleichbar. Da alle Jugendlichen im entsprechenden Alter auf die Highschool gehen, ist das Niveau breiter gestreut als in den deutschen Gesamtschulen.

Sie ist eine „Dreivierteltagsschule" mit sechs vollen Stunden Unterricht pro Tag. Dazwischen liegt ein langer Break, die Mittagspause. Hier besteht die Möglichkeit in der Schulkantine zu essen oder sich an nebenunterrichtlichen Aktivitäten (American Football, Basketball, Baseball) zu betätigen. Samstag und Sonntag sind schulfrei, neben recht langen Sommerferien (ca. zwei – drei Monate) gibt es noch Weihnachts- und Frühlingsferien (spring break). In der Regel wird die Highschool nach der 12.Klasse mit dem „Highschool Diploma" abgeschlossen.

Des Weiteren gibt es noch das College. Dies ist wiederum vergleichbar mit unserer Hochschule. In aller Regel wird an Colleges (Ein-)Fach- Ausbildung und an Universitäten „research-based" Bildung angeboten. Deshalb wird der

Abschluss an einer Universität (man denke nur an Harvard), als höherwertig angesehen als jener an einem College.

Am College kann in 3 Jahren ein Bachelor erworben werden. Der mindestens vierjährige „Bachelor Honours" (wissenschaftliches Diplomstudium) wird praktisch nur an Universitäten angeboten.

Kommen wir zurück zu unserem Vollblut-Bullen. Seine Eltern betrieben in Cornwall ein Reisebüro. Mit seiner Mutter teilte ich eine Gemeinsamkeit. Auch sie war einst als Au Pair beschäftigt, allerdings damals noch auf privater Ebene vermittelt. In den 50/60er Jahren gab es noch keine Agenturen, die sich auf die Vermittlung von Auslandskräften spezialisiert hatten. Sie war damals in England stationiert und somit konnten wir Erfahrungen austauschen.

Wenn Anthony keinen Dienst oder Einsatz hatte verbrachten wir mit seinen Kumpels viel Zeit, gemeinsame Unternehmungen am Wochenende gehörten zum Pflichtprogramm.

Allerdings standen keine Discobesuche auf der Liste, da es im Umkreis weit und breit keine Tanzstätte gab. Also gingen wir essen, ins Kino oder zu irgendeinem nach Hause, wo wir es uns dann mit Snacks und Cocktails gemütlich machten.

Mixgetränke schlürfen gehörte zu einer unserer Lieblingsbeschäftigungen, da wir einen examinierten Barkeeper in unserer Runde hatten. Anthony war oftmals mein Retter in der Not; half mir bei Botengängen und Übersetzungsgeschichten und stand mir bei meiner Gerichtsverhandlung bei…Dazu später!

Er besuchte mich ein Jahr später in Karlsruhe. Nahm das Auto seiner Großeltern und fuhr vom fränkischen Augsburg in die badische Fächerstadt. Da ich ihm etwas Besonderes bieten wollte, schlug ich vor, einen Ausflug ins benachbarte Elsass zu unternehmen und zum Abschluss einen für diese Region typischen Flammkuchen essen zu gehen.

Frohen Mutes fuhren wir los, schlenderten durch die hübschen Gässchen der französischen Städtchen, tranken elsässisches Bier und gingen in eine „Flammeküche". Nach ausgiebigem Festmahl, ein Fladen klassisch mit Speck und Zwiebeln, einer mit Knoblauch, der letzte mit Münster-Käse, traten wir den Heimweg an.

Nur unterlief mir ein fataler Fauxpas: Wahrscheinlich benebelt vom französischen *biére* verwechselte ich „Haguenau" mit „Hagenbach"! Wir fuhren Richtung Haguenau, deutsch Hagenau, ein Städtchen rund 25 km nördlich der elsässischen Hauptstadt Straßburg gelegen, und gelangten immer weiter ins Innere Frankreichs. Dabei hätten wir die andere Richtung gen Hagenbach nehmen müssen. Denn diese Strecke hätte uns wieder via Rheinland Pfalz nach Baden-Württemberg geführt. Nach einer halben Stunde bemerkten wir unseren (meinen!) Fehler, weil überhaupt nichts mehr Deutsches zu erkennen und zu lesen war.

Also, nichts wie retour, was noch einmal 1,5 Stunden bis in mein Heimatörtchen bedeutete. Kurz vor Mitternacht kamen wir dort an und wurden von meinen besorgten Eltern empfangen. Schlimm war für mich nur, dass Anthony noch zurück ins Frankenland musste… - 2,5 Stunden Autofahrt –

In schriftlichen Kontakt standen wir noch viele Jahre, besucht hat er mich leider nie wieder!!!

Gabi

Sie erwähnte ich im Zusammenhang mit der Nacktplanscherei ihres Sohnes in deren Yard. Gabi war 10 Jahre älter als ich, österreichischer Herkunft und mit Craig, einem wahnsinnig gutaussehenden Ami verheiratet.

Eine Urlaubsbekanntschaft, die sich mit dem Glück eines kleinen Sohnes festigte. Die Beziehung war glücklich, doch richtig aufgehoben und beheimatet fühlte sich Gabi nie. Zu verschieden waren die Mentalitäten. Was wir Europäer (in diesem Fall Deutsche und Österreicher) cool sahen, war für die Staaten-Bewohner unmöglich. Anders herum genauso.

Gabi war gelernte Fremdsprachenkorrespondentin, hatte somit keinerlei Sprachbarrieren. Ihren Sohn erzog sie zweisprachig. Mit ihr verbrachte ich viele Nachmittage, nur die Abende waren für ihren Mann reserviert.

Gab es Probleme mit der Kindererziehung oder den Hausaufgaben, sie stand mir mit Rat und Tat zur Seite. Auch wenn mich das Heimweh und die Sehnsucht nach Hause packten, sie hatte immer ein Ohr und tröstende Worte für mich.

Viele Jahre lang hatten wir noch schriftliche Korrespondenz miteinander, sie hielt mich immer auf dem Laufenden. Schließlich musste ich ja weiterhin über die Geschehnisse im Ort und in der Ex-Familie informiert sein! Aber über sieben Ecken erfuhr ich dann, dass die Beziehung doch scheiterte und Gabi heute wieder in **good old Europe** lebt.

Erika

Erika erwähnte ich in den vorherigen Kapiteln schon mehrmals. Sie war die 16-jährige, sehr frühreife, chilenische Freundin, die einen Stadtteil weiter mit ihrer Familie lebte. Ihre Interessen galten vor allem dem männlichen Geschlecht und damit zusammenhängend ihrem Aussehen.

Erikas Eltern wanderten in die USA ein, als sie 10 Jahre alt war, da der Arbeitsmarkt in Südamerika nicht viel hergab. Erikas Familie war sehr übergewichtig, vor allem bei dem kleineren Bruder war kein Hals mehr erkennbar. Er war eine kleine runde Masse, die sich meist nur vor dem Fernseher bewegte.

Wir verstanden uns trotzdem blendend und kamen irgendwann mal auf die Idee einen kleinen Teil der Welt gemeinsam zu entdecken. Kurzerhand buchten wir einen Trip an die Niagara Fälle/Toronto.

Mit dem Greyhound-Bus (**Greyhound-Lines** sind das größte Fernbuslinien-Unternehmen in Nordamerika mit Hauptsitz in Dallas) ging es freitags los und nach einer 4-stündigen, sehr amüsanten Busfahrt kamen wir am frühen Nachmittag in Ontario an.

Die Stadt wurde ohne jegliche Verzögerung erkundet und unsicher gemacht, die Niagarafälle wurden für den nächsten Tag aufgehoben.

Erwartungsfroh ging es dann am nächsten Morgen los und ließ uns sprachlos und beeindruckt vor diesen tosenden Wassermassen verharren, die vor einem 58 Meter in die Tiefe stürzten.

Sie befinden sich an der Grenze zwischen dem US-amerikanischen Bundesstaat New York und der kanadischen Provinz Ontario. Wir begutachteten die Fälle von beiden Seiten. Mit einem Regencape ausgestattet gingen wir auch unter die Wasserfälle (offiziell begehbar) und kamen fast mit einem Hörschaden wieder an die Oberfläche.

Das Wort **Niagara** heißt in der indianischen Sprache der Ureinwohner übrigens „donnerndes Wasser", was seinem Namen alle Ehre tut.

Es bestand die Möglichkeit mit sogenannten *„Maid of the Mist-Booten"* eine kleine Tour vor den Fällen zu unternehmen. Wir verzichteten darauf, weil wir ohnehin schon pitschenass waren, und halbtaub macht so eine Fahrt irgendwie auch keinen Spaß.

Den Anblick bei Nacht, wenn die **„Brautschleierfälle"** beleuchtet sind, gönnten wir uns noch, um unsere innere Romantik aufleben zu lassen.

Der nächste Tag ging mit einer Stadtrundfahrt in Toronto los, die größte Stadt Kanadas. Was vielleicht keiner weiß ist, das Toronto nach New York City die zweithöchste Anzahl an Wolkenkratzern auf dem nordamerikanischen Kontinent besitzt. Allein in Downtown Toronto gibt es über 100 solcher Hochhäuser.

Das Stadtbild ist geprägt von unterschiedlichen architektonischen Stilen. Man sieht viele Häuser im viktorianischen Stil, viele Erker, Giebel und andere neugotische Elemente.

Der Stadtkern besteht vor allem aus hohen Bauwerken, mittig ragt der CN Tower (Canadian National) als höchstes freistehendes Bauwerk und Wahrzeichen hervor. Durch diese Vereinigung unterschiedlicher Baukunst, ist es umso idyllischer, wenn man die Gesamtlage der Stadt sieht.

Direkt am Nordwestufer des Ontariosees gelegen, mit einer Küstenlinie von 46 Kilometern. Die Vielzahl von Bächen und Flüssen haben zahlreiche Schluchten geschaffen, was einem zu romantischen Träumereien veranlassen kann.

Dieser krasse Gegensatz zwischen Betonhochburgen und Naturschauspielen machte auch für uns den Besuch zu einem Highlight. Schweren Herzens verließen wir diese Region wieder, hatten jedoch genug Gesprächsstoff und Erinnerungen um noch lange davon zehren zu können.

Mit Erika entdeckte ich auch das damals neu in Mode gekommene Kult-Getränk *„wine-cooler"*. Schließlich fanden wir immer wieder verschiedene Anlässe zum Anstoßen und trafen eines Tages auf dieses alkoholische Getränk.

Bei uns in Deutschland würde man heute „Alkopop" sagen, ein umgangssprachlicher Begriff für aromatisierte alkoholische Getränke (in diesem Fall Wein mit Fruchtsaft oder anderen Aromen).

Mussten wir uns jedoch immer von Älteren besorgen lassen, denn es gibt in den USA ein national festgelegtes Mindestalter von 21 Jahren. Dies bedeutet, dass ab diesem Alter erst der Erwerb, sowie der Konsum von Alkohol legal ist.

Aber sie schmeckten köstlich, ein reines Mädchengetränk würde jetzt der ein oder andere Macho sagen und machten uns redselig, schwärmerisch und vor allem müde…

Da Erika und ich ja sehr unternehmungslustig waren, kamen wir auch spontan auf die Idee, uns in den Greyhound-Bus Richtung **Atlantic City** zu setzen.

Diese im Staate New Jersey gelegene Stadt, wird auch „**Las Vegas**" der Ostküste genannt. Was Las Vegas in der Wüste ist, ist Atlantic City am Meer: ein Spielerparadies.

Dennoch ist es weit weniger berühmt als seine für das Glücksspiel bekannte Schwester an der Westküste der USA. Für viele New Yorker ist AC ein beliebtes Wochenendziel, um den vielzähligen Casinos oder sonstigen Freizeitangeboten zu frönen.

Seit 1976 dürfen hier die Kugeln rollen und einarmige Banditen ihr Unwesen treiben. Hätte man dem Staat New Jersey nicht die Glücksspiellizenz erteilt, wäre der alte, einst recht berühmte Badeort heute ziemlich verfallen.

So fuhren auch wir für zwei Nächte in das Spielerparadies. Wie dumm nur, dass wir nicht beachteten, dass nur volljährige Personen, sprich in den USA ab 21 Jahren, Zutritt zu den Spielcasinos haben!

Also blieb uns nichts anderes übrig, als durch die Strassen der Stadt zu flanieren, zu shoppen und uns die Spielhöllen von außen anzuschauen.

Statt Geld zu verspielen, beziehungsweise zu gewinnen, gaben wir es systematisch aus, indem wir uns alles mögliche Kulinarische gönnten und abends einen Kinobesuch anstrebten.

Auf diese Weise lernten wir Atlantic City wahrscheinlicher intensiver kennen wie manch anderer, der nur zum Zocken hierherkommt...

„Angeklagt"

Manchmal kommt man nicht umhin auch Peinlichkeiten zu erzählen.

Obwohl ich mich eigentlich nie schuldig fühlte, kam es doch zu einem kleinen Zwischenfall der mich schlaflose Nächte kostete.

Auslöser des ganzen war eine Geschwindigkeitsüberschreitung von lächerlichen 50 kmh. Ja o.k, klingt auf den ersten Eindruck etwas viel, aber ich hatte es wirklich furchtbar eilig. Hätte der kleine Satan von Andrew nicht wieder seine Schuhe versteckt, hätten wir seine Schwester pünktlich zum Sport gebracht...

Aber durch diese blöde Aktion musste ich fast eine halbe Stunde Kindertreter suchen, während sich dieses Scheusal schlapp lachte.

Gesucht, gefunden und dann nichts wie weg. Der Highway war kaum befahren also gab ich Gas. Nur mit dieser verdammten Polizeikontrolle mit Geschwindigkeitsmessung habe ich nicht gerechnet.

Nichts tut die Polizei hier lieber als abzuschleppen, weil es für die Gemeinden eine herrliche Einnahmequelle ist. So und mit sogenannten **„speed traps"**, Geschwindigkeitskontrollen, werden die chronisch leeren Kassen aufgebessert. Das Fiese bei den speed traps ist, das der Polizeiwagen nicht ersichtlich ist und meistens hinter einer Kurve steht!

Nun ja, 100 Mal geht es gut, bei Nr.101 scheitert man – dumm gelaufen!

Die Gesetzeshüter waren zwar nett, ließen meine Ausrede (Kristen muss pünktlich beim Sport sein) jedoch nicht gelten und verabreichten mir einen Strafzettel von 250 Dollar. Meine Herren, in was für einem spießigen und kleinkariertem Land bin ich hier nur gelandet...

Da ich meinen Gasteltern nichts davon erzählen wollte, und die Kinder zum Schweigen verpflichtet hatte, rief ich in meiner Not Anthony an. Erst wollte er mir einen Vortrag über Verkehrsregeln halten, doch das konnte er sich sparen, denn ich war nicht in Stimmung mir so ein Gelaber anzuhören!

Er riet mir dazu, es auf eine Gerichtsverhandlung ankommen zu lassen und das Geld einzuklagen. Ich glaube wenn er mein Gesicht am anderen Ende der Leitung gesehen hätte, wäre ich per Polizeiwagen in die nächstgelegene Psychiatrie gekommen!

Ich fragte ihn ob es ihm noch gut gehe, denn wie sollte ich 19- jährige deutsche Kriminelle vor amerikanischem Recht bestehen? Entweder du zahlst die 250$ oder du probierst es, war seine lapidare Antwort, immer mit der Prämisse, das er mir helfe und alles in die Wege leite.

Hierzu muss ich vorweg schicken, dass in der Stadt die niemals schläft, auch die Justiz nicht müde wird. In den *criminal courts* werden sogar bis in die späten Abendstunden Kleinkriminelle im Eilverfahren abgeurteilt. In großen, meist lieblosen und düsteren Gerichtssälen geht es Schlag auf Schlag zu. Im Eiltempo werden Akten studiert, Anklagen heruntergerattert und Urteile gefällt!

Also gut dann wollen wir uns mal in dieses Abenteuer stürzen.

Ein paar Wochen später bekam ich die Vorladung zu Gericht. Da diese Termine immer abends, aufgrund der Berufstätigkeit der Amerikaner stattfinden, musste ich meinen Gasteltern gegenüber keine Ausrede erfinden, da meine Abende ja frei waren.

Das Gebäude kann man sich wie eine bestuhlte Turnhalle vorstellen, einfach, ohne jeden Komfort. Die verschiedenen Kläger und Beklagten lehnten an den Wänden oder mit dem Gesicht zur Wand, manche in Handschellen und warteten darauf, dass sie an die Reihe kämen.

Der Richter ein weißes Koloss mit schwarzem Talar und einem finsteren Blick, vermittelte den Eindruck, dass mit ihm nicht zu spaßen war! Der Gerichtsdiener rief die Fälle nacheinander auf, der Richter hörte jeweils beide Seiten an und traf dann sofort eine Entscheidung ohne Widerspruch zu dulden.

Da ich mich selbst verteidigte, ein Anwalt hätte ich mich wahrscheinlich in den finanziellen Ruin getrieben, ging mir mächtig die Düse.

Doch als Nummer 34, gefühlte 180, sprich meine Wenigkeit an der Reihe war, hätte ich mich lieber live im Samstagabendfernsehen einer Darmspülung unterzogen, als hier vor dem Kadi zu stehen. Dennoch ging ich flotten Schrittes nach vorne zu der Kaugummi kauenden Respektperson um ihr Auge in Auge, Zahn um Zahn die Stirn zu bieten und wartete nur darauf das seine Kaugummiblasen am Punkt ihrer maximalen Ausdehnung zerplatzten!

Er verlas die Anklageschrift, streute damit noch einmal Salz in meine Wunden, indem er mein Vergehen – die Geschwindigkeitsüberschreitung von 50 kmh – nochmals dem breiten Publikum verkündete. Mein Gott war ich gesegnet, dass ich keine Vorstrafen hatte! Er wollte, bzw. das Gericht, eine Erklärung für ein solches Vergehen von mir hören.

Und die lieferte ich ihm:

„You know German Autobahn"? Mit diesen einleitenden Worten begann ich meine Verteidigung und begann mit einer intensiven und äußerst eindrucksvollen Darstellung unserer geschwindigkeitsfreien Autobahnen. Irgendwie hatte ich den Eindruck dass ihn meine holprigen Verteidigungsversuche in den Bann zogen.

Natürlich musste ich mit aller Deutlichkeit klarmachen, dass es für einen Deutschen eine extreme Herausforderung ist, sich von der deutschen

Schnellstrasse auf den US Highway umzugewöhnen. Und wäre es bei mir nicht ein zeitlicher Notfall gewesen, wäre ich selbstverständlich nie über dem Tempolimit gefahren…

Oh Wunder – thanks god – das Tier von Mann glaubte mir!

Er ging sofort auf meine unglaublich realistische Darstellung der deutschen Autobahn ein und verfiel ins träumerische Erzählen einer seinerseits in Germany erlebten Autobahn-Geschichte:

Wie er es genossen hat, ohne auf den Stand des Tacho-Zeigers über die Strassen zu brettern. Für ihn ein einzigartiges Erlebnis, was er bisher nur in Deutschland kennengelernt hatte! Ich pflichtete ihm bei, schleimte natürlich unsagbar, ohne jedoch eine Spur zu hinterlassen!

Das ungefähr noch 50 andere Leute im Raum waren, nahm ich gar nicht mehr zur Kenntnis und bestätigte ihm, so eine Tat auf keinen Fall mehr zu wiederholen! Schließlich gelten hier ja andere Gesetze…

Nach diesem netten Plausch, unter Berücksichtigung meiner uneingeschränkten Einsicht, meines zarten Alters und der Ferne meiner Heimat, ließ er die Anklage des Staates New York fallen und wünschte mir noch einen angenehmen Aufenthalt.

Er verabschiedete mich mit den Worten:

„Be careful and behave the rules"

„sei´vorsichtig und halte die Regeln ein"!

Am Ende des Saales wartete Anthony auf mich, wir bedachten uns eines siegessicheren Lächelns und gingen zur Feier des Abends noch einen Cocktail trinken (für ihn natürlich einen Alkoholfreien!). In seinem Polizeiwagen wohlgemerkt, da ich nicht wusste, wie die Verhandlung bei mir ausgehen würde. Ich möchte eigentlich gar nicht darüber nachdenken, was gewesen wäre, wenn man mir den Führerschein entzogen hätte!

Wahrscheinlich wäre ich schneller zuhause in Deutschland gewesen als mir lieb gewesen wäre.

Aber geläutert war ich und so einen Vorfall gab es kein zweites Mal. Auch meine Gastfamilie erfuhr nie etwas davon, dank der Verschwiegenheit aller Mitwisser!

Halloween und andere Feiertage

Eins muss man den New Yorkern lassen: Aufs Feiern verstehen sie sich. Abgesehen von den Wintermonaten, vergeht kaum ein Sonntag ohne Straßenfeste und Paraden.

Nur der Karneval hat in New York nicht Fuß fassen können – vielleicht, weil es für Sraßenumzüge im Februar wirklich zu kalt ist. Oder vielleicht auch deshalb, weil ohnehin das ganze Jahr hindurch Karneval herrscht, wie zum Beispiel Halloween Ende Oktober.

Erstmals in den USA wurde ich mit diesem Volksbrauch konfrontiert.

Der ursprünglich aus Irland kommende Brauch wird in der Nacht vom 31.Oktober zum 1.November gefeiert.

Im Laufe der Zeit entwickelte sich Halloween neben Weihnachten und Thanksgiving zu einer der wichtigsten Feiern in den Vereinten Staaten. Seit den 90er Jahren wird Halloween auch in Europa gefeiert.

Da ich dieses Kostümfest überhaupt nicht kannte, war ich ziemlich irritiert, als Andrew in einem Skelett-Kostüm vor mir auftauchte. Ein schwarzer Anzug mit weiß aufgemalten Knochen, auch sein Gesicht war eine weiße Fratze.

O.K. spielen wir das Spiel mit und fürchten uns ganz schrecklich. Ich versteckte mich vor lauter Furcht hinter den Türen, der Geist hat seine wahre Freude.

Als dann noch seine Schwester als orangefarbener Kürbis ins Wohnzimmer trat, war es um meine Fassung geschehen. Ich musste mich erst einmal sammeln, sonst hätte ich die Kinder nach Strich und Faden ausgelacht. Mein Gott, was kam heute noch alles auf mich zu?

Es gab in der Kirche eine Halloween-Party, zu der ich meine Monster brachte und sie einen amüsanten Nachmittag mit verschiedenen Partyspielchen hatten. Als wir bei Dunkelheit zurückfuhren strahlten uns von jeder Hauseinfahrt beleuchtete Kürbisse entgegen.

Jeder hatte laut irischem Brauch eine andere Fratze eingeschnitzt und sollte damit böse Geister abschrecken. Sah wirklich etwas unheimlich aus, weil durch ihre Beleuchtung alles orangefarben flackerte und damit eine furchterregende Atmosphäre entstand.

Zuhause angekommen ging es zu dem wohl bekanntesten Brauch des Festes über. Die Kinder wanderten von Haus zu Haus (natürlich nur mit meiner Begleitung, da es ja schon stockfinster war!) und forderten mit den Worten **trick or treat** - *Streich oder Leckerbissen*, die Bewohner auf, ihnen Süßigkeiten zu schenken, weil sie ihnen sonst einen Streich spielen würden.

Jeder Haushalt ist darauf vorbereitet und hat eine große Auswahl an **goodies** (Leckerlis) vorbereitet. Also ich bezeichne entweder ein Hundeleckerli oder Süßigkeiten, die als Belohnung gedacht sind, als Goodies. Für die Amerikaner ist alles was süß beziehungsweise eine Näscherei ist ein goodie.

Offiziell gilt Halloween in Amerika als Fest der Kinder, aber auch Erwachsene haben mittlerweile eine Art entdeckt, das Tagesmotto zu erfüllen. Man geht auf Kostümbälle, bei denen Streiche und Belohnungen eher körperlich – fleischlicher Natur sind (auch Sex-Partie genannt)!

Der Abend ging zu Ende, die Kinder waren damit beschäftigt, ihre Errungenschaften zu sortieren und zu tauschen und ich kam zu der Erkenntnis, dass mir unser europäischer Karneval um einiges sympathischer ist.

Unser närrisches Treiben ist weniger schaurig, es gibt aufwendig gestaltete Faschingsumzüge statt Süßigkeiten betteln, Prinzessinnenkostüm statt Vampire und Geister, keine unheimlich ausgehöhlten Kürbisköpfe, sondern lustiges Treiben am helllichten Tag.

Feiertage und Feste fallen in den Staaten generell nicht so sehr ins Gewicht wie bei uns in Deutschland. Andererseits sind einige von ihnen sehr auffallend.

Dieser Widerspruch rührt glaube ich daher, dass das Religiöse eine geringere, das Kommerzielle eine größere Rolle spielt.

Weil die Amerikaner weniger Urlaub haben wie wir Deutschen (normal sind in der Regel vier Wochen), bauen sie gerne *Brückentage* – verlängerte Wochenenden, nach einem günstig fallenden Feiertag.

Und selbst an den höchsten Feiertagen sind einige Geschäfte geöffnet und zweite Feiertage wie bei uns der Ostermontag oder Pfingstmontag werden erst gar nicht begangen.

Die Weihnachtssaison wird jedoch früh eingeläutet: nicht nur von den Weihnachtsmännern vor den Geschäften, auch von den Hausbesitzern, die ihre Vorgärten bunt illuminieren.

Mit dem Feiertag des irischen Nationalhelden **St.Patrick** wird die Saison der Paraden eröffnet. Der Umzug bewegt sich auf der Fifth Avenue. Am Nachmittag und Abend wird in allen Kneipen der Stadt dem Alkohol kräftig zugesprochen, es gibt grünes Bier zu trinken und die Bevölkerung irischer Abstammung, wie auch die ohne, schaut noch tiefer ins Glas, als sie dies auch ohne frommen Anlass zu tun pflegen.

Den Sommeranfang markiert der **Memorial Day** ((übersetzt *Gedenktag*), ein US-amerikanischer Feiertag, der jedes Jahr am letzten Montag im Mai zu Ehren der im Krieg für das Vaterland Gefallenen begangen wird.

Das Ende des Sommers läutet der **Labor Day** (übersetzt Tag der Arbeit), wie er in englisch- und deutschsprachigen Ländern der Welt genannt und gefeiert wird. Er ist wie in Deutschland ein nationaler Feiertag und wird als Gedenktag der Arbeiterbewegung zelebriert.

Thanksgiving, bei uns Erntedankfest, ist der Tag, an dem die Familien zum traditionellen Truthahnessen zusammenkommen.

Große Feste geben aber auch die „**World Series**" ab, die Serie von Endspielen der Baseballsaison und die verschiedenen „**Bowls** ", die nachsaisonalen Runden der Meister verschiedener Football-Ligen.

Wer sich nicht an Festen erfreuen kann, sollte die ganz großen trotz allem nicht außer Acht lassen, da ihretwegen alle Verkehrsmittel und Strassen hoffnungslos überfüllt sind und man mit viel Stau und Zeitverzögerung zu rechnen hat.

Wie im Wilden Westen

Ich glaube es ist wahr, wenn gesagt wird, dass sich der Amerikaner erst mit einem Colt in der Tasche als richtiger Mann fühlt. In solchen Momenten fragt man sich, ob es Menschen gibt, die sich ein Gehirn teilen, denn bei vollständigem Besitz zweier walnußähnelnder Hirnhälften, kann man doch kein Waffenfetischist sein...oder???

„Alle Schusswaffen sind gute Waffen. Ich sage, die ganze Nation sollte bewaffnet sein. Punktum!" Dieser Wunsch des Präsidenten des „Nationalen Schusswaffen-Verbandes" wird von der Mehrheit der US-Bürger vertreten, auch Bob, mein Gastvater vertrat diese Meinung!

Die Statistik weist 70 Millionen Amerikaner (von insgesamt fast 250 Millionen) als Waffenbesitzer aus. Wie viele Pistolen und Gewehre in Schubladen, Schränken, Fahrzeugen oder Tresoren aufbewahrt werden, kann nur geschätzt werden. Man geht von hunderttausenden schwarzer Waffen aus, die in solchen Verstecken ruhen.

Auf die Frage: Wozu? gibt es verschiedene Antworten..."das Hochgefühl, sich wie Gary Cooper vorzukommen" – oder „schussbereit durch die Straßen zu schlendern...", erklärt wildwestliche Männerträume!

Andererseits kann man von Geschäftsmännern und Familienvätern hören: „ Ich will kein Held sein, aber auch kein Opfer"!

Jeder darf in Amerika Gewehre und Pistolen besitzen, denn die US-Bürger sind der Meinung, dass man zum Überleben eine Waffe braucht. Nach jeder Bluttat wird die Debatte über schärfere Gesetze wieder entfacht – doch am Ende ändert sich nichts.

Für uns Westeuropäer ist es beängstigend mit welcher Selbstverständlichkeit hier mit Schusswaffen umgegangen wird. Maschinengewehre, Schnellfeuerwaffen und Revolver sind ein unverzichtbarer Ausdruck ihres Rechts auf Selbstverteidigung.

Die Schusswaffe als Selbstschutz – Millionen von Amerikanern berufen sich auf die hohe Verbrechensrate wenn sie eine *gun* im Nachtisch aufbewahren.

Etwa 30.000 Amis sterben jährlich durch Schussverletzungen;

Überfälle, Unfälle und Straßenschlachten zwischen Polizei und Gangstern sind alltägliche Lokalnachrichten. In einer amerikanischen Großstadt werden in einem Monat mehr Menschen erschossen als in einem ganzen Jahr in einem europäischen Land – eben auch, weil es so leicht ist, an eine Waffe zu kommen.

Auch die alljährliche Jagdsaison wird als „Ballerei an einem frischen Herbstmorgen" zelebriert, bei der es nur in zweiter Linie aufs Schießen ankommt. Im Vordergrund stehen der Jagdtrieb als Urinstinkt des Menschen und die Lust am Töten... Aus diesem Grund werden jedes Jahr Millionen von Rehen, Kaninchen, Eichhörnchen, Truthähnen, Fasanen, Schwarzbären und noch einiges mehr erlegt!

Immer mehr Amerikaner provozieren die Jäger mit lauter Musik, Hörnerblasen und Hupen aus den Fahrzeugen heraus. Sie behaupten, dass dadurch mehr Wild angeschossen wird, was dann aber halbtot liegengelassen wird.

Im Übrigen wird blindlings auf alles geschossen, was sich bewegt – das Jagen ist zum Macho-Symbol a la Rambo geworden!

Und so manchen Jäger traf schon eine Kugel seiner aufgedrehten Kumpane, genauso wie Kinder, Nachbarn und Ehefrauen durch Unfall oder Affekthandlung eines Waffeneigners verletzt oder getötet wurden!

Rund fünfzig neue Gesetzentwürfe befassen sich zurzeit mit der Registrierung von Waffen sowie einem Ausbildungsprogramm für Waffenbesitzer!

Selbst mein sonst so träger Gastvater war leidenschaftlicher Anhänger der Waffen-Lobby und läutete gleich am ersten Tag im November die beginnende **„hunting season"** (Jagdsaison) mit dem Erlegen zweier Hirschtiere ein...

Doch bevor er, ausgerüstet wie ein Profi-Jäger, auf die Pirsch ging, mussten die Waffen getestet werden. Ich dachte im ersten Moment, ich würde mich bei den Dreharbeiten eines Westerns befinden, als die Herren abwechselnd, ohne konkretes Ziel, in den Wald schossen. Ich weiß nicht was passiert wäre, wenn zu diesem Zeitpunkt jemand den Wunsch verspürt hätte, seine Füße genau dort zu vertreten...

Deshalb zog ich es vor, mich in den einigermaßen sicheren Räumen des Hauses aufzuhalten (hoffte ich zumindest), und streckte noch nicht einmal mein sonst so neugieriges Näschen zum Fenster hinaus. Wer weiß, vielleicht hätte sich noch ein Blindgänger verirrt und ich wäre plattgeschossen nach Hause zurückgekehrt!

Nachdem Bob und sein Kumpel Ed die erschossenen Hirsche in unseren Garten schleppten, erklärte er mir mit stolzgeschwellter Brust, dass dies erst der Anfang wäre! Doch bevor er noch weiter Tiere erlege, müssten erst einmal diese zwei Genossen versorgt werden...

Gesagt, getan – bis ich eine Viertelstunde später wieder nach draußen kam, hingen die „Braten in spe" per Seilzug am Baum!

„Und jetzt paß' auf Katja", sagte der schweißgebadete Möchtegern-Jäger zu mir, nahm ein Messer und schlitzte den armen Tieren längs den Bauch auf und entweidete sie, in dem er die Innereien und das Blut genau unter dem Baum entleerte.

Nicht nur der Anblick, sondern vor allem der Gestank, stellte mir die Luft ab. Schleunigst verschwand ich im Haus, fassungslos über den *Wilden Westen* in diesem Land!

Am schlimmsten jedoch war, dass das Vieh ungefähr vier Wochen so am Baum herumwedelte, da der Jäger keine Zeit mehr für die weitere Versorgung hatte und es damit begründete, dass es ordentlich abhängen musste!

Kann sich irgendjemand von euch vorstellen, was das tagtäglich für ein entzückender Anblick war, aus dem Haus zu treten oder nach Hause zu kommen und diese Kadaver im Wind schaukeln zu sehen? Ich war ja heilfroh das wir Winter hatten und eisige Temperaturen. Nicht auszudenken was im Sommer passiert wäre, wenn Armadas von Ungeziefer diese toten Körper erobert hätten…

Irgendwann erbarmte sich Bob dann doch, lud das Fleisch in den Kofferraum und brachte es zu Rudi, dem deutschen Metzger, der es zu essbarem Fleisch verarbeitete.

Nur eines wusste ich so sicher wie das Amen in der Kirche: Sollte ich das Tier auf dem hiesigen Esstisch antreffen, würde ich keine intensive Beziehung mit ihm eingehen.

Und so war es dann auch; an einem Sonntag stand Hirschbraten auf der Speisekarte der Familie Ward. Leider konnte ich an diesem Festschmaus nicht teilnehmen, da ich eine überaus wichtige Verabredung hatte…

Thanksgiving

Das in den USA und Kanada gefeierte Thanksgiving ist eine Form des Erntedankfestes, weicht aber von den europäischen Bräuchen ab.

Es wird am vierten Donnerstag des Monats November gefeiert und gilt nach Weihnachten als wichtigstes Familienfest. Im Mittelpunkt steht eine große Mahlzeit, meistens wird der obligate Truthahn zubereitet.

Auch in meiner Gastfamilie wurde das groß gefeiert, allerdings nicht mit Familienangehörigen, sondern mit der Nachbarschaft.

Tage vorher lag schon eine XXL-Variante eines Hähnchens in unserem Kühlschrank, der sich erst bei der Herausnahme als **Turkey** outete (gilt schließlich als größter Hühnervogel!).

Er kann ein Gewicht bis zu 10 kg auf die Waage bringen. Bis so ein Riesenvieh fertig zum Verzehr ist, vergeht ca. ein halber Tag. Denn erst einmal muss die Füllung für den Vogel hergestellt werden, indem Zwiebeln, Äpfel, Sellerie und Speck in einer Pfanne ausgelassen werden, um damit dann die Pute zu füllen. Diese muss dann im Backofen etwa vier bis fünf Stunden garen, nicht zu vergessen, den zarten Körper regelmäßig mit dem Fleischsaft zu begießen.

Dazu werden Süßkartoffeln(**sweet potatoes**) und Preiselbeer-Sauce (**cranberry-sauce**) serviert. Absolut köstlich, vor allem weil alles herrlich harmoniert. Der Truthahn war weder trocken - durch seine Füllung, die absolut lecker war, war das Fleisch schön saftig – und die Haut total knusprig.

Dazu die orangefarbenen Süßkartoffeln, die nichts mit unserer Kartoffel gemein hat und dadurch ein sehr interessanter Kontrast ist.

Ich war begeistert, obwohl ich der amerikanischen Küche sonst eher verhalten gegenüberstand. Als Nachtisch gab es noch den obligaten **pumpkin pie,** ein traditioneller amerikanischer Nachtisch, der in der Regel im Herbst gegessen wird. Er wird aus Kürbismus, Ei und Milch zu einer puddingartigen Masse gerührt und dann in einer Tarte-Form auf einen ausgerollten Teig gegeben und gebacken. Er wird dann mit Schlagsahne serviert und schmeckt für uns Europäer etwas eigen aber nicht uninteressant...

Summa summarum lässt sich das Fest gut angehen, weil man außer essen, trinken und reden nichts anderes anstrengendes machen muss.

Die Kinder waren mit Gleichaltrigen beschäftigt und ich konnte mich dem ausgiebigen Schlemmen und Entdecken neuer Köstlichkeiten widmen...

Heimweh

Die Definition für Heimweh, ist die Sehnsucht in der Fremde, wieder Zuhause zu sein. Soziologisch gesehen, richtet sich Heimweh auf die verlorene Gemeinschaft, vor allem dann, wenn der Einzelne sich in der großen weiten Welt unter lauten Fremden vereinsamt fühlt.

Ich litt schon als Kind unter dieser „Schweizer Krankheit". Mein erstes außerhäusiges Schlaferlebnis fand bei einem Spiel- und Schulkameraden statt. Wir wohnten damals noch in Bonn und Peter war mein „Leib- und Magenfreund". Jede Minute unserer Freizeit verbrachten wir gemeinsam. Was auch überhaupt kein Problem war, da wir in der gleichen Strasse wohnten.

Als ich eine Nacht bei ihm verbringen durfte, waren seine Eltern sehr bemüht, uns einen unvergessenen Abend zu machen. Tolles Essen, langes Fernsehen, sogar das Ehebett überließen sie uns. Ich sollte vielleicht bei der Gelegenheit erwähnen, dass wir 6 Jahre alt waren…

Und dennoch übermannte mich der Heimwehschmerz, da ich so unsagbar meine Familie vermisste! Sie war gefühlte 3000 Kilometer von mir entfernt…(tatsächlich waren es ca. 100 Meter!).

Aber irgendwie kriegte man mich wieder beruhigt und der tränengebeutelte Körper fand seinen Schlaf. Denn, so pathetisch es klingen mag:

Träume sind Mützen für die Seele und je passender sie sind,

desto wärmer halten sie deine Gedanken.

Man darf bei diesem heißen Thema Heimweh nicht außer Acht lassen, dass die Sehnsucht nach der Heimat zur Zerrüttung der körperlichen Gesundheit führen kann!

Mich plagte Gott sei dank nur der Herzschmerz, aber der Arzt Johannes Hofer, der das Krankheitsbild 1688 zuerst beschrieb, stellte an manchen Patienten neben der körperlichen Entkräftigung auch Fieber und sogar den Herztod fest!

Nicht auszudenken wenn mich ein solches Schicksal ereilt hätte! Natürlich konnte ich es nicht so weit kommen lassen, deshalb griff ich nach 16 Tagen Aufenthalt in New York zum Hörer und rief meine Mutter (Rettungsanker?)an.

Lautes Tohuwabohu im Hintergrund, ich glaubte meine Ohren nicht zu trauen. Feierten meine Eltern womöglich ausgelassene Parties, während ich schmerzgepeinigt am anderen Ende der Welt saß?

Tatsächlich hatten sie den Kegelverein zu einem gemeinsamen Abend eingeladen um miteinander Spaß zu haben. Geht's noch? Und ich?

Ich flennte meiner(Ex)-Erziehungsberechtigten die Ohren voll, sagte, dass ich es hier nicht aushalten könnte und mich so schnell wie möglich in den nächsten Flieger gen Germany setzen würde!

Oh je, meiner Mama war das ja so unangenehm! Im Hintergrund partyfröhliche Menschen, am Apparat eine total hysterische, mitleidsheischende Tochter.

Wenn ich daran zurückdenke, könnte ich mich noch heute dafür ohrfeigen, ich vermute, dass ich damals unter dem Einfluss halluzinogener Drogen stand(irgendeine plausible Antwort muss ich ja liefern...)! Meine Mutter hingegen meisterte die Situation bravourös, indem sie mich versuchte zu beruhigen und mir versprach mich besuchen zu kommen. Und genau das war das Mittel gegen all mein Leiden:

MAMA KOMMT !!!!

Mit dieser Aussicht konnte ich alles leichter ertragen, obwohl ich noch fast 4 Monate auf diesen Tag warten musste...

Bis dahin ereilten mich immer wieder solche Attacken, vor allem dann, wenn ich mich ungerecht behandelt fühlte, wenn einer meiner Lieben zu Hause Geburtstag hatte oder ein sehnsuchtsvoller Brief an mich kam.

Schrecklich waren auch jedes Mal die Abschiede meiner Au Pair Kolleginnen, da ich wusste, sie hatten es geschafft und ich musste weiter ausharren. Letztendlich war ich die einzige in meiner Austauschgruppe (wir waren insgesamt 15 Mädchen) die ihr Jahr voll durchzog.

Im Nachhinein kann ich stolz auf diese Leistung sein, obwohl es ganz schwierige Phasen gab, die es hieß zu überwinden.

Wäre irgendetwas mit meiner Familie in Deutschland passiert, hätte ich sofort die Koffer gepackt. Aber man versuchte mir von allen Seiten eine heile Welt zu demonstrieren, was einerseits von allen Darstellern dieses *„Dramas"* eine tolle Leistung war, aber andererseits wahrscheinlich für sie genauso viel Überwindung kostete wie für mich!

Aber somit musste ich mir keine Gedanken machen und konnte mich intensiv nur auf mich und meine Probleme konzentrieren, was mir schlussendlich half, das Jahr durchzustehen!

Nochmals danke an alle!

Nachtgedanken

Denk ich an Deutschland in der Nacht,
Dann bin ich um den Schlaf gebracht,
Ich kann nicht mehr die Augen schließen,
Und meine heißen Tränen fließen.

Die **Jahre** kommen und vergehn!
Seit ich die Mutter nicht gesehn,
Zwölf **Jahre** sind schon hingegangen;
Es wächst mein Sehnen und Verlangen.

Mein Sehnen und Verlangen wächst.
Die **alte** Frau hat mich behext,
Ich denke immer an die alte,
Die **alte** Frau, die Gott erhalte!

Die **alte** Frau hat mich so lieb,
Und in den Briefen, die sie schrieb,
Seh ich, wie ihre Hand gezittert,
Wie tief das Mutterherz erschüttert.

Die Mutter liegt mir stets im Sinn.
Zwölf **Jahre** flossen hin,
Zwölf lange **Jahre** sind verflossen,
Seit ich sie nicht ans Herz geschlossen.

Deutschland hat ewigen Bestand,
Es ist ein kerngesundes Land,
Mit seinen Eichen, seinen Linden
Werd ich es immer wiederfinden.

Nach Deutschland lechzt ich nicht so sehr,
Wenn nicht die Mutter dorten wär;
Das Vaterland wird nie verderben,
Jedoch die **alte Frau** kann sterben.

Seit ich das Land verlassen hab,
So viele sanken dort ins Grab,
Die ich **geliebt** - wenn ich sie zähle,
So will verbluten meine Seele.

Und zählen muß ich - Mit der Zahl
Schwillt immer höher meine Qual,
Mir ist, als wälzten sich die Leichen
Auf meine Brust - Gottlob! Sie weichen!

Gottlob! Durch meine Fenster bricht
Französisch heitres Tageslicht;
Es kommt **mein Weib**, schön wie der Morgen,
Und lächelt fort die deutschen Sorgen.

Heinrich Heine

Denk ich an Deutschland in der Nacht,
Dann bin ich um den Schlaf gebracht,
Ich kann nicht mehr die Augen schließen,
Und meine heißen Tränen fließen.

Die **Tage** kommen und vergehn!
Seit ich die Mutter nicht gesehn,
Zwölf **Tage** sind schon hingegangen;
Es wächst mein Sehnen und Verlangen.

Mein Sehnen und Verlangen wächst.
Die **junge** Frau hat mich verhext,
Ich denke immer an die alte,
Die **junge** Frau, die Gott erhalte!

Die **junge** Frau hat mich so lieb,
Und in den Briefen, die sie schrieb,
Seh ich, wie ihre Hand gezittert,
Wie tief das Mutterherz erschüttert.

Die Mutter liegt mir stets im Sinn.
Zwölf **Monate** flossen hin,
Zwölf lange **Monate** sind verflossen,
Seit ich sie nicht ans Herz geschlossen.

Deutschland hat ewigen Bestand,
Es ist ein kerngesundes Land,
Mit seinen Eichen, seinen Linden
Wird ich es immer wiederfinden.

Nach Deutschland lechzt ich nicht so sehr,
Wenn nicht die Mutter dorten wär;
Das Vaterland wird nie verderben,
Jedoch die **Mutter** die kann sterben.

Seit ich das Land verlassen hab,
Einige sanken dort ins Grab,
Die ich **gekannt**- wenn ich sie zähle,
So will verbluten meine Seele.

Und zählen muß ich – Mit der Zahl
Schwillt immer höher meine Qual,
Mir ist, als wälzten sich die Leichen
Auf meine Brust- Gottlob! Sie weichen!

Gottlob! Durch meine Fenster bricht
Amerikanisch heitres Tageslicht;
Es kommt **die Mutter**, schön wie der Morgen,
Und lächelt fort die deutschen Sorgen.

Katja Fläschel

Weihnachten 1989

So, auch dieses Jahr stand das Fest der Liebe vor der Türe. Jetzt musste ich mir erst einmal den Sinn des eigentlichen Festes vor Augen halten, denn „Liebe, Liebende oder von mir Geliebte" hatte ich hier keine und war eigentlich nur mit dem Konsumrausch konfrontiert.
Sei es die Gastfamilie, die Nachbarn, die dort kennengelernten Freunde, alle hetzten Geschenken und Christmas Shopping hinterher.

Etwas blöd für mich, denn so blieb für mich keine Zeit, Kleinigkeiten zu besorgen. Kurzum, die Kinder und ich beschlossen, unsere kreative Seite unter Beweis zu stellen.

Wir bastelten Karten, malten Bilder und machten allen möglichen Schnickschnack der uns einfiel. Dekorierten mit unseren Kunstwerken den heimischen Kamin, der mit weihnachtlichen Glückwunschkarten aller Art sowieso voll gestellt wird. Soll in den USA Usus sein und Glück für alle Lieben und ein gesegnetes Fest bringen.

Aus der Aktion Baumschmücken hielt ich mich raus, da dies Muttersache war. Ich kann nur sagen, Gott sei Dank, denn dieser Kitsch ging mir wahrhaftig zu weit. Es lebe das Lametta in Hülle und Fülle und auch mit kitschigem Accessoire wurde nicht gegeizt!

Holla die Waldfee, ein Traum in Kunst! Zum Glück war ich immer schon schauspielerisch sehr begabt, spielte auch einmal in unserer Kirchengemeinde einen überaus gelungenen Loriot - Sketch.
Damit will ich nur zum Ausdruck bringen, dass ich das Zeug zum Comedian habe!!! Somit fiel es mir nicht schwer, den Baum in höchsten Tönen zu loben und ihn sofort in meiner Kamera zu verewigen. Aber nur um meine Lieben zuhause mal wieder richtig zu schocken!

Ich war schon immer so liebenswert, deshalb bekamen meine richtigen Eltern, meine allerliebste Schwester und der Rest der krummbuckeligen Verwandtschaft natürlich auch gut überdachte, sinnvolle Kleinigkeiten zugeschickt. Im Detail bringe ich sie leider nicht mehr zusammen, ich weiß lediglich noch, dass meine Mutter einen Kochlöffel bekam, den ich irre praktisch fand. Und meine Großmutter eine kleine Holzente, da sie damals solche sammelte.

Man musste ja schließlich auch immer das Gewicht und die Größe der Präsente im Auge behalten, sonst hätten mich ja die Portokosten ruiniert!
Ich glaube, die Weihnachtsgeschenke, die 1989 von mir mit Liebe zugeschickt wurden, werden meiner Familie auf ewig im Gedächtnis bleiben.

Jedenfalls sollten wir den eigentlichen Heiligabend bei Marys Eltern verbringen. Diese wohnten im Stadtteil **Staten Island**.

Die Stadt New York besteht nicht nur aus Manhattan, sondern auch noch aus vier weiteren Stadtteilen, auch *Boroughs* genannt. Dazu zählen Brooklyn, Queens, Bronx und Staten Island.

Somit war die Fahrt zu den Großeltern wieder ein genussvoller Trip für mich, der uns an der Skyline Manhattans vorbeiführte. Es dauerte zwar fast zwei Stunden dieses Ziel zu erreichen, was für mich aber wieder ein Highlight war, neue Ecken zu entdecken.

Die Großeltern schlossen mich gleich in ihr Herz, vor allem die Oma schlabberte mich gleich ab wie ein Golden Retriever. Der Opa war um einiges zurückhaltender, jetzt wusste ich auch von wem Mary diese distanzierte Art hatte!
Auch hier erwartete mich eine irreale Weihnachtswelt, diesmal sogar in zartem Rosa. Meine Augen konnten gar nicht genug erhaschen und ich schwor mir, dies nächstes Jahr in Deutschland umzusetzen. Damit wäre mein Rausschmiss von zu Hause garantiert gewesen!

Zu meinem Entsetzen verging keine Viertelstunde und auf einmal war das ganze Wohnzimmer bevölkert!
Mary hatte fünf Geschwister, die alle mit Kind und Kegel aus verschiedenen Staaten angereist kamen. Bestimmt nicht nur um eine schöne Feier zu haben, wahrscheinlich auch um die Attraktion „Au Pair" zu begutachten. Ich kam mir vor wie ein bunter Hund, wartete eigentlich nur darauf irgendwann einmal Männchen machen zu müssen.

Tausendmal musste ich meine Sätze herunterleiern, 1000x hörte ich die gleichen Floskeln und war eigentlich schon erschöpft, bevor die eigentliche Zeremonie losging.

Warum müssen sich die Amerikaner vor uns Deutschen eigentlich immer beweisen? Jedes Mal kommen sie mit ihren Standardsätzen, sie können auch deutsch und dann hörst du:

- *Wie geht´s?*
- *Danke*
- *Ich liebe dich*

   …

Und immer musst du Beifall heucheln, obwohl alles so inszeniert und schrecklich albern rüberkommt!
 Aber ich kann ja nicht zu Beginn einer Bekanntschaft gleich die Lefzen hängen lassen und gelangweilt tun.

Nun ging es endlich zur Bescherung über, nicht nur die Kinder waren ungeduldig, es waren 10 an der Zahl, auch die erwachsenen Kinder wurden unruhig.

Doch bevor das eigentliche Ereignis eintraf, mussten noch aus Leib und Seele Weihnachtslieder geschmettert werden. Die Erwachsenen krähten aus Leibeskräften, die einen hoch, die anderen tief, die Kinder piepsten und ich summte, da ich den Text nicht in Englisch konnte. Der Hund flüchtete…

Bei dieser Aktion fiel mir eine **Weihnachtsfabel** ein, die ich vor Jahren einmal gelesen habe und die an diesem Abend wieder in mein Gedächtnis trat:

Die Tiere diskutierten einmal darüber, was an Weihnachten die Hauptsache sei. „Na klar, Gänsebraten", sagte der Fuchs. "Was wäre Weihnachten ohne Gänsebraten?"

„Schnee", sagte der Eisbär, „viel Schnee: Oh weiße Weihnachten!"
„Und ein paar Kerzen", heulte die Eule, „schön schummrig und gemütlich; Stimmung muss schließlich sein."

„Aber so hell, dass man mein neues Kleid sehen kann", sagte der Pfau, " sonst ist für mich kein Weihnachten."

„Und Schmuck!", krächzte die Elster. "Zu Weihnachten kriege ich immer was: einen Ring, ein Armband, eine Kette und sonstige Glitzerdinge. Das ist für mich das Allerschönste zum Fest."

„Na, aber bitte den Stollen nicht vergessen", brummte der Bär, " der ist doch die Hauptsache! Wenn es die süßen Sachen nicht gibt, verzichte ich auf Weihnachten."

„Machs wie ich", sagte der Dachs, " schlafen, schlafen, das ist das Wahre. Weihnachten heißt für mich: mal richtig ausschlafen."

„Und saufen", *ergänzte der Ochse, "jede Menge Glühwein saufen."*
Aber dann schrie er: "Aua!", denn der Esel hatte ihm einen gewaltigen Tritt versetzt:

„Ochs, du spinnst! Das Kind in der Krippe ist das Wichtigste an Weihnachten! Hast du das vergessen?"
Da senkte der Ochse und mit ihm die anderen anwesenden Tiere die Köpfe:

*„**Ob die Menschen das auch wissen?**"*

Als wir das Wohnzimmer(in diesem Fall Bescherungszimmer) betraten, traf mich fast der Schlag! Ich glaubte mich in der Spielwarenabteilung eines Kaufhauses wiederzufinden. Was hier für ein Berg von Geschenken lagerte, damit hätte man in Deutschland ein ganzes Kinderheim beglücken können...

In Minutenschnelle waren sämtliche Kartons aufgerissen, Papier und Geschenkbänder flogen durch die Gegend. Ganz abgesehen von dem Geräuschpegel der das ganze begleitete. Ich wähnte mich auf irgendeinem Weihnachtsmarkt, umgeben von tausenden Glühwein trinkenden Mitmenschen.

Nett war, dass auch ich berücksichtigt wurde und einige Geschenke bekam. Leider kann ich mich nicht mehr an Details erinnern. Daher gehe ich davon aus, dass sie mich nicht sonderlich beeindruckt haben. Außer der selbstgestrickten rosa Mütze, die ich von irgendeiner Schwester oder Schwägerin Marys bekam. Die war so hässlich, dass ich wahrscheinlich sofort des Landes verwiesen worden wäre, hätte ich sie unterwegs aufgehabt.

Aber es waren nette Gesten und die wusste ich zu schätzen.

Danach ging es zum Schlemmen an eine reich gedeckte Tafel. Es gab wieder den obligaten Truthahn, den es fast immer bei Familienfeiern gibt. Man muss aber auch sagen, dass *turkey* immer gut vorzubereiten ist und einfach eine leckere Angelegenheit. Dazu Süßkartoffeln und kalifornischen Wein – super Sache. Zum Dessert einen *pumpkin pie*.
Danach waren alle müde und erschöpft und einige machten sich schon wieder auf den Heimweg.

Schließlich sind die Nachhausewege etwas länger wie in Deutschland, man fährt mitunter locker drei bis vier Stunden wieder zurück! Auch wir verabschiedeten uns allmählich, dies dauerte aufgrund meiner Person etwas länger, da ich von allen Seiten noch mit guten Ratschlägen bedacht wurde. Endlich im Auto machte ich gedanklich unzählige Kreuze, denn dies war das anstrengendste Weihnachten meines Lebens. Nichts mit geruhsamem Gedichte aufsagen, singen, Geschenke öffnen und essen...

Ich fiel wie ein Stein in die Kiste und dachte mit Grauen an den nächsten Tag. Denn da sollte es zu Bobs Eltern gehen...

Nun gut, nach dem Frühstück ging es los, diesmal in den Stadtteil **Queens**. Auch Queens ist eine Insel und Manhattans Gegenüber. Es ist so provinziell, dass es die Bewohner von Manhattan bereits für Amerikas Mittleren Westen halten. Aber auch hier hat es schöne Ecken, obwohl sich Queens nicht anpreist.

Wieder eine lange Autofahrt, wieder mein Lieblingsblick zur Skyline, allein das machte den Ausflug schon wett. In unruhiger Erwartung harrte ich der Dinge, und war überrascht wie ruhig und friedlich hier alles ablief.

Sofort war ich tiefenentspannt. Die Oma eine lebhafte, ungemein symphatische Frau, die mich mit Handschlag auf Deutsch begrüßte, da sie als Kind lange Jahre in Deutschland gelebt und einen deutschen Vater hatte.

Ein greisenhafter alter Mann auf der Couch, der mich nicht recht wahrnahm, und sich als Großvater outete. Ein Unterschied zu den anderen Großeltern wie Tag und Nacht und das merkte man auch sofort am Verhalten der Kinder. So ruhig hatte ich sie bisher nicht erlebt und war erstaunt, dass sie dazu überhaupt fähig waren.

Die Oma und ich schnatterten ein bisschen auf Deutsch und ich wartete gespannt wann der restliche Clan kommen würde. Nachdem man uns zur Kaffeetafel bat realisierte ich das niemand mehr kommen würde. Da Bob keine Geschwister hatte und sonst keiner von der Verwandtschaft mehr lebte waren wir eine kleine, aber feine Gesellschaft.

Gegen Abend gingen wir zur Bescherung über, nichts war extraordinär und überladen. Die Kinder bekamen bis auf ein paar Süßigkeiten Dollar-Scheinchen geschenkt, da die Großeltern nicht so sehr im Trend lagen, was gerade bei Kids angesagt war.

Für die Kinder natürlich ein stinklangweiliges Geschenk, da man in dem Alter noch keine Affinität zum Geld hat. Klingt gut was? Aber auch hier spreche ich wieder aus eigener Erfahrung. Nichts war früher trister und öder wie Kuverts zu bekommen und nichts zum Auspacken zu haben!

Mir gefiel die Atmosphäre hier, es war auch nichts kitschig, die Leute waren alle ruhig und besonnen und man hatte den Eindruck das würde sich auch auf die Kinder übertragen. Da es diesen langweilig war, hier gab es schließlich auch kein Spielzeug, musste ich daran glauben. War aber in Ordnung, da wir nicht lange auf unser Christmas-Mahl warten mussten.

Und zu meiner großen Freude brachte Grandma W. (die andere war Grandma G.) einen deutschen Sauerbraten mit Knödel auf den Tisch. Mann, damit punktete sie bei mir enorm!

Es hat super lecker geschmeckt, obwohl etwas anders im Geschmack, bedingt durch die anderen Gewürze. War aber nicht schlimm und für mich das absolute Highlight dieses Weihnachten 1989!!!

Die Rückfahrt traten wir vollgefressen an, meine traumhafte Kulisse bei Nacht im Visier. Das Ende der diesjährigen, außerhäusigen Weihnachtsfeierlichkeiten war gekommen und ich konnte mich entspannt zurücklehnen. Revue passieren lassen wie es in anderen Familien und Ländern zugeht und mich darauf freuen im nächsten Jahr wieder mit der eigenen Familien feiern zu dürfen…

Ab in die Wüste

Jetzt wäre es einmal an der Zeit, über ein interessantes, für mich sehr aufregendes, verlängertes Wochenende zu berichten.

Wir schreiben das Jahr 1990, den dritten Montag im Januar – bei den Amis besser bekannt als *Martin Luther King Day*. Dies ist ein nationaler Gedenk – und Feiertag für den 1968 ermordeten schwarzen Theologen und Bürgerrechtler, der sich dem Kampf gegen soziale Unterdrückung und Rassismus gewidmet hatte und dafür sogar 1964 den Friedensnobelpreis verliehen bekam.

Dieser staatliche Feiertag ermöglichte mir ein überlanges Wochenende, was ich nutzte, um meinen Onkel samt Familie im Bundesstaat Arizona, im Westen der Vereinigten Staaten zu besuchen.

Der Empfang war herzlich, die Freude groß, als ich am Flughafen Phoenix landete, schließlich hatten wir uns über 10 Jahre nicht mehr gesehen. Der Bruder meiner Mutter ging 1979 als *Air-Force* Pilot in die USA und wurde dort sesshaft.

Als erstes erschlugen mich fast die sommerlichen Temperaturen, denn ich verließ New York bei Schnee und Minusgraden und kam in 20°C warme Gefilde. Für mich als Warmduscher natürlich äußerst angenehm, wenn auch im ersten Moment etwas ungewohnt…

Ab ging es im klimatisierten Auto nach Glendale, wo mich ein hübscher Bungalow mit Swimming Pool erwartete. Ich bekam ein ehemaliges Kinderzimmer einer meiner Cousinen als Gästezimmer zugewiesen, machte mich ein wenig frisch und wurde dann liebevoll vom Familien-Monster begrüßt- Baron, ein ca. 70cm großer und 40kg schwerer Weimaraner, dessen wunderschönes Aussehen mir fast die Sprache verschlug.

Er hatte ein silberfarbenes Fell und himmelblaue Augen und war fremden gegenüber erst sehr skeptisch, fanden sie sein Wohlwollen –so wie ich – gab es die totale Anhänglichkeit, die einen sogar bis ins Bett begleitete. Was mir, seit fast 4 Monaten einsamen und körperlich verkümmerten Wesen jedoch gut tat, nachts ein Kuscheltier zu haben!

Im Laufe des Tages kamen dann meine Cousinen angetrabt, die Wiedersehensfreude war riesig. Schließlich hatten wir uns viel zu erzählen und in Erinnerungen zu schwelgen, was wir in unserer Kindheit alles angestellt hatten (ich natürlich nur als Nebendarsteller, nicht als Hauptakteur…)!

Natascha ist 4 Jahre älter, Yvonne 3 Jahre älter als ich, da hatte man schon Gemeinsamkeiten die einen miteinander verbanden.

Für den nächsten Tag war eine Tour an den Grand Canyon geplant. Die etwa 450 Kilometer lange Schlucht im Norden des Bundesstaates Arizona, die zu den großen Naturwundern auf der Erde zählt und seit 1979 in die Liste des UNESCO – Weltnaturerbes aufgenommen wurde.

In Worten zu beschreiben wie traumhaft schön und imposant dieser Ausflug war ist sehr schwierig. Die Weitläufigkeit der Canyons sowie deren Farbenpracht, die sich wie Mosaiksteine aneinanderreihen sind so überwältigend, dass das Auge (zumindest meines) völlig überfordert wird!

Der Colorado River, der sich durch die Schlucht schlängelt, die Wüstenstreifen im Inneren des Canyon, die Wacholder- und Kiefersträucher in der Plateau-Zone und am höchsten Punkt Nadelwälder im saftigen Grün, während unterhalb von 1500 Metern nur noch Kakteen wachsen. Allein diese Vielfalt an Vegetation ist ein wirkliches Wunder und Naturschauspiel.

Ein Wunder war auch mein Anliegen, einen kurzen Stopp einzulegen, da ich Pipi musste. Aber ohne WC war das leider nicht möglich und wie man sich vorstellen kann, gibt es in der Wüste keine WC-Häuschen oder wie man bei uns heute sagt „*Dixie*"! Ich musste trotzdem dringend und bat meine Tante doch irgendwo zu halten damit ich meine Notdurft verrichten konnte. Schließlich hatte meine Blase nicht das Fassungsvermögen eines Nilpferds, sondern eher das eines Junghundes!

Aber sie lehnte ab! Nein, in Amerika darf nicht in der Öffentlichkeit gepinkelt werden, da es unhygienisch und als Zeichen schlechter Kinderstube gilt. Des weiteren unter Strafe stünde und hier in der Wüste viel zu gefährlich wäre, da es Raubkatzen wie Pumas und Kojoten, Schlangen und Raubvögel (Kondore) gab.

So und jetzt?????

Es gab nur zwei Alternativen: entweder in die Hose machen oder ab hinter den nächsten Kaktus, mit dem Risiko entweder gefressen oder verhaftet zu werden. Schweren Herzens und äußerst peinlich berührt hielt meine Tante an, aber wahrscheinlich nur, um ihr Wageninneres vor Feuchtigkeit und Gerüchen zu schützen!

Tags darauf zeigte mir die Familie *Cave Creek* nahe Scottsdale, ein ehemaliges Indianerreservat, das sich heute im Stil einer alten Cowboy- und Westernstadt präsentiert.

Die wenigen Indianer, übrigens Amerikas Ureinwohner, die es heute noch gibt, wurden in abgelegene Reservaten verdrängt. Dort leben sie misstrauisch, kulturell zerrissen und sich oft mehr schlecht als recht durch den Handel mit Souvenirs und das *Sicht-Selbst-Zur-Schau-Stellen* über Wasser haltend.

Keine Volksgruppe ist weniger integriert in die Gesellschaft wie die Indianer.

Einige leisten heute entscheidende Arbeiten beim Bau von Wolkenkratzern, manche lassen sich als Häuptling mit Federschmuck fotografieren und kassieren dafür 5$!

Auch Scottsdale, ein eleganter Vorort von Phoenix, in dem sonnenhungrige Winterurlauber des Ostens, sich in Ferienhotels und zahllosen Golfplätzen aufhalten und überwintern, konnte sich sehen lassen, obwohl es mir fast ein wenig zu dekadent und unnatürlich war, weil alles neu angelegt und nüchtern steril präsentiert wurde.

Abends gingen wir mexikanisch essen, was man 1990 in Deutschland noch nicht kannte. In den westlichen Staaten der USA war es sehr populär, wahrscheinlich durch die Angrenzung Mexikos. Ich erinnere mich, dass mein Onkel bei seinen Deutschlandbesuchen immer „*Taco-Shells*" mitbrachte. Heute sind *Tortillas* (gerollte Tortillas mit Füllung) und *Tacos* (dünne Weizenfladen) so bekannt wie anderes amerikanisches Essen auch.

So schnell wie ich kam, war das Wochenende voller neuer Eindrücke wieder vorbei. Schnell huschte ich noch in den hauseigenen Pool, begleitet von Baron – meinem persönlichen Rettungsschwimmhund. Tankte noch mal kräftig Sonne, um mich vor der Ostküstenkälte zu rüsten.

Ab ging es mit dem Flieger der United Airlines wieder zurück nach Newark, wo ich 7 Stunden später landete und mich der Alltag wieder fest umschloss!

Einen weiteren Besuch wiederholte ich im Sommer desselben Jahres, da mich die konträre Westküste faszinierte. Mit dem Unterschied, das ich diesmal von Temperaturen bis zu 45°C fast erdrückt wurde.

Bei durchschnittlichen Tagestemperaturen von über 40 ° C im Sommer ist es kein Wunder , dass sich die heutige Hauptstadt Arizonas erst mit der Erfindung der Klimaanlage zur Stadt entwickeln konnte – mittlerweile kommt sie auf mehr als 2 Millionen Einwohner.

Den größten Teil der Tage hielten wir uns in den klimatisierten Räumen oder im Pool auf, weil es für Unternehmungen schlichtweg zu heiß war! Was wäre Amerika (explizit die westliche Region) ohne *air condition (Klimaanlage)*.Sie gehört so selbstverständlich in jeden Haushalt und in jedes Auto wie bei uns eine Heizung!

Schul- und Sportbesuche

Als Au Pair bekommt man die Gelegenheit an einem Collegebesuch an der örtlichen Schule teilzunehmen. Dieser wird von der Au Pair Organisation vorgeschrieben und muss von den Gasteltern finanziert werden.

Auch die dafür benötigte Zeit muss freigeschaufelt und gegeben werden. Des Weiteren muss auch die Möglichkeit zu einem sportlichen Ausgleich gewährleistet sein.

Somit bestehen die Optionen sich sprachlich fortzubilden und sportlich aktiv zu sein. Ich nahm beides wahr, denn es kann ja niemals schaden, etwas für Geist und Körper zu tun.

Zuerst ließ ich mich am Newbury College für einen sogenannten „Freizeitkurs Englisch" registrieren. Die meisten dort angebotenen Kurse sind speziell für ausländische Erwachsene konzipiert, um einerseits kreative Fähigkeiten und Interessen zu wecken und andererseits mit Sprachkursen Qualifikationen zu fördern.

In meiner Klasse war ich die einzige Europäerin, die anderen kamen fast alle aus Südamerika. Nordamerika galt damals als lukrativer Arbeitgeber, wie vermutlich heute noch. Da der Unterschied zwischen Arm und Reich in Südamerika sehr groß ist, meinten viele ihr Glück im Norden des Doppelkontinents zu finden.

Da Südamerika 1494 zwischen Spanien und Portugal aufgeteilt wurde, wird dort überwiegend Spanisch gesprochen. Deshalb hätte es in unserer Klasse keine größere Sprachdiskrepanz geben können, wie zwischen der deutschen Sprache und der Spanischen gewürzt mit englischen Zutaten!

Aber auch solch ein sprachliches Schicksal verbindet und mit Händen und Füßen erfolgte die Kommunikation untereinander.

Meine Mitschüler waren zu fast 80% männlich und ihr Interesse an der jungen Europäerin enorm! Zum Glück hatte ich einen älteren, sehr distinguierten und aufmerksamen Tutor, der immer schützend die Hand über mich hielt.

Mit ihm plauderte ich ab und an auch ein paar deutsche Floskeln, da auch er entfernte Verwandtschaft in Germany hatte. Sein Unterricht jedoch, war auch nicht interessanter wie der, den ich aus meinen Heimatschulen kannte!

Aber ich war folgsam, ja sogar strebsam und mauserte mich zu seiner Lieblingsschülerin. So machte mir der Unterricht einigermaßen Spaß und ich hatte eine Vaterfigur die an mir festhielt.

Als meine Mutter zu Besuch da war, kam sie nicht umhin, mich zum College zu begleiten. Ich bin mir fast sicher, dass sie im Unterricht nur Bahnhof (train station) verstand, aber trotzdem geduldig daran teilnahm.

Bei manchen Angelegenheiten verliert meine Mutter sehr schnell die Geduld, hier jedoch war sie zahm wie ein Lämmle…

Nachdem der Kurs um 22 Uhr beendet war, gab es zur Belohnung noch eine kleine Spritztour in den örtlichen Supermarkt.

In Amerika gab es damals schon diese extraordinären, fast menschenunwürdigen Öffnungszeiten, 24 Stunden für den Kunden da zu sein!

Für uns Neuland, aber alles andere als uninteressant. Somit gingen wir zum „*Night-Shopping*", waren fast die einzigen Kunden in den XXL-großen Supermärkten und hatten so ziemlich den ganzen Laden für uns.

Da um diese Zeit auch eine sehr dünne Personaldichte herrschte, war uns Tür und Tor geöffnet. In der Obst – und Gemüseabteilung kosteten wir frische Früchte in Form von Trauben und Kirschen. Schließlich müssen die Vitamine vor dem Kauf auf ihre Frische und ihren Geschmack getestet werden!

Auf weiter Flur begegnete uns keine Menschenseele und wir konnten uns ausgiebig mit dem Sortiment beschäftigen. Vor allem die extraördinären, doppelten und dreifachen Verpackungsinhalte brachten meine Mutter zum Staunen. Ich war ja schon daran gewöhnt.

Da alles verwaist war, fanden sich auch hin und wieder aufgerissene Packungen. So probierten wir geöffnete Chipstüten und andere Leckereien! Nach unserem Rundgang waren wir gestärkt, passierten die Kasse und fuhren gegen 23 Uhr wieder zurück an unsere Übernachtungsstätte.

Während meines 5-monatigen Schulbesuches, der 1x in der Woche stattfand, pflegte ich umgehend heimzugehen, da es allein zu langweilig und auch zu unheimlich war, solche Expeditionen zu unternehmen!

Sport ist, ob nun passiv oder aktiv genossen, die Lieblingsbeschäftigung vieler Amerikaner. Körperkult und Narzissmus zeichnen Rollschuhfahrer, Jogger und Bodybuilder aus.

Aber einfach so radeln oder durch die Gegend laufen ist nichts. Sport wird überall mit großem Ernst betrieben. Der Fahrradfahrer rollt auf dem neuesten Rennrad aus Titan mit einem weichen Sitz aus bestem Leder, der Läufer trägt Sportschuhe mit Luftkissenpolster, und der Anzug der Aerobictänzerin muss so sexy geschnitten sein, dass sich die Nebenturnerin wie eine *fette Wachtel* vorkommt.

Wobei wir wieder beim Thema wären!

Meinen sportlichen Ausgleich verschaffte ich mir in einem **YMCA** – Fitnesscenter.

Sie sind keine gewöhnlichen Fitness-Studios. Es wird in diesen Einrichtungen die Möglichkeit geschaffen, sich in entspannter Atmosphäre zu begegnen und nicht nur grunzend, schwitzend und stöhnend seinen Kalorien entgegenzutreten. Hier kann der Sportinteressierte zwischen verschiedenen Angeboten wählen. Schwimmbad, Gymnastikkurse, Fitnessgeräte oder Saunagänge können individuell gewählt und genutzt werden.

Ich buchte anfänglich einen Aerobic-Kurs, den ich jedoch recht schnell aufgab, weil ich immer hinterherhinkte.

Dies hing aber nicht mit meiner Bewegungsunfähigkeit zusammen, sondern schlichtweg mit meinem mangelnden sportlichen Sprachwortschatz und – Verständnis.

Die Gymnastik-Tante leierte dermaßen schnell ihr Repertoire hinunter, natürlich mit breitestem Slang, das meine Glieder bis zur mentalen Übersetzung ständig hinterher ruderten!

Danach suchte ich mir ein neues Betätigungsfeld und verweilte mich an Geräten wie Stepper, Laufband, Bodenmatte etc.

Aber auch das bereitete mir keine Freude, da ich in diesem Teil der Einrichtung entweder von äußerst gestählten Körpern oder von ausgemergelten, gebotoxten Barbiepuppen umgeben war. Einerseits kam ich mir vor, wie Alice im Wunderland, andererseits wie in der Rocky Horror Pictures Show!

Das Fazit des ganzen war dann meine Resignation. Also ließ ich meine Kalorien Fett ansetzen und sah dann, wie ich eingangs schon erwähnte, ein Jahr später dementsprechend aus...

Sportarten in den USA

Ursprünglich gehen die typisch amerikanischen Sportarten wie Baseball, Basketball und Football auf Kinderspiele wie Schlagball und Fußball zurück, bis sie sich schließlich zu den heute bekannten Sportarten entwickelt haben.

Sie sind nicht nur die populärsten Sportvarianten, sondern auch der bevorzugte Zeitvertreib für die überwiegende Mehrheit der Amerikaner, sei es aktiv oder passiv.

Wobei ich annehme, dass der passive Teil überwiegt, denn der Ami ist gerne Zuschauer, entweder direkt vor Ort einer Sportveranstaltung oder noch begehrter - bei Fernsehübertragungen.

Auch in New York wird allerorts Sport getrieben. Im Central Park kann man ein Fahrrad oder ein Boot chartern. Auch Tennisplätze sind hier stundenweise zu mieten. Man kann aber auch dem Beispiel von Tausenden von New Yorkern folgen und durch den Park oder die Gehsteige joggen. Im Winter hat man Eislaufmöglichkeiten im Central Park oder vor dem Rockefeller Center.

New Yorks Strände sollte man besser meiden, da sie doch sehr verschmutzt sind und nicht zum erfrischenden Bad einladen.

Wegen der räumlichen Enge, die in Manhattan herrscht, wurden die großen sportlichen Ereignisse in andere Stadtteile oder sogar nach New Jersey verlagert.

Ausgenommen der New York Marathon Ende Oktober/Anfang November. Hier hat man die Möglichkeit daran teilzunehmen und mit rund 25000 Läufern 42 km durch Manhattan zu düsen, beginnend in Staten Island und im Central Park endend.

Sport ist auch aus dem Schulsystem nicht wegzudenken. Leistungsanreiz sind hier nicht Noten, sondern die Vergabe von Stipendien.

Baseball

Baseball ist in den USA die traditionsreichste Sportart. New York ist die Heimat von zwei professionellen Baseball-Mannschaften, den *Yankees* und den *Mets*. Die Saison läuft von April bis Ende September. Die Yankees spielen – wo sonst?- im Yankee-Stadium in der Bronx, die Mets im Shea-Stadium in Queens. Meine Gastmutter war begeisterter Anhänger dieser Ballart, sehr zu meinem Leidwesen! Sie verfolgte jedes Spiel der *Mets* und der *Yankees*.

Dieser amerikanische „Schlagball" ist in vereinfachter Form mit unserem Brennball vergleichbar. Er wird von zwei Teams mit je neun Spielern gespielt. Abwechselnd hat eine Mannschaft das Schlagrecht und kann „Runs" (Punkte) erzielen, während das andere Team das Feld verteidigt. Ziel des Spiels ist es, mehr *RUNS* zu erzielen als der Gegner.

Weiter gehe ich auf das Spiel gar nicht ein, da man es noch nicht einmal beim Zuschauen versteht. Warum soll ich euch Leser jetzt mit verwirrenden Spielregeln belasten?!

Einmal machte ich mir die Mühe mit Mary ein Spiel anzuschauen. Ich wollte einfach ausprobieren, ob auch ich von dieser Welle der Euphorie überspült wurde. Sie kommentierte jeden Spielzug, haute mir Begriffe wie *Base, Inning, Foul Line, Batter, Pitcher, Strike Zone, Catcher* usw. um die Ohren.

Ich glotzte in die Kiste, kapierte rein gar nichts, sah lediglich weiße Männchen mit blauen Helmen über den grünen Rasen flitzen. Ich gab mir solche Mühe dem Ablauf zu folgen, las sogar später ein paar Berichte darüber, habe jedoch nie die Regeln verstanden.

Alles was hängenblieb ist, das es bei dieser Ballart keine Begrenzung der Spieldauer gibt (kann sich unendlich hinziehen und einem ganze Nachmittage oder Abende versauen!), es einen weißen, sehr harten Lederball, einen Holzschläger und einen Lederhandschuh zum Fangen des Balles gibt. Nach diesem wenig erkenntnisreichen Fernsehabend, zog ich mich bei weiteren anstehenden Spielen dezent in mein Zimmer zurück…

Football

Die nächste Sportart, mit der wir Deutschen weniger zutun haben ist Football. Auch mit dieser Art der sportlichen Unterhaltung konnte ich mich nicht anfreunden.

American Football (amerikanischer Fußball) ist eine aus den Vereinigten Staaten stammende Ballsportart, die jedoch nichts mit unserem Fußball gemein hat. Football gilt mittlerweile in Nordamerika als populärste Sportart und wird an jeder High School und jedem College gespielt. Football ist eine ziemlich raue Abart des englischen Rugbys. Auch für diese Sportart besitzt New York zwei professionelle Mannschaften – die *Jets* und die *Giants*.

Was bei mir bezüglich dieses Mannschaftsspiels hängenblieb ist, das es einen rotbraunen nicht runden Lederball gibt, das Spiel aus zwei Mannschaften besteht, die den Ball herumwerfen und nicht wie bei unserem Fußball dem runden Leder hinterherlaufen.

Begriffe wie *Offense* (Angriff), *Defense* (Verteidigung) und *Touchdown* werden hier verwendet, aber auch mit so etwas will ich meine Leser nicht quälen. Wer Interesse daran finden sollte oder hat, kann ja die Spiele (*Play-offs*) der amerikanischen Profiliga NFL (National Football League) verfolgen, bis hin zum *Super Bowl,* wo die ermittelten Meister aufeinandertreffen.

Übrigens sind die *New York Giants* amtierender Meister...(Stand 2012)

Basketball

Zuletzt gehört zu den typischen amerikanischen Ballsportarten noch der Basketball.

Hierbei handelt es sich um eine in der Halle betriebene Sportvariante, bei der zwei Mannschaften versuchen, in einer Höhe von 3,05 Metern, Bälle in die beiden dafür vorgesehenen Körbe zu werfen. Basketball hat mittlerweile weltweit einen hohen Stellenwert, nicht zuletzt auch durch Dirk Nowitzki, unserem deutsch-fränkisches Basketball-Wunderkind, der für die *Dallas Mavericks* in der nordamerikanischen Profiliga NBA aktiv ist.

Der einzige Begriff mit dem ich aus dieser Sportart punkten kann ist der *Rebound.* Heißt, der nach einem Korbwurfversuch versemmelte Ball! Ist jetzt in Katja-Deutsch ausgedrückt, aber so auch leicht verständlich.

Für mich ist Basketball die sympathischste Sportart, weil alles eine gewisse Logik und Struktur hat. Man kennt das Ziel und muss nicht unkontrollierbar herumrennenden Ballkünstlern zuschauen.

Tennis

Auch der weiße Sport ist hier vertreten. New York ist Schauplatz eines der großen Tennis-Turniere der Welt, der U.S. Open Championships. Sie finden jeweils im September im Flushing Meadow Park in Queens statt. Ich denke auf diese Ballsportart muss ich nicht näher eingehen, sie wird jedem einzelnen meiner Millionen Leser ein Begriff sein...

Rodeo

Auch mit dieser Sportlichkeit kann man den Amerikaner begeistern.

Rodeo ist eine ursprünglich aus Brasilien stammende Sportart, die große Verbreitung auf dem nordamerikanischen Kontinent gefunden hat.

Hier muss sich der Reiter acht Sekunden auf dem Tier halten, ohne das Tier, sich oder seine Ausrüstung mit seiner freien Hand zu berühren.

Das Rodeo in seiner heutigen Form ist schlichte Tierquälerei zu Unterhaltungszwecken. Es gilt als familienfreundliche Unterhaltung. Tatsächlich kann die ganze Familie mitmachen. Männer und Frauen können am Rodeo teilnehmen, ebenso wie Kinder jeden Alters. Kinder lernen schon früh, dass es erlaubt ist und sogar belohnt wird, Tiere zu quälen.

Früher waren es die Cowboys, die hier ihre Geschicklichkeit und Schnelligkeit auf Pferden und anderen Nutztieren (zum Beispiel Bullen) getestet haben.

In den USA sind professionelle Rodeos geregelt, denn dieser Sport ist in den vergangenen Jahren bezüglich des Tierschutzes immens auf Widerstand gestoßen. Deshalb hat die *American Rodeo Industrie* Vorschriften zum Wohlergehen und der Verbesserung der Tierrechte erlassen.

Man muss sich mal diese kranke, überwiegend in den Südstaaten durchgeführte Spielart *Hog/DOG Rodeo* vorstellen: Hier wird ein Hund auf ein Wildschwein gehetzt und muss es „fangen". Das Schwein wird in der Regel schwer verletzt. Dabei läuft die Zeit und der schnellste Hund gewinnt. Das Schwein verliert fast immer und wird notgeschlachtet...

Oder noch schlimmer: das Schwulen Rodeo. Dieses ist für die Tiere nicht weniger unangenehm, denn es werden die gleichen Disziplinen durchgeführt. Mit dem einen Unterschied, das die Tiere angekleidet werden oder andere dümmliche Spiele mit ihnen veranstaltet werden.

Für uns ist es absolut unverständlich, wieso Schwule, die ihrerseits von der Gesellschaft häufig schikaniert werden, selbiges mit den Tieren machen müssen!

Manchmal ist alles ziemlich *strange* ...

Da beschäftigen wir uns doch lieber wieder mit Altbewährtem: Tennis in der Halle oder im Sommer auf dem Platz, der traditionelle europäische Fußball mit elf Männekens auf grünem Spielfeld oder Ski fahren auf heimischen oder nachbarschaftlichen Hängen...

Fahrrad fahren

Für viele Deutsche ist das Fahrrad immer noch ein beliebtes Fortbewegungsmittel. Radfahren gilt als gesund, umweltfreundlich – und macht einfach Spaß.

Wir unterscheiden zwischen den ehrgeizigen Radlern, die zum Beispiel das Erklimmen der Alpen zum Ziel haben, die Genussradler, die romantische Routen abfahren, Familienfahrer als Sonntagsausflügler oder auch der berufstätige Zweiradfahrer, der es aus Zeitersparnis oder auch aus Umweltbewusstsein tut.

Gerade in der Stadt kommt man mit dem Rad oft schneller und bequemer ans Ziel als mit motorisierten Verkehrsmitteln: keine Staus, keine lästige Parkplatzsuche oder teuren Parktickets. Außerdem hält der Antrieb durch Muskelkraft Körper und Geist fit.

Weltweit ist das Fahrrad Verkehrsmittel Nummer 1. In Deutschland gibt es fast doppelt so viele Fahrräder wie Autos!

Als ich 1989 in die USA reiste, sah man so gut wie keine Fahrräder auf den Straßen, beziehungsweise den *Highways* und *Avenues*. Damals galt Radfahren noch als „Kinderkram". Das PS-starke Auto ist nach wie vor für den Ami ein Statussymbol, für viele ist Fahrradfahren eine Peinlichkeit.

Wir hatten lediglich in der Nachbarschaft Räder in den Garagen stehen, meine Familie besaß gar keine. Die Nachbarn bewegten diese nur, um mal schnell „hi" zu sagen. Ging dann doch schneller, als per pedes! Und Auto fahren wäre dann doch lächerlich gewesen, obwohl es für den ein oder anderen gar nicht peinlich war!

Heute hat sich das Bild komplett gewandelt: Früher hätte man in Manhattan weder Radfahrer noch Radwege gesehen, heute gehören sie zum Stadtbild.

Dennoch wird nur rund 1% der Fahrten in Amerika mit dem Fahrrad erledigt.

Natürlich gibt es auch vielfältige Gründe dafür, denn nicht jeder Staat ist zweiradtauglich! Nehmen wir die Staaten *Nevada*, *Arizona*, *Utah* und *New Mexiko*, die es durch ihre Wüsten und Nationalparks (=Naturschutzgebiete) nicht gerade begehrlich machen durchzuradeln.

Florida als Sonnenstaat, mit seinen hohen Temperaturen und seiner hohen Luftfeuchtigkeit, macht es auch nicht gerade attraktiv.

Und Staaten mit hoher Einwohnerdichte, wie *New York/Manhattan* oder *Kalifornien/Los Angeles* sind auch kein Radfahrvergnügen.

Und *Alaska* ist definitiv nicht warm genug…

Marathon

Auch Joggen oder die gesteigerte Variante des Halb- oder Vollmarathons werden immer begehrter.

Der New-York-City-Marathon ist ein Marathon (eine auf Strassen ausgetragene sportliche Laufveranstaltung über 42,195 Kilometern), der am ersten Sonntag im November in New York City stattfindet. Am ersten Marathonlauf am 13. September 1970 nahmen 127 Teilnehmer teil, von denen lediglich 55 das Ziel erreichten.

Bis 1975 fand der Marathon im Central Park statt, wo vier Runden absolviert wurden. 1976 wurde die jetzige Strecke durch alle New Yorker Stadtbezirke eingeführt, was einen Anstieg der Teilnehmerzahlen von 534 auf über 2000 mit sich brachte. Drei Jahre später waren es schon über 14.000, und 1994 wurde dann erstmals die Marke von 30.000 Teilnehmern überschritten. Im gleichen Ausmaß stieg auch die Zuschauerresonanz, auch wenn die vom Veranstalter genannte Zahl von zwei Millionen Schaulustigen weit übertrieben sein dürfte.

Er zählt neben dem Boston-Marathon und dem Chicago-Marathon zu den wichtigsten und größten Laufveranstaltungen in den USA und hat sich 2006 mit diesen beiden Veranstaltungen sowie dem London-Marathon und dem Berlin-Marathon zu den World Marathon Majors zusammengeschlossen.

Der New-York-Marathon ist kein Rundkurs, sondern geht von Fort Wadsworth auf Staten Island über Brooklyn, Queens und die Bronx nach Manhattan. Auf Grund der großen Teilnehmerzahl erfolgt der Start in drei Wellen mit je einer halben Stunde Abstand. In jeder Welle gibt es drei Startspuren, die erst bei Meile 8 endgültig vereinigt werden. Gleich zu Beginn muss man den höchsten Punkt der Strecke, die Verrazano-Narrows Brücke mit einer Spannweite von 3 km, erlaufen. 12.000 Helfer sind hier im Einsatz, um die mehr als 45.000 Läufer zu betreuen.

Mama auf Besuch

Als der Besuch meiner leibhaftigen Mutter näher rückte war ich wie ausgewandelt. Die Vorfreude ließ mich unbeschwert, ausgelassen und zu allen Schandtaten bereit sein.

Ich putzte und wienerte mein Zimmer, da meine Erziehungsberechtigte mit in meinem kleinen Reich übernachten würde. Sie natürlich im *„King size"* Bett, ich auf dem Boden (oder vielleicht auch im *„King size"*???).

 Genug Platz war vorhanden, da ich ja einen begehbaren Kleiderschrank hatte, der platz- und raumsparend war. Das direkt angrenzende Badezimmer war auch ideal, so musste der Besuch nicht durch das ganze Haus marschieren. Die Familie hatte in den oberen Räumen noch ein großes Gemeinschafts- bzw. Familienbad.

An besagtem Ankunftstag setzte ich mich in den Bus und fuhr die fast zwei Stunden an den John F.Kennedy Airport. Meine Ungeduld wuchs, bis es endlich soweit war und meine leibliche, wahrhaftige Mutter vor mir stand.

Ich überschlug mich fast vor Wiedersehensfreude, meine Mama war etwas zurückhaltender!

 Wahrscheinlich kannte sie mich im ersten Moment nicht wieder, da ich mich überproportional verändert hatte und erkannte mich lediglich an der Stimme! Da ich ein quietschefarbenes Outfit anhatte kam meiner Mutter nur eine Bemerkung über die Lippen: Oh- rund und bunt...

Der Empfang bei meiner Gastfamilie war herzlich. Das muss man den Amis wirklich lassen, ihre Gastfreundlichkeit ist gegenüber anderen Nationen unschlagbar.

Trotz der sprachlichen Barrieren funktionierte die Verständigung, wenn auch etwas holperig. Meiner Mutter erging es nicht anders wie mir am Anfang – du verstehst kein Wort und denkst du bist bei den Ureinwohnern in Timbuktu gelandet.

Die Kinder fraßen gleich am nächsten Tag einen Narren an dem neuen Gast fest. Da sie sich mit ihnen abgab und ihnen Aufmerksamkeit schenkte, dankten sie es ihr mit inniger Zuneigung. Andrew hing wie ein Äffchen an meiner Mutter, was mir sehr missfiel!

Nicht das ich eifersüchtig gewesen wäre, aber trotz allem sollten die Territorien abgesteckt sein. Sie war schließlich **meine** Mutter und wegen **mir** hier und nicht um die Gesellschafterin zweier emotional vernachlässigter US-Kids zu spielen!

Das klingt jetzt vielleicht etwas hart, aber die Kinder wurden nie geküsst, geknuddelt oder innig umarmt. Es gab immer nur eine kurze Umarmung beim Nachhausekommen der Eltern und einen ab und zu angedeuteten Kuss. Wie ich es aus meiner Kindheit kannte, dass man auch mal miteinander schmust, das gab es in dieser Familie nicht.

Das schrecklichste was ich in punkto Kinder erlebte war, dass sie nach etwa einem halben Jahr **Mama** zu mir sagten! In diesem Moment wo das Wort ausgesprochen wurde, bin ich total ausgerastet.

Sofort verbot ich mir das, denn was gibt es schlimmeres, als wenn Kinder einem „fremden" Menschen irgendwann näher sind, als den eigenen Eltern.

Hallo, ich war 19 Jahre alt und die sagen Mama zu mir! Wie hätte ich das denn machen sollen, ein Kind mit 12 Jahren, das andere mit 15 Jahren kriegen sollen? Wie peinlich ist das denn vor anderen Leuten! Ich bin ja schließlich keine Teenie-Mutter, die durch Dummheit schwanger geworden ist!

An meiner Reaktion merkten sie, dass sie die Grenze überschritten hatten und nannten mich wieder bei meinem Namen: KATJA! Geht's noch, mich mit 19 Jahren von zwei, nicht einmal von mir adoptierten Kindern, so betiteln zu lassen…

Der erste Ausflug mit meiner Erziehungsberechtigten nach New York City war auch ein Highlight. Nicht nur das ich meine Mutter quer durch Manhattan Island schleppte und sie von Sehenswürdigkeit zu Sehenswürdigkeit zerrte.

Ich wollte ihr auch unbedingt das **World Trade Center** als eines der großen Attraktionen näherbringen. So trabten wir *Street um Street* und *Avenue um Avenue* entlang, hatten die **Twin Towers** ständig im Blick – aber erreichten sie nie!

Wir verfransten uns dermaßen, sahen sie mal wieder näher kommen, dann waren sie wieder weit entfernt. Bis uns irgendwann die Schwielen an den Hufen wehtaten und wir aufgaben noch weiter nach ihnen zu fahnden.

Das Traurige an der Sache ist nur, dass meine Mutter niemals mehr die Möglichkeit hatte die Türme leibhaftig kennenzulernen, da sie bei den Terroranschlägen am 11.September 2001 durch zwei entführte Passagierflugzeuge zerstört wurden!

Wieder an der East 42nd Street zurück, konnten wir das **Chrysler Building** bestaunen, das nach seiner Fertigstellung 1930 als höchstes Gebäude der Welt galt, bis es dann einige Monate später vom Empire State Building überholt wurde. Beeindruckend an dem Gebäude ist die Spitze, die wie die Kühlerfigur eines Modells von 1929 aussieht und die Fassade, die mit Automobil-Motiven übersät ist.

Lässt bestimmt jedes Männerherz höher schlagen, wir Frauen schenkten ihm lediglich zwei ganz normale Sightseeing-Blicke!

Wir nahmen ein Taxi, auch **yellow cab** genannt, zurück an unseren Ausgangspunkt, den **Grand Central**.

Taxis sind in New York um einiges billiger als in Deutschland. Das übliche Verfahren ist, sie auf der Straße heranzuwinken. Freie Taxen machen sich durch ein Leuchtzeichen auf dem Dach als solche kenntlich. Der Fahrpreis ist – wie in Deutschland auch – auf dem Taxameter abzulesen. Sollte der Fahrer – abgelenkt durch manchen fremdländisch klingenden Akzent- vergessen haben, diesen anzustellen, erinnern sie ihn freundlich daran: „*Don't forget your meter!*"

Nach 20 Uhr gibt es einen Aufschlag von 50 Cents, manche Tunnel und Brücken, die Manhattan mit den anderen Stadtteilen verbinden, sind mautpflichtig.

Erlebnis pur war und ist es in N.Y.C. Taxi zu fahren. Hier wird gehupt, gebremst, Gas gegeben, wild geschimpft und geflucht. Das immer wieder im Wechsel.

Grand Central, 1913 fertig gestellter Bahnhof im *Beau-Art-Stil,* steht heute unter Denkmalschutz. Im Inneren verlaufen 66 Gleise auf der oberen und 57 auf der unteren Ebene. In der Bahnhofshalle, einer der größten der Welt, wimmelt es jeden Nachmittag zwischen 16 und 17.30 Uhr von Hunderttausenden von Vorort-Pendlern.

Nebenbei erwähnt, ist auch die **New York Public Library** ein neoklassizistischer Bau im *Beau-Art-Stil*. Dieses Monument gilt als eine der größten Bibliotheken der Welt, öffnete 1911 seine Pforten und ihr Portal wird von zwei vielfotografierten steinernen Löwen bewacht.

Der zweite Ausflug auf Manhattan beinhaltete einen Trip die 5th Avenue entlang. Dieser Name ist nicht nur in Amerika, sondern auf der ganzen Welt ein Synonym für Luxus. Bis 1900 war sie die Wohngegend von Millionären, bis diese begannen an den Central Park umzuziehen – und Platz für mondäne Geschäfte schufen.

Mama war entzückt von den glitzernden Schaufensterauslagen der Nobel-Juweliere „**Tiffanys**" und „**Cartier**", wo es noch immer teure Juwelen, aber immer noch kein Frühstück gibt. Bis heute hält sie mir jedoch vor, ich sei ein geiziges Wesen, denn ich hätte ihr ruhig etwas von dort spendieren können…

Berühmt wurde Tiffanys durch den Film „*Breakfast at Tiffanys*" mit *Audrey Hepburn*, der diese Adresse zum bekanntesten Schmuckgeschäft der Welt machte. Sogar japanische Touristen versäumen es nicht, sich vor dem Eingang fotografieren zu lassen. Im Inneren findet man ein Warenhaus mit vier Etagen, in dem auch Glas und Porzellan verkauft werden.

Dafür spendierte ich ihr einen unvergesslichen Abend in einem der unzähligen Musicals am Broadway. Wir entschieden uns für **Meet me in St.Louis**, ein US-amerikanisches Filmmusical des Filmstudios MGM. Ein Familien-Melodram

Anfang des 20.Jahrhunderts.

Nach dieser 2,5 stündigen Inszenierung traten wir mitten auf den Times Square, der übrigens nach der *New York Times* benannt wurde, die 1904 hier ihren Betrieb aufnahm und das Zentrum des Theaterviertels Manhattans bildet. Vor allem bei Nacht ist er ein atemberaubender Anblick, mit seinen zahlreichen Leuchtreklamen.

Hier versammeln sich übrigens jedes Jahr zum Jahreswechsel etwa eine Million Menschen zu einer riesigen Silvesterparty.

Der sogenannte **Times Square Ball**, ein Zeitball, wird dann an einer Stange herabgelassen und beginnt 60 Sekunden vor dem Jahreswechsel den Countdown zu zählen.

Dieser „**Ball Drop**" zählt zu den Höhepunkten us-amerikanischer Silvesterfeierlichkeiten und ist auch ein gigantischer Anblick, denn er enthält ca. 32000 Leuchtdioden, die am nächtlichen Himmel funkeln wie Rohdiamanten.

Zurück zu den kulturellen Ausflügen mit meinem hochherrschaftlichen Besuch. Was wir noch gemeinsam anschauten war New Yorks bekanntestes Wahrzeichen, die Freiheitsstatue, der **State of Liberty**. Wenn man vor ihr steht ist sie eine recht imposante Dame. In der linken Hand hält sie eine Steintafel, auf der das Datum der amerikanischen Unabhängigkeitserklärung (4.Juli 1776) eingemeißelt wurde, in der Rechten hält sie eine Fackel mit goldener Flamme in die Höhe.

Weiß eigentlich irgendeiner der unzähligen Leser dieses Buches, was auf dem Sockel dieser schwergewichtigen Madame steht?

„Den *Armen* und *Elenden* soll die Welt Amerika geben, dort werden sie das *Leben* finden, die *Freiheit* und das *Recht, ihr Glück zu suchen*." So schallte es in den vergangenen Jahrhunderten den Völkern der Alten Welt von der Neuen herüber.

Bis zur Krone gelangt man mit einem Fahrstuhl, die restlichen Stockwerke bis hin zur Fackel müssen per Fuß erklommen werden. Tapfer marschierte meine Mutter mit hinauf und wurde mit einem herrlichen Blick über die Skyline Manhattans belohnt.

Die Anfahrt erfolgte per Boot ab dem **Battery Park**, eine große Parkanlage auf der Südspitze der Insel.

Des weiteren genossen wir an einem herrlichen Frühlingstag mit strahlend blauem Himmel – meine Mutter behauptet noch heute, nirgendwo gäbe es einen so wunderschönen, azurblauen Himmel wie in New York – eine klassische Double-Decker Bus Tour.

Besonders der Stopp in **Chinatown**, ein Stadtviertel in dem gut über 100.000 Menschen chinesischer Abstammung wohnen und arbeiten, beeindruckte uns stark.

Nicht unbedingt positiv, allein der Gerüche wegen, die uns doch fremd und eigenartig erschienen und nichts mit unserem europäischen Geruchssinn gemein hatten. Die Art der Warenpräsentation bzw. die Ware an sich waren mehr als gewöhnungsbedürftig. Um es klar auszudrücken: der reinste Kitsch!

Die Telefonzellen haben hier Pagodendächer und auch sonst ist alles in chinesischer Schrift beschildert.

Ein Händler führte uns voller Begeisterung in die Tiefen seines Ladens und uns wurde die Luft immer knapper. Nicht, weil wir Angst hatten oder so tief in die Räumlichkeiten abstiegen, sondern weil das, was uns feilgeboten wurde, an Hässlichkeit und Kitsch nicht zu überbieten war.

Auch die Lebensmittelläden und Metzgereien fanden von uns keinen Zuspruch. Hier hingen an nackten Schaufenstern aufgespießte Geflügeltiere, teilweise gerupft, jedoch mit Kopf und Krallen. Appetitanregend war das nicht und ziemlich schnell hatten wir genug von diesem Gebiet.

Da war uns **Little Italy**, das italienische Stadtviertel Manhattans schon um einiges sympathischer. Hier hingen „nur" fette Parmaschinken in den Auslagen oder nett dekorierte Pasta in verschiedenen Größen, Formen und Farben.

War uns doch bestens von zuhause bekannt, schließlich waren und sind meine Schwester und ich bis zum heutigen Tage begeisterte Nudel-Esser.

Will heißen, dass man mit diesen Produkten einfach etwas vertrauter war und umging. Auch die vielzähligen preiswerten Restaurants machten dieses Viertel aus und wurde oder wird von den New Yorkern sehr geschätzt.

Auch ein Abstecher in das größte Warenhaus der Welt, **Macy´s**, wurde zu einem besonderen Höhepunkt. Wir hatten ja nur den Vergleich zum örtlichen Karstadt und waren schwer beeindruckt auf 10 Etagen, mit einer Gesamtverkaufsfläche von ca. 198.500 qm, entlang zu flanieren.

Ich kann mich nur noch daran erinnern, dass wir irgendetwas kauften, um eine Tüte des größten Warenhausbetreibers zu ergattern, und wurden von einem der etwa 3000 Mitarbeiter bedient!

Amerika bestätigt sich immer wieder durch seine XXL – Abartigkeiten...

West Point, bekannt durch seine Militärakademie, wurde auch von uns bevölkert. Nicht nur die Akademie, ein monumentaler Gebäude-Komplex, faszinierte uns, sondern die Kadetten die herumstolzierten...

West Point stellt hohe Anforderungen an die aufzunehmenden Personen, und gilt als eine der renommiertesten Hochschulen der Vereinten Staaten.

4000 junge Leute trainieren hier und werden in einem vierjährigen Kurs dazu ausgebildet, in die Fußstapfen berühmter Absolventen (Eisenhower) zu treten.

Absolventen der Akademie erhalten den akademischen Grad eines Bachelors und sind gleichzeitig Second Leutnant in der Army.

Uns beeindruckten die Lage und das Anwesen direkt am Westufer des Hudson Rivers gelegen. Atemberaubende Weiten und eine Landschaft wie gemalt; kein Wunder, das hier das Südstaatenepos „*Vom Winde verweht*" gedreht wurde.

Vor allem der Gedanke, dass Clark Gable alias **Rhett Butler** auf dem gleichen Boden gelaufen ist wie ich…

Wir kamen auch in den Genuss einer Militärparade, aber nur einer Übungskür, da die eigentlichen nur zu staatlichen Anlässen stattfinden. Im Gleichschritt marschierten die Jungs an uns vorbei, wobei uns die Zeremonie weniger interessierte als die teilhabenden Akteure…

Ja, so viele schöne gemeinsame Erlebnisse und dann geht die gemeinsame Mutter/Tochter Zeit zu Ende! 14 Tage, wie eine Luftblase im Nu zerplatzt…

Kann sich irgendjemand in der großen weiten Welt da draußen vorstellen, was das für eine seelische Pein bedeutet?

Hätte ich einen Kardiologen aufgesucht, er hätte mich sofort wegen Herzrhythmusstörungen oder einem eventuellen Verdacht auf Infarkt behandelt!

Jetzt geht meine Mama wieder dahin zurück, wo auch ich hingehöre!!! Ohne mich!!! Lässt mich mit zwei seelisch verkümmerten Kindern alleine, wo auch ich psychisch völlig abgewrackt bin!

Ich kann im Nachhinein nur so viel sagen: Mir hat das Herz geblutet und es war für mich unvorstellbar, dass man mich für ein weiteres halbes Jahr hierließ. In solchen Momenten hätte ich mich gern zum Vollwaisen gemacht um mir solche Situationen zu ersparen! Aber hatte ich mir das nicht selbst eingebrockt? Doch meine Mutter wäre nicht meine Mutter, wenn sie mir nicht mit viel gutem Zureden und viel Optimismus versucht hätte, die letzten Monate schmackhaft zu machen.

Dennoch hätte man Fässer voll Tränen statt Regenwasser sammeln können…

Eine von mir eigens kreierte Strichliste, die alle 365 Tage untereinander in Reih´und Glied beinhaltete, war zu einem festen Tagesritual geworden. Jeden Abend vor dem Zubettgehen wurde in einer feierlichen Zeremonie wieder ein vergangener Tag ausgestrichen...

Hochzeit

Na, glaubt ihr jetzt alle, dass ich mich hier ins Unglück stürze?

Don´t worry, ein bisschen verrückt bin ich vielleicht, aber so bescheuert dann doch nicht...

Heiraten im Land der unbegrenzten Möglichkeiten – hier hat man irgendwie immer Bilder von Las Vegas im Kopf! Ich zumindest...

Denn hier geht alles, sei es noch so abgefahren und wenn man will auch ganz zackig:

- im **Drive-Through:** typisch amerikanisch, im Vorbeifahren heiraten! Hier fährt man auf die „*Lovers Lane*" zum „*Drive up Window*" und gibt sich geschwind, begleitet von traditioneller Hochzeitsmusik das Ja-Wort. Binnen 10 Minuten ist es überstanden und wenn man danach noch standesgemäß ein Menü verspeisen möchte fährt man geradewegs weiter zum nächsten Schalter, entweder „Mc Drive" von McDonalds oder Burger King, wo man sich ein schönes Burger Menü als abschließendes Highlight gönnen kann.
- Oder eine **Gangsterhochzeit** mit Mafia-Atmosphäre
- eine **Westernhochzeit** mit John Wayne Double
- eine **Elvis-Hochzeit**, der King führt hier eigenhändig die Braut zum Altar
- Oder Hochzeit "**Las Vegas**" mit tanzenden Showgirls
- Oder „**Hochzeit Harley**", hier kann man direkt mit der Harley zum Altar fahren...

Man sieht hier ist alles möglich, ob mit Kostüm, in luftiger Höhe mit dem Helikopter oder whatever... Zwischen 600 bis $16000 Dollar sind keine Grenzen gesetzt.

Ich erwähnte bereits dass unsere Au Pair Betreuerin eine gebürtige Deutsche war, die uns eines Tages eine Hochzeitseinladung aussprach. Nein, nicht für die eigene, sondern für die bevorstehende Heirat ihres Töchterchens.

Die wildesten Gedanken schossen durch mein Spatzenhirn, denn hier, im Staate New York stellte ich mir heiraten noch mal anders vor wie im Bundesstaat Nevada.

Ich sah mich schon auf dem 80.ten Stock des Empires stehen, die Frisur vom Winde verweht, das Röckchen wie bei Marilyn Monroe in der Luft schwebend und den Ja-Worten des Paares lauschen...

Doch als die schriftliche Einladung kam, musste ich mit Long Island/Port Jefferson Vorlieb nehmen.

Long Island ist eine Insel die zum Bundesstaat New York gehört und ungefähr die Fläche von Mallorca hat. Port Jefferson wiederum ist mit seinen Strandbädern in den letzten Jahren zum Touristenort mutiert.

Also fuhren wir, vier Au Pair an der Zahl, an besagtem Tag in einer Wagenkolonne zur Zeremonie. Wir hatten überhaupt keine Ahnung wo es war und wer überhaupt heiratete. Denn wir kannten die Tochter von Mrs.Muller nicht, hatten sie vorher noch nie gesehen, geschweige denn kennengelernt.

Aber welches junge Mädchen lässt sich schon eine Hochzeit entgehen?!

Ganz in weiß mit einem Blumenstrauß...

Aber was sahen unsere Augen als wir ankamen?

Kein weißer Traum sondern scheußlich rosa Spitze und Tüll um ein monströses Wesen, das alles andere war, als eine romantische Braut- brrrrrrrhhhh...

Ich kann nicht ein einziges Photo der Braut oder des Brautpaares vorweisen, weil ich so was nicht fotografieren konnte und wollte. Meine Familie hätte wahrscheinlich geglaubt dass ich mit Familie Frankenstein Kontakt aufgenomen hatte...

Doch die Umgebung war klasse, direkt am Hafen beziehungsweise Strand von Port Jefferson – ein kleines Käppellchen, strahlendblauer Himmel, ein Leuchtturm im Hintergrund- tolle Atmosphäre.

Ich hatte nur Bedenken, das alle Gäste samt Hochzeitspaar in die **wedding chapel** hineinpassten, allein aufgrund der Leibesfülle der zwei Glücklichen.

Enttäuschend war die Trauung, da es alles andere als romantisch war. Kein gutaussehendes Paar das sich anschmachtete, hässliche Gäste - wahrscheinlich die Verwandtschaft - uns natürlich ausgenommen - kitschige Deko (Platikblumen! was jedoch nichts Außergewöhnliches ist) und scheußliche Outfits.

Hinterher gab es im Yard des Anwesens ein großes Buffett, was einen dann wieder versöhnlicher stimmte. Am späten Nachmittag verließen wir dann den rauschenden Event, da wir uns nicht dazugehörig fühlten und noch einen langen Rückweg (knapp 3Stunden) vor uns hatten.

Um beim Thema Anlässe beziehungsweise Kuriosem zu bleiben will ich noch kurz auf das Thema **Bestattungen** eingehen.

Obwohl ich Gott sei Dank mit dem Thema Tod, Sterben und Bestattung während meines Aufenthaltes nicht konfrontiert wurde, habe ich ein bisschen darüber recheriert.

Denn schon damals zeigte sich ein Spar-Trend, viele Hinterbliebene scheuten die hohen Kosten für Erdbestattungen. Immer mehr Feuerbestattungen ersetzten die herkömmliche Beerdigung. Das hat vor allem finanzielle Gründe:

In den USA kostet eine Urnenbestattung knapp 6000 Dollar weniger als eine Beerdigung mit Sarg. Somit fürchten viele Sarghersteller um ihr wirtschaftliches Überleben und bieten immer mehr Billigprodukte an. An diesen Umsatzeinbußen sind auch Einzelhandelsketten wie *Wal-Mart* beteiligt. Denn diese Konzerne bieten Billigsärge an, locken mit Ratenfinanzierungen und mit einem 48 Stunden Lieferservice!

Also wohlgemerkt, ich mache meinen Wochenendeinkauf mit peanut butter, bread, some cheese, some fruits und kaufe nebenbei noch auf die Schnelle einen Sarg für meinen Verstorbenen – den ich mir dann noch, im Gegensatz zu den anderen Einkäufen – zustellen lasse!

Habe ich nun meinen Sarg zu Hause und meinen Leichnam sonst wo, kann ich mir Gedanken um dessen Bestattung machen.

Hier bieten sich folgende Möglichkeiten an:

Drive-through:

Eine *drive-through*-Fahrspur ermöglicht es, im Vorbeifahren Abschied vom Verstorbenen zu nehmen. Dieser ist hinter einer kugelsicheren Glasscheibe aufgebahrt, außerordentlich wichtig, denn sonst könnte der Tote ja noch Schussverletzungen abbekommen...Es ist natürlich möglich stehenzubleiben, auszusteigen und sich auch in einem Kondolenzbuch einzutragen!

Online:

Die einst in privatem, familiärem Umfeld abgehaltenen Bestattungszeremonien entwickeln sich zunehmend zu einem Ereignis, das per Webstream am Computerbildschirm verfolgt werden kann. Damit spart man als Betroffener von außerhalb Anreisekosten und eventuelle Übernachtungskosten.

Hört sich an wie ein Witz, ist aber so ernst wie der Tod und wird von amerikanischen Bestattungsunternehmen zuhauf angeboten und auch ausreichend genutzt.

Weltraumbestattung:

Hier wird die Asche des Toten, beziehungsweise etwa sieben Gramm davon, in eine Mikrokapsel gefüllt und gemeinsam mit anderen Kapseln an Bord einer Trägerrakete in eine niedrige Erdumlaufbahn geschossen. Nach einigen Erdumrundungen tritt die Kapsel wieder in die Atmosphäre ein und verglüht dort vollständig. Die Weltraumbestattung gilt als sehr seltene und sehr teure Bestattung. Heute heißt es nicht mehr *den könnte ich auf den Mond schießen,* sondern den schießen wir für immer in den Weltraum...

Öko-Bestattung:

- der neuste Trend aus den USA-

„Alkalische Hydrolyse":

Bei der alkalischen Hydrolyse werden Verstorbene in einem Edelstahltank in Lauge aufgelöst. Nach der chemischen Zersetzung bleiben nur noch Knochenreste und eine braune Flüssigkeit übrig. Der ein oder andere wird jetzt wieder meinen, Katjas Märchenstunde hat gerade begonnen, sie hat doch ein bisschen viel Stephen King in ihrer Jugend verschlungen! Aber leider ist es Realität und die Befürworter dieser Art von Bestattung argumentieren, dass das Auflösen des Verstorbenen in Lauge ökologischer sei als das Verbrennen!

„Unterwasser-Friedhof":

„The Neptune Society" an der Küste Floridas bietet einen Unterwasser-Friedhof an. 90% des Friedhofs bestehen aus der Asche des Toten mit vermengtem Beton. Das somit künstlich aufgeschüttete Riff ist der sagenumwobenen Stadt Atlantis nachempfunden und kann bis zu 125000 Verstorbenen Platz geben. Es bietet sämtlichen Meeresbewohnern einen natürlichen Lebensraum und gilt deshalb als besonders umweltfreundliche Art der Beisetzung.

Mumifizierung:

Eine Mumifizierung beziehungsweise Einbalsamierung wie im alten Ägypten ist in den USA für zahlungskräftige Kunden möglich. Hier braucht der Bestatter eine Zusatzausbildung um mit der Technik des Einbalsamierens vertraut zu sein.

Letzte Autofahrt:

Die US-Firma *Cruisin' Caskets* baut Särge in Limousinen-Optik. In schrillen Farben mit Chrom-Zierleisten und stilisierten Flammen werden solche Fiberglas Särge zur *letzten Ausfahrt*. Würde bei uns in Deutschland gar nicht gehen, da unsere Särge aus leicht verrottbarem Material sein müssen!

Also, wenn ihr Bock darauf habt, nach dem Tod noch Gesprächsthema zu bleiben, wisst ihr ja jetzt, was es für Möglichkeiten gibt und wo ihr sie arrangieren könnt. Ich schwöre euch, damit bleibt ihr der Nachwelt mit Sicherheit in Gedenken...

Autofahren

Für den ein oder anderen US-Bürger mag Autofahren schon etwas mit Sport zutun haben. Ich habe einige kennengelernt, die das Herumkutschieren als nette Freizeitbeschäftigung gesehen haben. 90 Prozent der Autos hier haben ein Automatikgetriebe. Diese sind perfekt geeignet für das ambitionslose Dahinschnurren. Die meisten Amerikaner haben nie gelernt, mit einer Schaltung umzugehen. Wozu auch?

In den meisten Fällen ist das Auto hier auch unerlässlich, da die Entfernungen auch innerhalb der Städte sehr weitläufig sind.

Wenn ihr in den Vereinigten Staaten mit dem PKW unterwegs seid solltet ihr wissen, dass jeder der 50 Staaten seinen eigenen Satz von Gesetzen und Regeln über den Straßenverkehr hat. Glücklicherweise sind die meisten Verkehrsregeln in den verschiedenen Staaten gleich, jedoch gibt es von Staat zu Staat leichte Unterschiede.

Das Mindestalter für Autofahrer ist in den meisten Staaten 16 Jahre, jedoch gelten in einigen Staaten verschiedene Auflagen für Fahrer unter 18.

Weitestgehend sind die Regeln wie in Deutschland, der Schweiz und Österreich. Die Schilder sind meistens - wenn sie aus dem Heimatland nicht ohnehin schon bekannt sind - gut verständlich.

Schulbussen ist immer absolutes Vorrecht in allen Fahrsituationen zu geben - das ist eine Faustregel, nach der sich gut fahren lässt. Wenn ein Schulbus hält, so überholt ihr ihn auf keinen Fall. Meistens hat der Bus ebenfalls hinten ein Stoppschild montiert, das er ausklappt. Wenn nicht und ihr fahrt hinter ihm, dann schaut, ob Signallichter anweisen, dass man stoppt.

Geschwindigkeit wird von der Polizei sehr ernst genommen und es kann euch viel, manchmal sogar sehr viel kosten, je nachdem wie viel ihr über dem Erlaubten gewesen seid (diesem Thema habe ich ja ein ganzes Kapitel gewidmet...)

Zum Thema Tempo braucht man nichts Spezielles sagen, denn es ist wie in Deutschland und seinen Nachbarländern auch auf den Verkehrsschildern ersichtlich. Schwarze Ziffern auf weißem Hintergrund, so sehen amerikanische Tempo-Schilder aus. Ihr werdet eure Karosse hier nie bis zum Anschlag treten können. Fand ich auch ein wenig schade, denn schon mein Vater sagte, ich würde fahren wie ein blinder Henker mit Klumpfuß (und da war ich noch ein Frischling auf dem Gebiet des Autofahrens...) und jeder Fahrlehrer würde mir sofort jegliche Fahrtauglichkeit aberkennen!

Die Vereinigten Staaten haben ein weites Netz von Autobahnen und

Bundesstraßen. Einige der wichtigen Autobahnen, oft "*turnpikes*" genannt, sind gebührenpflichtig (wie des Weiteren auch viele Brücken und Tunnels) aber die Benutzung der meisten Straßen ist kostenlos. Die Nummerierung der Autobahnen ist sehr systematisch. Die Nord-Süd Autobahnen tragen ungerade Nummern, von I-5 entlang der Pazifikküste bis I-95 an der Atlantikküste. Die Ost-West Autobahnen tragen gerade Nummern, von I-8 und I-10 an der mexikanischen Grenze bis I-94 an der kanadischen Grenze.

Verallgemeinerungen wie z.b. „In den USA darf man immer nur 55mph fahren"' – vergesst ihr am besten gleich. In Ortschaften findet ihr alles von 15mph bis 55mph (sogar mehr auf City Highways), auf anderen Strassen und Highways geht es bis zu 80 mph - je nach Staat und dort natürlich abhängig von der betreffenden Strasse. Richtet euch einfach nach den Schildern und nichts kann schiefgehen.

Solltet ihr einmal von der Police angehalten werden, dann fahrt rechts ran und bleibt sitzen. Der Polizeiwagen wird immer hinter euch anhalten. Wartet passiv ab, was weiter geschieht und vermeidet hastige Bewegungen, was als Bedrohung angesehen werden könnte. Ich weiß aus eigener Erfahrung, dass einem hier ziemlich die Düse geht, aber tut bitte nichts Unüberlegtes.

Die Cops hier sind bewaffnet und immer in Alarmbereitschaft, das heißt im Klartext immer Gewehr bei Fuß beziehungsweise Pistole am Abzug! Zuerst wird euer Nummernschild geprüft, was etwas dauern kann. Dann kommt der Officer zu euch und fragt nach Führerschein oder eventuellen Mietwagen-Papieren. Dies alles zeigt ihr artig vor. Falls ihr etwas Verbotswidriges gemacht habt, kommt ihr entweder mit einer mündlichen Verwarnung davon oder ihr zahlt ein Ticket, was unter Umständen recht saftig in der Summe sein kann!

Auf amerikanischen Highways lässt es sich sehr entspannt Autofahren. Es gibt so gut wie keine Drängler.

Die Fahrspuren sind meistens breiter, als wir es von unseren kennen. Man kann links als auch rechts überholen! Denkt daran, wenn ihr die Fahrspur wechseln wollt.

Ach so, wenn man natürlich die ganze Zeit so unterwegs ist und Kilometer beziehungsweise Meilen reißt, muss man ja irgendwann tanken gehen. Macht Sinn oder?

Hier vorab ein kleines Tank Lexikon:

Benzin heißt	**gas**
Die Tankstelle ist die	**gasstation**
"unverbleit" heißt	**unleaded**
Der Luftdruck ist die	**air pressure**.

An den meisten Tanksäulen könnt ihr direkt draußen an der Säule mit eurer Kreditkarte bezahlen.

Ob Bargeld oder Karte - der Preis ist der Gleiche. An der Säule bezahlen hat Vorteile: Ihr müssen nicht reingehen und erklären an welcher Säule ihr steht, was vor allem Urlauber nicht mögen, die der Sprache nicht so mächtig sind.

Weiterhin: an manchen Tankstellen müsst ihr, sofern ihr **nicht** mit der Kreditkarte an der Säule bezahlen möchtet, vorher bezahlen, was ungut ist, da man ja ungefähr schätzen muss, wie viel man voraussichtlich tankt.

Oder man gibt mehr Geld ein und muss dann noch mal rein, um sich sein Wechselgeld zu holen. Das ist lästig und unbequem. Die Kreditkarten-Transaktion ist an Tankstellen- Säulen auch sicherer, da ihr niemandem eure Karte aushändigen müsst! Deshalb meine Empfehlung: tankt so oft es geht mit der Karte direkt an der Säule.

Wie das geht?

Zu Beginn, einfach die Karte (meistens mit Magnetstreifen oben links) in den Kartenleser schieben und zügig wieder rausziehen, nicht zu langsam, sonst kann der Leser nicht lesen. Dann kommt etwas auf der Anzeigetafel wie *"Authorization in progress..."*, was heißt, dass die Karte gerade geprüft wird. Beobachtet immer die Anzeigetafel.

Danach kommt etwas wie: " *Remove nozzle and select grade*". **Nozzle** bedeutet Zapfpistole. **Remove** bedeutet: abheben. Manchmal heißt es auch **Lift nozzle**, was das Gleiche ist. Also nehmt ihr den Zapfer, steckt ihn in den Tank.

Select Grade bedeutet: Benzin wählen. Man tankt hier in der Einheit Gallone und nicht Liter.

Eine Gallone entspricht 3,785 Liter. Dementsprechend ist der Preis auf eine Gallone bezogen.

An einigen Tankstellen gibt es die sogenannten Full Service Bereiche, d.h. der Tankwart tankt euch den Wagen voll. Diese Tanksäulen - Reihen sind in der Regel durch ein Schild gekennzeichnet (z.B. FULL SERVICE).

Benzin ist bei Full Service natürlich ein paar Cent teurer.

Begegnen euch unterwegs *Toll Stations* sind das sogenannte Maut-Stationen. Ein Toll-Highway bedeutet, dass je nach Streckenabschnitt und Länge bezahlt werden muss. Diese Highways sind meistens sehr gut ausgebaut und bringen den Reisenden am schnellsten zum Ziel.

Die Gebühren reichen von 25 Cent bis ein paar Dollar, erreichen aber nicht die Höhe, die man von Alpen-Straßen her kennt. Somit ist es immer ratsam ein bisschen Kleingeld parat zu haben, obwohl es nichts wundernswertes ist, wenn der Ami einen *toll* mit Plastikgeld bezahlt.

Symbole auf Schildern werden von den meisten Besuchern der USA intuitiv verstanden. Viele enthalten aber auch Anweisungen in Textform, haben keine Symbole und so braucht man ein klein wenig Verständnis der englischen Sprache.

Was bedeuten die Texte auf den Schildern?

Yield: Vorfahrt beachten

3-Way-Stop, 4-Way-Stop: alle 3 oder gar 4 Straßen haben an dieser Kreuzung eine Stopp-Regel: Es wird in der Reihenfolge des Ankommens an der Kreuzung weitergefahren.

Junction (ahead): eine Kreuzung liegt vor euch

No U-Turn: bitte keine 180 Grad Wendung auf der Straße vollführen

No Turn on Red: An dieser Kreuzung ist das Rechtsabbiegen bei Rot verboten

Do Not Pass: Überholverbot

Lane ends: Fahrspur endet

Ped Xing: Fußgängerüberweg, Fußgänger kreuzen

Detour: Achtung Umleitung

Bump: Bodenwelle, meistens die künstlichen, um auf Parkplätzen oder verkehrsberuhigten Straßen langsames Fahren zu erzwingen

Dip: Bodensenken (natürliche), die gefährlich sein können, wenn sie durch z.B. Regen überflutet sind

Pavement ends Straße geht in unbefestigten Zustand über

Loose Gravel: Rollsplitt

Flagman ahead: Achten Sie auf Baustellenarbeiter, die den Verkehr regeln

Exit: Ausfahrt an Highways

Gefährlicher als in Deutschland ist das Autofahren hier nicht.

„Starren" in Nachbarautos ist generell nicht zu empfehlen, es sei denn ihr seid in einer sicheren Gegend. Falls ihr bei den falschen Leuten ins Auto schaut, kann dies als Provokation gelten, also bleibt neutral, habt alles im Auge und macht nichts Auffälliges.

Dies gilt vor allem in Großstädten wie New York, Los Angeles oder Chicago. Bleibt an den Ampeln nicht unbedingt Fenster an Fenster neben dem Nachbarn stehen, sondern leicht dahinter.

Dies nur im Falle, falls sich euer Nachbar als nicht so sympathisch herausstellt. Viele der Konfliktsituationen entstehen zwischen Personen verschiedener ethnischer Herkunft: Weisse-Farbige-Latinos etc. Das ist nicht zu verallgemeinern, aber zu bedenken.

Es könnte auch passieren das man an einer Ampel, meist in etwas verruchteren Vierteln überfallen wird. Ist natürlich nicht an der Tagesordnung, ich will hier auch niemanden Angst machen. Aber in diesem Land muss einfach mit allem gerechnet werden.

Deshalb ein paar Regeln um ein eventuelles *Car-jacking*,

d.h. z.B. an einer Ampel stehend und überfallen werden, zu vermeiden:

1. Fahrt am besten immer mit verriegelten Türen, vor allem bei 4 türigen Autos
2. Meidet Gegenden, die euch komisch vorkommen (wo Betrunkene abhängen, Junkies, oder wo ihr unangenehm von Passanten oder Autofahrern angesehen werdet
3. Lasst in solchen Gegenden die Fenster zu und lasst euch nicht an Ampeln ansprechen.

Heutzutage hat ja das gute „Navi" das anstrengende Hantieren und Suchen mit den übergroßen Stadtplänen und Landkarten abgelöst. Gott sei Dank muss ich sagen, obwohl ich alles andere als ein Technik-Freak bin. Aber auch ich bin mit diesem Kartenwerk nicht immer zurechtgekommen und habe das ein oder andere Mal die falsche Richtung eingeschlagen, was manchmal zu heftigsten Diskussionen im Fahrraum führte…

Hier einige Abkürzungen, die man auf amerikanischen Straßenkarten und Stadtplänen findet:

Ave	Avenue	**Blvd**	Boulevard	**Dr**	Drive
Hwy	Highway	**I-90**	Interstate 90	**Ln**	Lane
Pl	Pace	**Rd**	Road	**SR**	State Road
St	Street	**N**	North	**E**	East
S	South	**W**	West	**Mt**	Mount

Is oder **I** Island   **Res** Reservoir   **Lk** Lake

Ich denke jetzt seid ihr gerüstet um in Amerika sicher, unfall- und kostenfrei über die Highways brettern zu können.

Einfach nur ein paar einfache Spielregeln einhalten und euch wird nichts passieren. Denn so kranke Raser wie bei uns, die meinen ihren fahrbaren Untersatz bis zum Anschlag treten zu müssen, gibt es in den USA dank des Tempolimits nicht...

Sommerurlaub mit der Familie

Das große Highlight meines USA - Aufenthaltes war der dreiwöchige, schon von langer Hand von der Familie geplante, Sommerurlaub.

Schmackhaft wurde mir diese Reise von Beginn meiner Ankunft angepriesen und ich freute mich, als ich hörte, dass wir die Ostküste von New York bis runter nach Florida bereisen wollten.

Wer längere Zeit, das heißt, einige Wochen oder Monate innerhalb der Vereinigten Staaten reisen will, fährt mit Sicherheit am billigsten mit einem dort

gekauften Gebrauchtwagen mit Wohnanhänger oder am komfortabelsten und problemlosesten mit einem Wohnmobil (Motorhome). Hiermit ist man völlig unabhängig und braucht vor allem sein Reisegepäck nicht immerfort an jedem Motel/Hotel aus- und einpacken.

So eine Erfahrung hatte ich bisher auch noch nicht gemacht, und fieberte just ab der Eröffnung des Reisevorhabens diesem Event entgegen. Erst Wochen später realisierte ich das Gefährt, mit dem wir losziehen wollten. Es war nämlich keineswegs so wie ich es mir in meinem Träumen vorstellte. Unter Komfort verstand ich etwas anderes und war schockiert, als ich das erste Mal diese alte Schaukel von Wohnmobil betrat, das auf unserem Gartengelände schon Moos ansetzte.

Vor allem bei der Vorstellung, das fünf Personen plus Hund (Irischer Setter – kein Schoßhund), damit drei volle Wochen in den subtropischen Süden der USA fahren sollten.

Aber da man ja kein Spielverderber sein wollte und noch viel Zeit vergehen musste, um dieses Projekt umzusetzen wollte ich noch keine Wellen beziehungsweise negativen Gedanken aufkommen lassen.

Es mag den einen oder anderen geben, der Bedenken hat, dass man sich im amerikanischen Straßenverkehr zurechtfindet, nachdem hier in Deutschland völlig irrige Vorstellungen darüber bestehen. Dazu kann ich nur mit der geläufigen Redensart „forget it" antworten, was soviel heißt, wie „darüber brauchst du dir überhaupt keine Gedanken machen". Denn: fast alle Verkehrsregeln sind drüben die gleichen wie in Europa, fast alle Schilder sind identisch mit unseren.

Allerdings besteht ein erheblicher Unterschied, allerdings positiver Art. Denn in den USA fährt man bedeutend müheloser und ungefährdeter, ruhiger und sicherer.

Zum einen sind die Straßen/highways breiter und großzügiger und hervorragend beschildert. Sich hierzu verfahren ist fast unmöglich. Auch Überholmanöver sind unüblich, denn überall gelten Geschwindigkeits- Beschränkungen.

Als ich zurück in Deutschland war, habe ich mit dem dortigen Verkehr fast einen Koller bekommen. Die erste von mir gesteuerte Autofahrt ging von uns zuhause zum Wohnort meiner Großmutter, die ca.15 Kilometer entfernt wohnte. Ich musste mich durch Karlsruhes Stadtverkehr, enge Wohnstraßen die beidseitig beparkt waren, quälen und fuhr so unsicher, wie ich es noch nicht einmal in meiner ersten Fahrstunde getan hatte.

Ich habe lange gebraucht, um mich wieder sicher motorisiert auf unseren Straßen zu bewegen. Vor allem diese Enge und das starke Verkehrsaufkommen machten mir enorm zu schaffen.

Also gut, widmen wir uns dem eigentlichen Ereignis, was unaufhaltsam näher rückte, und mir auch mein letztes Ziel, das Heimkommen, näherbrachte.

Die letzten Schultage brachen an, die Eltern hatten die letzten Arbeitstage vor dem großen Sommerurlaub und die Nervosität und Vorfreude bei allen wuchs. Ich beschäftigte mich schon mit der allgemeinen Familienwäsche, richtete mit den Kindern Klamotten, Spielzeug und diverse andere Kleinigkeiten zusammen. Kaufte mir natürlich noch ausreichend Filmspulen für den Fotoapparat, Digitalkameras gab es damals noch nicht. Reiseführer und Bildmaterial hatte ich schon, denn ich bekam einen wunderschönen Florida-Guide von meiner Omi zum Geburtstag geschickt, mit dem ich mich eifrig auseinandersetzte.

Sonntagmorgens ging es los, recht früh, denn keiner konnte wirklich entspannt schlafen. Erwartungsvoll setzten wir unsere neu erworbenen Sonnenbrillen auf, damit wir schon ein bisschen Urlaubsfeeling hatten. Auch Cindy, der Hund der auf keiner Reise fehlen durfte, bekam eine verpasst. Somit hatten wir gleich zu Beginn eine Mordsgaudi und fuhren beschwingt die südatlantische Küstenebene entlang.

Erster Stopp war im Bundesstaat **Virginia**, nahe der Hauptstadt Richmonds, auf einem Campingplatz. Gott sei Dank konnten wir nun unsere Füße vertreten und frische Luft tanken, denn die Luft im Auto war doch mit der Zeit recht stickig. Für das Abendessen war im Vorfeld schon gesorgt worden, es gab köstliche, schwabbelige *hot dogs*, die zumindest von den Kindern begeistert gefuttert wurden.

Müde von der anstrengenden Fahrt, denn irgendwie hatte ich bisher noch keinen Urlaub, fiel ich in meine kleine stickige Schlafkoje. Man muss bedenken, dass ich mit den kids hinten saß und sie mich immer auf Trab hielten und ständig beschäftigt werden wollten. Da war nichts mit genussvollem Ausruhen und Betrachten der vorbeiziehenden Landschaft! Auch Sightseeing gab es in Virginia nicht, denn außer das der Staat **„Mother of President"** genannt wird (weil acht Präsidenten aus Virginia stammten), hatte er laut meinem Gastvater nichts zu bieten.

Well, nach einer unruhigen Nacht, denn schließlich ist es ungewohnt, zumindest für mich, zu fünft bzw. mit Hund zu sechst einen kleinen Raum zu bewohnen, ging es am nächsten Morgen weiter.

Bis dahin hatte ich in der Nacht das Vergnügen scharrende Hundepfoten auf dem glatten Linoleum des Wohnwagenbodens zu genießen. Denn auch für Cindy war es ein ungewohnter Schlafort und sie probierte einfach die bequemsten Stellungen und Plätze auf ihrem beengten Raum aus. Kann man dem Hundchen ja nicht verübeln, ich hätte sie trotzdem am liebsten vor die Türe gesetzt...

Nachdem die sanitären Einrichtungen des Campingplatzes besucht und ein feudales Frühstück in Form von ungetoasteten Sandwichs eingenommen wurden ging es munter weiter in Richtung Süden.

Die Fahrt ging Richtung **North Carolina**, ein direkt an der Atlantikküste gelegener Bundesstaat, der sich vor allem durch die jährlichen NASCAR Rennen einen Namen gemacht hat. Hier machte sich schon der besondere Charakter der Südstaaten bemerkbar, wie ich hin und wieder aus dem Augenwinkel erhaschen konnte.

Die Kinder waren jetzt an Tag zwei unserer Reise anstrengender denn je, denn ihre Ungeduld wuchs. Schließlich wurde ihnen ja Walt Disney World als Ziel schmackhaft gemacht und sie waren der Meinung, nur ein paar Minuten von New York dorthin zu brauchen. Das Gequengel während der gesamten Fahrt machte alle anwesenden Erwachsenen etwas rauer und forscher im Ton, so dass das Abendessen, bestehend aus Pizza, recht schnell vonstatten ging.

Auch mit Sehenswürdigkeiten hatte ich hier nicht zu rechnen, da unser Fahrer schnellstmöglich weiter gen Süden rollen wollte!

Also weiter mit Geschwindigkeit. Der nächste Staat erwartete uns schon, **South Carolina**. Hier fühlte ich mich sofort in die Welt der Scarlett O´Hara versetzt, vor allem die eleganten Herrschaftshäuser im Kolonialstil hatten es mir angetan. Wir übernachteten diesmal auf einem Platz in der Nähe von der Stadt Charleston und anstatt sich mal mit dem anderen Flair des Staates auseinanderzusetzen und ein bisschen Sightseeing zu betreiben, verbrachten wir auch diesen Abend wieder essend, trinkend und schwitzend vor unserem Wohnmobil!

Tag drei der Reise endete mit vielen Tränen, da die Kinder endlich Mickey Mouse und seine Freunde sehen wollten und nicht verstanden, warum es solange dauerte, ihnen die Hand/Pfote schütteln zu dürfen!

Next Stop war **Daytona Beach**. Mittlerweile befinden wir uns in unserem Zielstaat, sprich Florida. Daytona Beach ist einer der bekanntesten Sandstrände Floridas, 36km lang und 150m breit. Wer hier richtig Party erleben will, kommt während der Frühlingsferien hierher, wenn Tausende von Teenagern den Strand zu einem Open Air Festival machen.

Zum zweiten ist Daytona für seinen Speedway (Autorennstrecke) bekannt, auf dem jährlich, vergleichbar mit unserer Formel Eins, Autorennen ausgetragen werden.

Hier verbrachten wir also Tag vier unserer Reise, die Kinder waren einigermaßen zufrieden, denn zumindest hatten sie feinsten Sandstrand zum Buddeln und Burgen bauen. Für uns Ältere war der Erholungswert enorm, denn endlich konnte einmal ausgespannt und gechillt(heute neudeutsch für „erholen") werden.

Denn hier in Florida läuft alles lockerer, die Sonne kribbelt auf der Haut und du bist sofort entspannter. Nirgends auf der Welt beginnt ein Morgen schöner, wie an einem der 75 km langen Strände dieses Sonnenstaates. Man läuft durch den warmen Sandstrand, lauscht dem Atlantik, über einem ist der Himmel blau und es gibt wieder bis zu 30°C, wie eigentlich immer. Die Sonne scheint in Florida übrigens häufiger als in Honolulu auf Hawaii: ca. 361 Tage im Jahr.

Ein Traum, nicht nur für Urlauber, sondern auch für Einwanderer und knapp eine Million Rentner, die sogenannten *snow birds*. Sie kommen von November bis Februar – aus Ohio, Wisconsin, Indiana und anderen kalten Staaten. Weil dort der Winter Schnee und eisigen Wind bringt und Florida deshalb wie ein Magnet wirkt: mildes, angenehmes Klima, weiße Endlosstrände, keine Einkommenssteuer und geringe Lebenshaltungskosten. Sprich – rundum ein verführerisches Sommerparadies…

Wir kehrten am Abend sogar ein, da unsere Vorräte zur Neige gingen und die Atmosphäre einfach klasse war. Auch ich war bis zu dieser Zeit noch nie unter Palmen bei ca.30 Grad so gut essen gewesen.

Hier muss betont werden, dass die Südstaaten auch ein Teil Amerikas sind, obwohl man es kulinarisch nicht immer vermuten würde. Die amerikanische Küche hier ist eher eine Weltküche wegen der vielen ethnischen Gruppen, die alle etwas aus ihrer Heimat beitragen. An der See, sowie in größeren Städten sind sogar Fisch und Meeresgetier, für die in Europa horrende Preise gefordert werden, Bestandteile von „Fast Food". Muscheln, Krebse, selbst Hummer gelten hier nicht als Besonderheiten.

Alles war unbeschreiblich schön, wenn da nicht der elende Sand gewesen wäre, den jeder von uns mit in unsere Behausung mitnahm. Trotz duschen und mehrmaligem Füße waschen, versteckten sich die Sandkörnchen in sämtlichen Zwischenräumen und Köperöffnungen. Der Wohnwagen knirschte in allen Ecken und Winkeln und in der Nacht hatten wir alle ein kostenloses Ganzkörper-Peeling.

Etwas gerädert von der ungewohnten Nachtruhe brachen wir am nächsten Morgen gen Cape Canaveral auf. Dies ist ein Küstenabschnitt, etwa in der Mitte der Ostküste Floridas. Jeder der diese zwei Wörter hört, verbindet sie sofort mit

Raketen und Weltraum. Denn hier im Süden der Insel sind die wichtigsten Weltraumbahnhöfe der amerikanischen Raumfahrt.

Einerseits das KSC (nein, dies hat überhaupt nichts mit dem Karlsruher Sport Club zu tun), es steht **für Kennedy Space Center** der NASA, von dem bisher alle bemannten Raketen der USA starteten.

NASA wiederum steht für Nationale Luft- und Raumfahrtbehörde, deren Hauptsitz in Washington D.C ist und die 1958 gegründet würde.

Andererseits das **CCAFS** der US Air Force (Canaveral Air Force Station), von der die unbemannten Raketenstarts mit Atlas, Delta, Titan und anderen Raketen stattfinden.

Wir schlenderten zwischen all diesen ausrangierten Riesen-Geschossen umher, die mal senkrecht in der Luft ragten, mal ausgedient herumlagen. Ließen uns mit umherlaufenden Astronauten-Männchen (waren nur Touristen-Attraktionen, keine echten!) fotografieren, und bewunderten die überdimensionalen **crawlers,** sprich die Transport-Plattformen für Raketen.

Anschließend schauten wir noch die Unglücksstelle der Space Shuttle „Challenger" an, die 1986 (ich weiß noch wie heute, wie fassungslos wir die Bilder im Fernsehen verfolgten!) 73 Sekunden nach dem Start zerbrach und in der Luft explodierte. Die gesamte Besatzung kam bei dem Unglück ums Leben!

Dies war ein beeindruckender Tag gewesen, nicht nur für die Kinder. So viel Überdimensionales auf einmal war sehr ermüdend und wir fielen alle nach einem kurzen Dinner erschöpft in unsere Bettchen.

Tag fünf war unser Weltraumprogramm gewesen, Tag sechs wurde als Erholungstag am Strand eingeplant, denn der Ami konnte sich ja nicht mit zuviel Kultur und Sightseeing überfordern. Tat aber ganz gut, die Kinder packten ihre Schwimmflossen aus und wir planschten und spritzten im kühlen Atlantic Ocean.

Und dann ging es am nächsten Tag endlich weiter nach **Orlando**, in die Heimat der Mickey-Mäuse.

Ohne sie wäre die Stadt in Zentralflorida ein verschlafener Ort. Dank des größten und bestbesuchten der verschiedenen Disneyländer sowie dank eines Dutzend weiterer Amüsierparks ist Orlando eine schnellwachsende, wohlhabende Stadt voller Abwechslung geworden.

Endlich waren wir am Ziel der Kinder angekommen, aber da es schon Nachmittag war, mussten sie noch bis zum nächsten Morgen warten. Somit stellten wir einen Drei-Tages Plan auf, in welcher Reihenfolge wir die Parks besuchen wollten. Theoretisch bräuchte man ca. 57 Tage, um jeden der 100 Vergnügungsparks wenigstens einmal kurz besucht zu haben…

Gott sei Dank einigten wir uns auf drei kümmerliche Tage, denn ansonsten wäre ich wahrscheinlich mit großen Ohren und schwanzwedelnd nach Hause zurückgekehrt und man hätte mich erst einmal therapieren müssen, damit ich mich in der normalen Welt wieder zurechtfinde…

Das war auch eine recht sinnvolle Idee, denn diese künstlich erschaffene Welt, die 1971 für ungefähr 400 Millionen US-Dollar eröffnet wurde, besitzt vier Themenparks auf einer Gesamtfläche von 15000 Hektar.

Tag eins/ Magic Kingdom

Betritt man diesen Park befindet man sich sogleich auf der sogenannten **Main Street**. Hier findet man nicht nur den Stil einer kleinen Stadt des Mittleren Westens wieder, sondern auch den Stil von weiteren Regionen der USA.

Entlang der Straße sind viele Souvenir- und Verpflegungsshops ansässig. Am Ende der Main Street steht das bekannte **Cinderella Castle**, das Aschenputtelschloß, welches das Wahrzeichen von Magic Kingdom ist. Das Schloss ist nur 55 Meter hoch, wirkt wegen der erzwungenen Perspektive aber um einiges größer. Und überall auf dieser frequentierten Avenue hüpfen Mickey und seine vielen Freunde umher und warten darauf mit dir abgelichtet zu werden.

Mann war das kitschig für mich, vor allem wenn man zwar früher hin und wieder mal einen Comic lesen durfte, aber mit den Protagonisten nichts am Hut hatte. Aber die Kinder waren begeistert und das war die Hauptsache. Ich hatte es gesehen und für mich beschlossen, dass ein Besuch im Leben reicht, auch in Anbetracht der horrenden Eintrittspreise.

Kristen entdeckte mit lauter Freude „**Space Mountain**", eine Achterbahn mit Looping und allem was dazu gehört. Da ihre Eltern sich jedoch geschickt aus der Affäre zogen, indem sie einerseits Magenprobleme, wie andererseits Schwindel vortäuschten, blieb diese verantwortungsvolle Aufgabe an mir hängen, in dieses Gefährt als Beschützer miteinzusteigen.

Komisch, als wir ausstiegen, waren die Eltern putzmunter und ich kämpfte mit Magen- und Schwindelproblemen…

Um uns wieder ein wenig zu rehabilitieren gingen wir weiter ins **Fantasyland**, wo wir die Möglichkeit hatten, einen 12-minütigen Film mit Mickey und Donald als Hauptdarsteller zu sehen. Über die Handlung kann ich leider nichts mehr sagen, die kids hatten aber mächtigen Spaß und brüllten vor Lachen!

Zuguterletzt erwartete uns noch die **Big Thunder Railroad** mit einer rasanten Fahrt durch eine Mine. Die Bahn besitzt Züge mit fünf Wagen, die jeweils drei Reihen mit je zwei Personen besetzen können. Die Fahrgäste müssen mindestens 40 Zoll = 1 Meter groß sein, um mitfahren zu dürfen.

Damit schied Andrew aus, und seine Mutter opferte sich großmütig bei ihm zu bleiben. Also war ich schon wieder mitgehangen/mitgefangen und düste in einem Affentempo mit Kirsten und Bob durch verschiedene Bergwerke!

Schier bewusstlos von der rasanten Geschwindigkeit der Bahn, stiegen wir aus und beschlossen für heute abzuschließen. Es ist sowieso schier unmöglich, mehr als einen Park pro Tag zu besuchen und, kleiner Tipp, besonders das Magic Kingdom ist derart beliebt, dass sie sich auf Wartezeiten von ein bis eineinhalb Stunden vor jeder Einzelattraktion einrichten müssen!

Wir gingen im Freizeitpark noch etwas essen und danach zu unserem Luxusanwesen am Rande Orlandos. Wenn man jedoch glaubt, wir wären müde und kaputt ins Bett gefallen, ist man auf dem Holzweg. Aufgeputscht durch das viele Adrenalin, das an diesem Tag durch unsere Adern schoss, lagen wir noch lange wach und freuten uns auf den nächsten Tag.

Tag zwei / Epcot

Auch dieser Tag wurde wieder mit lauter Vorfreude angegangen. Heute war das **Epcot Center** unser Ziel, wobei mir fast klar, das dieser das langweiligste Programm für die Kinder bot.

Hier wurde ein Park erschaffen, als Anlehnung an Walt Disneys Idee einer Modellstadt von morgen. Hier teilt sich das Areal in die Themenbereiche „Future World" und „World Showcase" auf und beschäftigt sich mit dem technologischen Fortschritt der Menschheit und den verschiedenen Kulturen der Welt.

Das Wahrzeichen von Epcot ist, das schon von Weitem als riesige, silberne Kugel erkennbare **Space Ship Earth**, in dem man eine Fahrt durch die Geschichte der Kommunikation machen kann. Muss ich jetzt zugeben, war auch für mich nicht der *burner*, das die kids damit etwas überfordert waren, wunderte mich nicht.

Im Themenbereich **Future World** erhält der Besucher die Illusion einer Raketenfahrt. Der Themenbereich **World Showcase** setzt sich aus elf Themenländern zusammen, die elf verschiedene Staaten der Erde nachstellen: Mexiko, Norwegen, China, Deutschland, Italien, USA, Japan, Marokko, Frankreich, Großbritannien und Kanada. Neben der ländertypischen Gestaltung und Architektur der Themenländer können auch landestypische Waren und Mahlzeiten gekostet werden. Die meisten Staaten, wie Norwegen, China oder Kanada werben für die Schönheiten ihrer Länder, der Besucher hat die Möglichkeit mit einer Bahn die Länderreise zu erkunden.

Jeden Abend um 21 Uhr findet auf der „World Showcase Lagoon", einem großen künstlich angelegten See die Licht- und Feuerwerkshow IllumiNations statt. Diese Spektakel ließen auch wir uns nicht entgehen, obwohl die

Schlafenszeit der Kinder schon reichlich überschritten war.

Aber ein Highlight am Tag musste es ja auch für die Kleinen unter uns geben, denn allgemein betrachtet, war dieser heutige Ausflug eher etwas für Erwachsene!

Tag drei/Hollywood Studios

Disneys Hollywood Studios ist ein im Jahr 1989 (also zu meiner dort anwesenden Zeit noch ganz frisch) eröffneter Themenpark, der sich dem Thema Film und Fernsehen widmet. Der Park wurde 2008 umbenannt, früher, also auch zu der Zeit wo ich ihn besuchte, nannte er sich **Disney-MGM-Studio**.

Hauptattraktionen sind die „Indiana-Jones"-Stuntshow oder die „Backlot-Tour", bei der die Fahrgäste Einblicke in Special-Effects, Kulissen und Requisiten bekommen und die abendliche Vorstellung „Fantasmic", eine Liveshow mit Schauspielern, Licht-, Feuerwerk- und Lasereffekten, in der Mickey Mouse gegen die Disney Bösewichte antritt.

Wenn man den Park betritt kommt man auf den Hollywood Boulevard. Hier gibt es nur eine Attraktion: The Great Movie Ride, eine 22-minütige Fahrt durch klassische Hollywood Momente. Das Wahrzeichen des Parks ist Mickeys Zauberhut und der Wasserturm, die überdimensional im Eingangsbereich thronen. Neben mehreren Attraktionen bieten die *Streets of America* kleine Nachbildungen von New York und San Francisco. Folgende Attraktionen sind hier zu finden: *Muppet Vision 3D* - ein 3D - Film mit den Muppets als Stars. Des Weiteren ein großer Kinderspielplatz. Eine große *Auto Stunt Show*, wo Stunts gezeigt werden, wie sie für Hollywood-Filme durchgeführt werden.

Auch hier war der Spielplatz oder alles was mit Trickfiguren zutun hatte, das Mega-Erlebnis des Tages für Kristen und Andrew.

Aber man stellt fest, dass sich in den einzelnen Parks vieles wiederholt und drei Tage völlig ausreichend sind um hier seine Eindrücke zu bekommen.

So, damit es uns auch allen wirklich nicht genug ist, fuhren wir weiter nach Tampa, an die Westküste Floridas.

Auch hier gab es wieder ein Pärkchen zum Besichtigen.

Ich musste mich jetzt endlich mal daran gewöhnen, dass man in diesem Urlaub die Kinder zufriedenstellen und glücklich sehen wollte, und nicht so ein olles Au- Pair, das wissbegierig nach Eindrücken und Sehenswürdigkeiten war!

Busch Gardens

Busch Gardens ist der Name eines Freizeitparks, der von der Anheuser-Busch-Brauerei 1959 gegründet wurde. Hier ist Afrika das zentrale Thema und die Einrichtung zählt mittlerweile zu den größten zoologischen Institutionen der USA. Man durchläuft verschiedene Staaten Afrikas, begibt sich von Nairobi, Ägypten, dem Kongo bis nach Timbuktu und trifft unterwegs auf viele dort beheimateten Spezies. Über die vielen Brücken die man überqueren muss, schlängelt sich unterhalb ein Flusslauf, in dem sich Heerscharen von Krokodilen und Alligatoren tummeln. Und weiter voranmarschiert sieht man in der Ferne wunderschöne, leuchtende, lachsfarbene Punkte, die sich im Näherkommen als dahinstolzierende Flamingos outen.

Mir gefiel diese Atmosphäre ausnehmend gut, ich konnte gar nicht genug von diesen Eindrücken gewinnen. So vereinbarte ich mit meinen Gasteltern, dass wir uns trennen würden, damit ich dem nachgehen konnte, was mir besonders gut gefiel. Mein Fotoapparat glühte, meine Backen auch, denn nicht nur die Aufregung, sondern auch die Hitze tat ihr übriges.

Die Familie verweilte sich derweil indem angeschlossenen Vergnügungspark mit verschiedenen Fahrgeschäften. Da ich das schon drei Tage ausgiebig in Walt Disney World genutzt hatte, waren mir der Spaziergang durch Afrikas Flora und Fauna tausendmal lieber. Außerdem konnte ich bei der Ruhe etwas abspannen und meinen Gedanken über das Erlebte und Gesehene nachgehen. Somit hatten wir alle etwas davon, trafen uns zur gemeinsamen Rückfahrt in unser vierrädriges Feriendomizil und ließen den Abend in Ruhe ausklingen.

Was für mich noch sehr auffallend war, war der veränderte Slang der Südstaaten-Bewohner. Neun Jahre Englisch in der Schule, ein paar Monate intensivstes New Yorker Englisch und doch verstehe ich da unten kein Wort! Macht mir die Hitze hier so zu schaffen?

Aber dann habe ich mir erklären lassen, dass der Südstaatler mit dem *Southern drawl* spricht und gerne Worte bildet, die eigentlich Flüche oder Abwertungen von Schwarzen sind. Es heißt zum Beispiel „**Howdy**", „wie geht´s", anstatt „How do you do?". Hier unten, wo die Bewohner etwas gläubiger sind wie in anderen Staaten, meint man, das der Name des Herrn missbraucht wird, wenn „by Gosh", anstatt „by God" ausgerufen wird oder Jesus mit „Gee" betitelt wird.

Aber es sind für die hiesige Bevölkerung völlig normale Redewendungen, so dass sich keiner Gedanken über schlechtes Benehmen oder Unarten machen muss. Somit fand auch ich mich ganz schnell damit ab, dass ich wieder einmal mit Sprachbarrieren zu kämpfen hatte und vermied den Kontakt mit den Südstaatlern. Was ja auch überhaupt kein Problem darstellte, denn schließlich hatte ich ja meine Reiseleiter und Organisatoren dabei, die alles für mich regelten!

Everglades

Nächster Zielpunkt unserer Reise waren die **everglades**.

Die subtropische Sumpflandschaft, das größte Feuchtgebiet Nordamerikas voller seltener Pflanzen und Tiere liegt südwestlich vor den Ausläufern von Miami.

Vor allem die Fahrt an der Westküste Floridas entlang war ein Augenschmaus. Wir passierten Städte wie St.Petersburg, Sarasota, Fort Myers und Naples. Ich hätte mir gewünscht, dort einen Stopp einzulegen, aber ich war ein geduldeter Gast ohne Ansprüche.

Zum Glück habe ich Jahre später noch einmal diese Reise gemacht und konnte mir dann ausgiebig diese Städtchen anschauen, die anmutig an dieser Küste liegen und ganz entzückend, auch bedingt durch ihre Farbenpracht, aussehen.

Je südlicher man nach Florida kommt, umso mehr verändert sich die Landschaft.

Die einzige Straßenverbindung in den Park führt von Florida City nahe Homestead über die State Road SR 9336 rund 60 km Richtung Südwesten nach Flamingo. Außer dem Besucherzentrum und einiger anderer kleinerer Parkeinrichtungen ist das Gebiet in seiner Ursprünglichkeit erhalten. Es gibt eine Reihe ausgebauter Wege im Park, auf denen man die Natur und die Tiere beobachten kann. Seit 1979 gehören die Everglades zum Weltnaturerbe der UNESCO.

Ab Naples beginnt der Everglades National Park, dessen weite Riedgrasebenen mit eingestreuten Dschungelinseln, sumpfigen Flachwassertümpel, weit ausgedehnten und undurchdringlichen Mangrovenwälder, sich über eine Fläche von 80km als Naturschutzgebiet erstrecken.

Allein diesen Highway entlang dieses Gebietes zu fahren, beeindruckt durch seine Gerüche, Schilder und Kadaver. Man muss sich vorstellen, dass nur eine Strasse durch die everglades führt und rechts und links unbewohnte Natur liegt. Deshalb ist es strengstens verboten auszusteigen. Was ich sowieso nie getan hätte, lieber hätte ich mir in die Hose gemacht.

Straßenschilder die darauf hinweisen, das Krokodile deinen Weg kreuzen können sieht man in Deutschland nicht (komisch auch!) und man meint, hier hat sich jemand einen Streich ausgedacht. Aber wenn einem irgendwann so ein fetter brauner Klumpen am Straßenrand auffällt und man genauer hinschaut, kann man erkennen, dass die Schilder nicht zum Spaß da stehen.

Unseren Weg säumten ungefähr drei oder vier überfahrene Viecher, und deshalb gab es auch die unterschiedlichsten Gerüche, gepaart mit der sumpfigen Marschlandschaft.

Es gibt auf diesem Weg nur spezielle Haltepunkte, den einen steuerten wir an, um uns die Airboote anzuschauen, mit denen 30-, 60 und 90minütige Fahrten angeboten wurden. Von hier konnte man gut die sogenannten **hammocks** sehen, leicht erhöhte Inseln von wenigen bis hundert Metern Durchmesser, die von einer Vielzahl subtropischer Pflanzen und Bäumen bewachsen sind.

Diese Hammocks sind zugleich eine immerwährende Zufluchtstätte aller dort heimischen Tiere, die man an guten Tagen in Scharen dort sitzen oder liegen sehen kann. Toll, denn ich kannte diese Reptilien nur aus dem heimischen Zoo...

Rund die Hälfte der ursprünglichen Fläche der Everglades wird heute landwirtschaftlich genutzt. Das Wasser der Everglades wird zum Teil zur Trinkwassergewinnung für die angrenzenden Städte, beispielsweise für Miami, verwendet.

An mehr als 40 ausgewiesenen Plätzen kann gecampt werden und genau einen davon steuerten wir an. Etwas mulmig war einem schon zumute, denn du bist der Natur vollständig ausgeliefert.

Was aber besonders beeindruckend war, war der Sonnenuntergang über dem Golf von Mexiko. Ein Farbenspiel wie ich es niemals zuvor gesehen habe, und das über einer himmlisch schönen Kulisse, bestehend aus Kiefern-, Zypressen-, Lorbeer- und Mangrovenwäldern.

Weniger toll waren die Blutsauger, die sich über einen hergemacht haben. Mückenschutz ist hier zu jeder Jahreszeit ratsam, denn wenn dich kein böses Krokodil holt, dann die kleinen blutrünstigen Vampire...

Key West

Juhu, wir haben die Nacht und die Fahrt durch die Everglades überstanden und überlebt. Dann können wir ja weiter zum nächsten Ziel durchstarten.

Wasser. Himmel. Am Horizont eine Insel, die in der Luft zu schweben scheint. Ein Reiher. Pelikane, hinten kurz und dick, fliegen aufrecht wie im Sitzen, das Gleichgewicht durch ihren großen Schnabel haltend. Kein Brückenpfeiler ohne Pelikan. Weite. Stille.

Dies wird eine lange Autofahrt werden, über den Overseas Highway und die Kette weiterer Inseln nach Key West. Aber wahrscheinlich auch die atemberaubendste meines Lebens.

Der **Overseas Highway** ist der südlichste Abschnitt des U.S. Highways 1 in Florida, USA. Der 205 Kilometer lange Highway verbindet 40 Inseln der Florida Keys miteinander und reicht von Homestead bis nach Key West.

Der Highway ist die einzige Landverbindung zwischen den Florida Keys und dem Festland der USA und im Falle eines Hurrikans auch die einzige Fluchtroute für die Einwohner und Touristen.

Die **Florida Keys** sind eine Kette aus über 200 Koralleninseln mit einer Gesamtlänge von über 290 km (180 Meilen). Sie liegen vor der Südspitze der Halbinsel Florida zwischen dem Golf von Mexiko und dem Atlantischen Ozean und müssen passiert werden um nach Key West zu gelangen. Unter Wasser erstreckt sich hier das drittgrößte tropische Korallenriff der Welt.

Im Gegensatz zur Ostküste Floridas wurden die Keys erst spät erschlossen. Den Anfang machte 1905 der Eisenbahnmagnat Henry Flagler mit seinem Wahnsinnsunternehmen, die leeren moskitoverseuchten Mangroveninseln durch Zementviadukte und Stahlskelettbrücken mit dem Rest der USA zu verbinden. 1912 lief der erste Zug in Key West ein. Nach dem großen Hurrikan von 1935 wurde die Bahnstrecke zur Autostraße umgebaut, 1942 die erste Trinkwasserleitung von den Everglades her verlegt.

Seitdem ging´s wirtschaftlich bergauf und ökologisch bergab.

Klima, Flora und Fauna entsprechen eher den Verhältnissen in der Karibik als denen im Rest von Florida, obwohl die Karibischen Inseln vulkanischen Ursprungs sind. Das Klima der Florida Keys ist tropisch. Zudem ist es sehr stark vom Golfstrom geprägt, der warmes Wasser aus dem tropischen Bereich der Karibik nach Norden bringt.

Sie sind der einzige frostfreie Platz in Florida, liegen aber inmitten einer atlantischen Hurrikanzone, weswegen sie häufig von Hurrikanen heimgesucht werden.

Stundenlanges Fahren fast ohne Pause, denn mein Gastvater wollte schnellstmöglich ankommen und der Nörgelei seiner Kinder entkommen und sich ein wenig entspannen, was uns in den Everglades ja verwehrt blieb.

Key West zeichnet sich vor allem durch seinen wichtigsten Bewohner aus. Ernest Hemingway lebte ab 1928 einige Jahre dort, suchte die Ruhe zum Schreiben und Bars zum Auftanken.

Sein damaliges Wohnhaus ist jetzt das Hemingway-Museum, das er 1931 mit dem Geld seiner zweiten Frau Pauline gekauft hat. Die Touristen wollen natürlich auf den Spuren Hemingways wandeln. Sitzen in seiner Lieblingsbar an der Duval Street, auch wenn er selber da nie gezeichnet hat, sondern in der alten Sloppy Joe´s Bar.

Während der Kubakrise 1962 floss durch die US-Navy wieder verstärkt Geld nach Key West, wodurch die verfallenen Gebäude restauriert werden konnten. Dies macht die Insel für den Tourismus attraktiv, der bis heute die Haupteinnahmequelle darstellt.

Sie sind aber auch wahrlich hübsch anzuschauen, die weißen, durch Schnitzwerk verzierten Gingerbread-Holzhäuser mit ihren Säulenveranden, der betriebsame Hafen, wo überall Schwämme als Souvenirs angeboten werden, mit denen einmal viel Geld verdient wurde.

Da Key West auf dem Landweg erreichbar ist, gilt der südlichste Punkt auf Key West seither als der südlichste Punkt des Festlandes der USA. Dort befindet sich auch ein Markstein mit der Aufschrift „90 Meilen nach Kuba", der zu den meistfotografierten Sehenswürdigkeiten der Insel gehört.

Ebenso ist Key West für seine Sonnenuntergänge bekannt.

Man kann Key West natürlich auch furchtbar finden. Zu touristisch. Zu schwül. Zu besoffen. Zu laut. Mit einem Wort, ordinär. Die Stadt selbst stört das nicht. Sie toleriert ihre krachenden Macho-Typen ebenso wie die federnden Schritte daherschreitender Homosexuellenpaare. Die Duval Street, Amerikas variantenreichste T-Shirt-Meile (beliebtester Aufdruck: „Je mehr ich trinke, desto besser siehst du aus"), hat sich zugunsten witziger und minimalistisch gestylter Restaurants entrümpelt.

Mittlerweile befinden sich auf Key West mehr *Germans* und Japaner als **Conchs**. So nennen sich die Einheimischen der Keys, benannt nach der gezackten Trompetenmuschel die man nur auf hiesigem Terrain findet.

Pessimisten sagen, die Keys seien bereits hoffnungslos überbaut, übervölkert, überfischt, überbetoniert und praktisch kaum noch zu retten. Ich möchte gar nicht darüber nachdenken. Vor allem nicht an diesem strahlenden Morgen an dem wir auf Grassy Key Delphine besuchen.

Früher bekannt als „Flippers Sea School", dem Zuhause des berühmten Hollywoodstars. Es dient heute als „Dolphin Research Center" der Forschung. Hier werden unter anderem verhaltensgestörte Kinder, meist autistisch Veranlagte, therapiert. Man sagt, dass sie sich beim Schwimmen mit Delphinen öffnen. 16 dieser Artgenossen tummeln sich mit lautem Geschnatter in den Becken des Zentrums. Intelligente Tiere, spielfreudig und stark. Delphine sind wie Kinder, schnell gelangweilt und süchtig nach Action.

Wenn man abends am Strand vor Sonnenuntergang sitzt, graue und weiße Reiher sowie Kormorane beobachtet oder in der Stille der Nacht nur den Geräuschen lauscht, die Schwärme von Pelikane, grüne Zwergpapageien und Bussarde von sich geben wird man für sich feststellen, das es einzigartig ist, einmal hier gewesen zu sein!

Florida ist einfach zauberhaft – doch es lauert auch Gefahr: die Alligatoren und die Bedrohung durch Hurrikane. Wer in Florida lebt, hat immer die Nummer der Alligatoren-Hotline am Telefon liegen!

Und obwohl wir nicht viel unternommen haben, denn hier stand das Relaxen im Vordergrund, war es für mich, aufgrund der überwältigenden Eindrücke, der beste, schönste und beeindruckendste Part der Reise. Mit Wehmut dachte ich an die Rückreise, hatte ein weinendes Auge, das dem Verlassen der Insel nachtrauerte und ein lachendes Auge, das sich jetzt endlich auf die bevorstehende Heimkehr Richtung Deutschland konzentrieren konnte.

Bevor wir gen New York zurücksteuerten, brachten wir erst Mary in Miami an den Flughafen.

Da sie weniger Urlaub hatte als ihr Göttergatte Bob und auch keine Überstunden hatte, die sie kompensieren konnte, endete ihre Reise ein paar Tage früher als unsere. Einerseits wäre ich auch lieber zurückgeflogen, denn der bevorstehende Zeit- und Nervenaufwand, jetzt auch noch die Mutterrolle zu übernehmen, kostete mich wieder enorme Kraftreserven!

Miami

Aber ein Gutes hatte es, wenn die Mutter in Miami verschwindet; ich sehe Floridas Glitzermetropole! Schwärmen wir ein wenig. Wenn die Sonne im Golf von Mexiko versinkt (nein, diesmal nicht in Capri...), der Himmel sich lila färbt, die langen Strahlen sich in den postmodernen Wolkenkratzern fangen und die Pelikane ein letztes Mal – plopp – von den Holzstegen zum Fischfang in den Atlantik abtauchen, dann erwacht Miami.

Wunderschön ist es, am Strand entlangzufahren, denn hier begegnen einem Modefotografen, mit Faible für dunkle Schönheiten, die versuchen die besten *shots* einzufangen. Oder ein grell lackierter Straßenkreuzer kommt einem mit lautem Disco-Getöse entgegen. Hier gilt die Maxime: gesehen und gesehen werden...

Fährt man hingegen durch Miamis Hochhauszentrum, *Downtown*, ist alles weniger frequentiert. Da es damals Downtown Miami nicht viel Platz gab, wurde das Zentrum neu gestaltet und in die Höhe gebaut. Dass fast ein Drittel der Büros leerstehen, kann man hier nicht ahnen. Auch der *Metro Mover*, eine ultramoderne Hochbahn mit großen Fenstern, die im Ring um das Zentrum verkehrt, ist für die Einheimischen nicht der große Hit. Für Touristen ist sie ideal, da das Ticket nur 25 Cents kostet und einen schönen Blick auf Miami von oben bietet.

Da wir aber keinen langen Aufenthalt anstrebten, Bob mir aber zumindest einen Überblick von Miami geben wollte, fuhren wir nur an allem vorbei. Da den Kindern bei solchen *Sightseeing-Touren by car* immer besonders langweilig war, musste das alles recht rasch über die Bühne gehen. Mein Gott, dieses ständige Gejaule ging mir irgendwann auch tierisch auf den Zeiger, aber ich war nun der Pausen- und Unterhaltungsclown und wusste so langsam kein Ablenkungsprogramm mehr! Und das musste ich noch eine ganze Rückfahrt lang ertragen, die sich ungefähr 3-4 Tage hinziehen würde...

Zumindest fuhren wir noch durch den traumhaft schönen *Art-déco-District* von Miami Beach. Das in den 20er und 30er Jahren erbaute Viertel – die größte Ansammlung von Art-deco-Gebäuden der Welt, erstrahlt in seinen Pinks und Pastellen, den Ozeandampfer-Bullaugen und die geschwungenen Augenbrauen über den Fenstern. Im ganzen südlichen Miami betören die zarten Farben und nautischen Muster. Beinahe wäre diese traumhaft schöne Gegend der Spitzhacke zum Opfer gefallen. Der Zahn der Zeit hatte, kräftig unterstützt vom salzhaltigen Wind, zu sehr an den Farben und Fassaden genagt.

Den *Bayside Marketplace* sparten wir aus, obwohl gerade dieser für mich und die Kinder auf vollstes Interesse gestoßen wäre. Aber der so gar nicht amüsierfreudige Bob konnte mit Shopping und großartigem Flanieren überhaupt nichts anfangen. Schade, denn mit einem Mall und dem eigentlichen Shopping hatte das hier gar nichts gemein – die meisten Malls sind grobe Betonklötze, deren Pracht sich erst innen entfaltet - hier sind es zwei offene, geschwungene Pavillons am Yachthafen die den „Marktplatz" ausmachen.

Die Planer dieses Projekts haben versucht, hier einen klassischen Markt, fast schon einen orientalischen Basar zu schaffen. Nicht wie sonst nur Boutiquen und Warenhäuser, sondern auch die Inhaber kleiner Verkaufsstände und Imbissstuben jeglicher Nationalität, Jongleure und Gaukler, Papageienhalter und Musikgruppen wurden aufgefordert, den Markt zum Markt zu machen.

Den Abschluss dieses eintägigen Aufenthaltes rundete ein Restaurant- Besuch ab. Kaum war die „Alte" weg, entschuldigt bitte den Ausdruck, aber es erweckte wirklich den Anschein, gingen wir gepflegt essen.

In einer Stadt wie Miami, wo die Mehrheit der Bevölkerung spanisch spricht, werden Tapas als Vorspeisen gegessen und somit an jeder Ecke feilgeboten. Wir besuchten eine Tapas Bar in der wir unterschiedliche „Tapas" (eigentlich kleine Vorspeisen) probierten und als Hauptgang alle zusammen an einer riesigen Pfanne voll mit „Paella"(auch spanische Fischpfanne genannt") hängten. War eine nette Erfahrung, obwohl Paella nicht zu meinen Leibspeisen gehört.

Auch dieser Tag endete für mich mit vielen tollen Eindrücken und ich ging satt und zufrieden in jeder Beziehung in mein Gemach. Nicht ohne vorher meiner „Mutterrolle" gerecht zu werden und die Kinder anständig, mit vorherigem Waschen und Zähneputzen ins Bett gebracht zu haben.

Jetzt beginnt die Rückfahrt…

Da man am Atlantischen Ozean immer mit Regen durch das subtropische Klima rechnen muss, hat uns ein Regenschauer beziehungsweise Regenguss am Tag nicht sonderlich aus der Fassung gebracht. Denn so schnell wie er kommt ist er dann auch wieder vorüber.

Das wir aber auf unseren letzten Meilen auf floridanischem Boden noch von den Ausläufern eines Hurrikans überrascht wurden war dann doch nicht so lustig.

Ein Hurrikan ist ein tropischer Wirbelsturm, der mindestens Orkanstärke 12 (118km/h) erreicht. Er entsteht meistens zwischen Juli und September, sprich genau zu unserer Reisezeit.

Das einzige Geräusch im Wagen machten die Scheibenwischer bei ihrem Kampf gegen den scheinbar endlosen Regen. Bob fuhr nur noch Schrittgeschwindigkeit oder sogar noch weniger.

Der Regen war wie ein Vorhang und ich glaube dies war das erste Mal in meinem Leben das ich vor so vielen Wassermassen etwas Schiss bekam. Endlich waren die Kinder einmal ruhig, denn auch ihnen war diese Situation nicht ganz geheuer. Wenn die Erde um dich herum auf einmal rabenschwarz wird und Himmelswasser in Bächen ausgeschüttet wird, bist du im ersten Moment etwas komisch berührt.

Jahre später, als ich ein weiteres Mal in Florida war, wurden wir auch von so einem tropischen Wirbelsturm heimgesucht. Mein Freund und ich befanden uns gerade im Art déco Viertel von Miami als es immer schwärzer wurde.

Wir hatten überhaupt keine Chance mehr unseren Mietwagen zu erreichen, so plötzlich ging der Wolkenbruch über uns hernieder. Aber so einen, mit solchen Ausmaßen, habe ich bis dato noch nicht erlebt und habe es echt mit der Angst bekommen. In Sekundenschnelle waren die Straßen überschwemmt, gesehen hat man durch den Regenschleier überhaupt nichts mehr, der Wind toste einem um die Ohren, Palmwedel und Müll flogen in hohen Bögen durch die Landschaft.

Nach dem 45 Minuten vergangen waren erbarmte sich mein Freund, krempelte die Hosen bis über die Knie hoch und wagte den Gang zum hoffentlich nicht überschwemmten oder sogar weggeschwemmten Auto. Ich harrte der Dinge und sah mit Entsetzen schwimmende Autos an mir vorbeiziehen. Mir ging mächtig die Düse, wusste ich ja nicht ob Oliver es schaffen würde, uns aus diesem Desaster zu retten!

Ungefähr 30 Minuten später sah ich ein prustendes Auto auf mich zufahren, der Fahrer war bis auf die Unterhosen nass, das Wageninnere nicht minder. Die Fahrt zum Hotel war ein einziger Alptraum, denn überall lagen gestrandete Autos und Wassermassen wohin man sah. Bis in die Nacht war die Feuerwehr mit dem Auspumpen vollgelaufener Keller und Häuser beschäftigt und Abschleppwagen im Einsatz!

Auch in New York wurden die Kinder und ich eines Nachmittags Zeugen eines Tornados.

Die Kleinen spielten draußen im Garten, die Freundin von Kristen war auch anwesend, als es immer dunkler und windiger wurde. Ich bat die kids hineinzukommen, denn mir war klar dass ein Unwetter im Anmarsch war. Nur mit einem Tornado, mit dem ich bis dahin noch keine Bekanntschaft gemacht hatte, rechnete ich natürlich nicht.

Mit einem Mal gab es ein lautes Gepolter, wir erschraken alle furchtbar. Als wir nach der Ursache schauten, sahen wir, dass sämtliche Mülltonnen aus der

Nachbarschaft, wie auch unsere eigene in der Luft herumflogen. Ein Tornado ist ja ein Luftwirbel, und wer in diesen gerät, wird gnadenlos mitgenommen.

Aus lauter Angst griff Andrew zum Telefon und rief die eingespeicherte Nummer seiner Mutter an. Die bekam am anderen Ende fast einen Herzinfarkt und sah ihre Kinder (oder eher ihr Haus) davonfliegen! Sie wollte mich dann noch sprechen, aber auf einmal war die Leitung unterbrochen.

Mann hatte ich einen Stress, zum einen, erst einmal mich und meine Ängste in den Griff zu bekommen und zum anderen die hysterischen Kinder zu beruhigen! Aber so schnell wie der Tornado kam, so schnell war er dann auch wieder abgezogen. Keine halbe Stunde später gingen wir raus und sammelten die in alle Himmelsrichtungen zerstreuten Gegenstände (Spielzeug, Mülltonne, Wäsche und Werkzeug) wieder ein.

Zwei Stunden später stand eine völlig aufgelöste (Gast)Mutter vor uns, die extra früher Feierabend gemacht hatte, um mich und ihre Kinder zu retten…(als wenn ich mit so einer Lappalie nicht fertig werden würde!)

Jetzt sind wir aber ziemlich vom Kurs abgekommen…Zurück zur Heimfahrt von Florida nach New York:

Irgendwann schien dann wieder die Sonne, und damit ging auch wieder das Geplapper im Hinteren des Wagens los. Manchmal wünscht man sich länger anhaltende Unwetter…

Wir stoppten bei Jacksonville, suchten uns einen Campingplatz für die bevorstehende Nachtruhe. Als Belohnung beziehungsweise für unsere Tapferkeit, mit der wir dem heutigen Schlechtwetter-Tief getrotzt hatten, lud uns Bob zu Pizza Hut ein. Damit war der morgendliche Stress ganz schnell vergessen und wir hauten uns eine schöne fette Pizza mit extra gefülltem cheesy (Käse)Rand rein!

Am nächsten Morgen ging es mit dem Wissen los, das uns nur noch eine Nacht in dem mittlerweile ganz akzeptablen vierrädrigen Obdach bevorstand. Obwohl man auf allen Seiten die Ungeduld wachsen sah, die Kinder hatten keinen Bock mehr ständig auf der Stelle zu sitzen, Bob war der vielen Fahrerei überdrüssig und ich wollte einfach nur meine Ruhe und nicht ständig der Entertainer für alle sein. Irgendwann gehen einem auch die Spiele, die Ideen zu Spielen und die Lust, Ideen zu Spielen zu entwickeln aus. Und ständiges Gequengel und Geplärre heizt die Stimmung auch nicht gerade positiv an…

Juhu, wir erreichen die letzte Übernachtungsstätte irgendwo in der Pampa von North Carolina. Keine Ahnung, wo wir campierten, war auch piepegal, denn ein Ende dieser schier endlosen Reise war in Sicht. Ich kann auch gar nicht mehr sagen was wir aßen und wann wir ins Bett gingen, in Gedanken war ich schon in den Rückreisevorbereitungen meiner Deutschland-Heimkehr.

Und knapp 24 Stunden später erreichten wir müde, aber wohlbehalten und glücklich unsere Zieldestination **Cornwall**/New York. So lieb hatte ich dieses Kaff vorher noch nie gehabt, jetzt hätte ich den Boden dieses Örtchens küssen können!

Denn für mich hieß es nun – ENDSPURT. Keine drei Wochen mehr bis zu meiner Rückkehr nach Germany. Man glaubt ja gar nicht, wie viel noch erledigt werden muss, obwohl man hier gar nicht fest beheimatet ist. Und dennoch musste ich noch einiges abarbeiten.

Thema Umwelt

Hier ein Beispiel, wie der Tag meines Gastvaters hinsichtlich des Umweltaspektes ablief:

Bob – der typische amerikanische Otto Normalverbraucher – fährt gern **Auto**. Das muss er auch. Schließlich ist er jeden Tag mindestens **100 Meilen** unterwegs, ca.50 Meilen hin zur Arbeit und 50 Meilen zurück. Und da er auf Sicherheit und Bequemlichkeit achtet und in den letzten Jahren recht gut verdient hat, konnte er sich vor einem Jahr einen neuen Wagen kaufen: einen Mazda 626 mit Fünfganggetriebe.

Bob fühlt sich wohl in seinem Auto. Mit dem **Kaffeebecher aus Styropor** und der **Donut-Tüte** in Reichweite lässt sich sogar das morgendliche Verkehrschaos aushalten. 100 Stunden im Jahr verbringt er schließlich mit stoischer Ruhe im Stau – reine Gewohnheitssache. Parkplatzsorgen kennt er glücklicherweise nicht, denn sein Bürogebäude hat **Tiefgarage** und Parkplatz. Schnell noch einen extra großen Milchkaffee aus dem nächsten Eckladen, natürlich im **Pappbecher** und ab in den **Aufzug**. Im Büro brummen **Klimaanlage** und **Computer**.

Die Mittagspause ist kurz. Mit Kollegen geht Bob zu einem Schnellimbiss um die Ecke. Eine **Pappschachtel** mit einem Hamburger, eine **Papiertüte** mit Pommes frites, zwei **Plastiktütchen** Ketchup, ein **Pappbecher** mit Cola light, vier **Papierservietten**, eine **Plastikgabel**.

Auf dem Weg nach Hause macht Bob noch einen kurzen Umweg. Shopping im **klimatisierten** Einkaufszentrum. Zu Hause probiert er die neuen Turnschuhe aus: Nike, **made in Indonesien**.

Anschließend mäht er den Rasen, bläst das Gras mit seinem **Motorblasebalg** zusammen und stopft es in den Müllsack für die kompostierbaren Gartenabfälle. **Duschen**, **Waschmaschine** und **Trockner** anwerfen. Im Haus ist es kühl und trocken, denn **Luftentfeuchter und Klimaanlage** arbeiten auf Hochtouren.

Zum Abendessen vor dem Fernseher gibt es ein Fertiggericht aus der **Mikrowelle**. Die Diätcola aus dem Kühlschrank wird noch mit Eiswürfeln aus dem **ice cube maker** (Eiswürfelmaschine) gefüllt. Seine Rekordbilanz vor dem Schlafengehen:

Zwanzig Liter Sprit durch den Auspuff gejagt, 340 Gramm Fleisch gegessen, zwei Kilogramm vorwiegend Plastikmüll produziert, außerdem 14,71 Kilogramm Kohlendioxid, davon allein 2,74 Kilogramm durch das Autofahren verbraucht. Na dann gute Nacht!

250 Millionen Menschen leben in den USA, und sie sind Weltmeister im Kaufen und Konsum. Sie verbrauchen im Jahr 25 Milliarden Styropor Becher, insgesamt soviel Energie wie China, Russland, Japan und Großbritannien zusammen und produzieren ein knappes Viertel allen Kohlendioxids weltweit.

Obwohl Umweltschutz in Amerika, zumindest was den Abfall anbelangt, mittlerweile sehr genau genommen wird. Überall in den Städten und Nationalparks stehen Abfallbehälter oder Papierkörbe, ebenso auf den Campingplätzen. Für die wieder verwertbaren Aluminiumdosen gibt es oft eigene Sammelbehälter mit der Aufschrift: "*cans only*".

Strengstens verboten ist es, Müll oder Abfall aus dem Auto zu werfen. Entsprechende Hinweistafeln findet man entlang der Highways in regelmäßigen Abständen. Ebenso wenig ist es erlaubt, Abwasser außer an den dafür vorgesehenen Stellen aus dem Wohnmobil abzulassen. Für diesen Zweck gibt es eigene Abwasseranschlüsse an den Stellplätzen der *Campgrounds* oder zentrale *dumpstations*.

In den Nationalparks überwachen *Parkranger* die Einhaltung der strengen Umweltschutzvorschriften. Mit Informationsbroschüren, Hinweistafeln, Vorträgen und geführten Touren versuchen sie, Besucher für naturgerechtes Verhalten zu sensibilisieren. In manchen Parks gibt es auch spezielle Vorschriften, an die man sich unbedingt halten sollte (Sammeln von Feuerholz, offenes Feuer, geschützte Pflanzen etc.).

Weniger genau nimmt man es in Amerika dagegen beim Wasser- und Energiesparen. Klimaanlagen, Eiswürfel im Getränk, Swimmingpools, künstliche Teiche und die ständige Bewässerung von Feldern gehören ebenso zum American Way of Life wie der Spaß am Motorboot- und Autofahren. Nur langsam beginnt man inzwischen, sich über diese hemmungslose Verschwendung von Ressourcen Gedanken zu machen.

Ehrgeiz und Wissen

Bei uns gibt es einen Spruch:

„Glauben heißt nicht wissen".

Da der Durchschnittsbewohner des nordamerikanischen Kontinents nicht besonders ehrgeizig und wissensdurstig ist, begnügt er sich mit oberflächlichem Wissen.

Das Deutschland in Europa liegt weiß er vielleicht noch, dass es dann noch Länder wie Italien, Spanien und Frankreich in unmittelbarer Nähe gibt – keine Ahnung!

„I think" – *ich glaube*, würde der Ami dann sagen, beschäftigt sich aber nicht damit, dieser Thematik einmal nachzugehen.

Als Zeitvertreib begann ich, alle 50 Bundesstaaten und deren Hauptstädte aufzuschreiben und auswendig zu lernen. Ich wollte einfach wissen, was bedeutende Staaten wie New York (Hauptstadt *Albany*), Florida (*Tallahassee*), Kalifornien (*Sacramento*) usw. für Hauptstädte hatten.

Denn die wenigsten Menschen, seien es Europäer wie auch Amerikaner kennen sie. Bei Kalifornien stehen oft Los Angeles oder San Francisco zur Auswahl, bei Florida - Miami. Bei New York zuckt jeder mit den Schultern.

Ich fand es auch interessant zu erfahren, dass Alaska der flächenmäßig größte Staat ist, gefolgt von Texas und Kalifornien. Kleinster Staat ist Rhode Island. Der bevölkerungsdichteste Bundesstaat ist erneut Kalifornien, gefolgt von Texas und New York, der einwohnerärmste Staat ist Wyoming.

Auch mein Gastvater war nicht besonders bewandert mit diesem Thema und schwer beeindruckt von meiner Arbeit. Als ich ihn spaßeshalber nach ein paar Hauptstädten abfragte, bekam ich nur ein ratloses Gesicht mit großen Augen und zuckenden Schultern zur Antwort.

Das man in Deutschland so etwas im Geschichtsunterricht lernt - natürlich von Europa und seinen Hauptstädten, beziehungsweise Deutschlands Bundesländer und deren Regierungssitze ließ Bob fast vor Ehrfurcht vor dem deutschen Volk erstarren." Und du kennst wirklich alle Bundesländer in Deutschland und deren *capitals*? fragte mich ein total beeindruckter Gastvater, der mich anschaute wie ein Kaktus am Nordpol?! „Ja", antwortete ich nicht ohne Stolz „ und wenn du mich in zwei Wochen über die hiesigen Staaten und deren Hauptstädte abfragst, kann ich dir auch diese nennen"…

Als ich nach diesem Projekt auch noch anfing alle 44 Präsidenten – falsch, damals 1989 nur 41 Präsidenten auswendig zu lernen, glaubte er, mit einer Geistesgestörten oder auch Vollblut-Streberin unter einem Dach zu leben. Denn, so erläuterte mir Bob, im amerikanischen Geschichtsunterricht wird alles in schneller Abfolge durchgenommen und über die Existenz einzelner Präsidenten nicht eingegangen.

Für mich war es interessant zu wissen, das die Ära der Präsidenten mit

George Washington 1789 nach dem Unabhängigkeitskrieg als „Vater der amerikanischen Nation" begann,

Abraham Lincoln 1861 eine Politik zur Sklavenbefreiung betrieb,

Theodore Roosevelt (1901-1909) einen Friedensnobelpreis bekam,

Franklin D. Roosevelt zur Gründung der Vereinten Nationen beitrug,

Harry S. Truman 1950 den Korea-Krieg anordnete,

Dwight D. Eisenhower (1953-1961) die Errichtung der NASA als Weltraumbehörde anstrebte,

John F. Kennedy die Aufhebung der Rassentrennung forderte und 1963 in Dallas bei einem Attentat ermordet wurde. Leider war er nur 1036 Tage im Amt.

Richard Nixon bei dem die Watergate-Affäre 1974 zum einzigen Rücktritt eines Präsidenten führte,

Bill Clinton mit seiner Lewinsky/Praktikantin-Affäre Schlagzeilen machte und zu guter Letzt,

George W. Bush der mit den Anschlägen vom 11.September den Krieg gegen den Terror erklärte.

An dieser Stelle sollte ich anmerken, das ich nicht alle ehemaligen 41 Staatsoberhäupter genannt habe, sondern nur die für mich wichtigsten.

Deshalb erwähne ich auch George W. Bush und Bill Clinton, obwohl sie erst nach meinem Aufenthalt an die Regierung kamen, so auch *Barack Obama*, der im Moment amtierende und erste afroamerikanische Präsident der USA.

Mich interessierten die Präsidenten 1- 41 und ihre Amtszeiten. Diese schrieb ich mir auf zwei DIN A4 Seiten und lernte auch diese auswendig. Ließ mich dann von meinem Gastvater abhören, der vielleicht ein Viertel davon zusammenbrachte, aber nicht im Geringsten die Amtszeiten benennen konnte.

„Warum tust du das"? wurde ich erneut gefragt und stieß wieder einmal auf Ungläubigkeit und Unverständnis. Was mir jedoch relativ egal war, weil ich es für mich und meinen Wissensdurst tat.

Das ist das was ich meine, der Amerikaner geht nie in die Tiefe, er kratzt – wenn überhaupt – nur an der Oberfläche.

Allein bei der Standard- Begrüßungsfloskel **How are you** wird nur ein **Thanks good** oder **Fine** erwartet. Sollte es einem wirklich einmal schlecht gehen, interessiert es in diesem Moment der Begrüßung keine Sau!

Entschuldigt den Ausdruck, aber genau so ist es. Ich wollte einmal darüber reden, wie sehr ich unter meinem Heimweh leide, wurde aber recht schnell mit einem **Oh, I´m sorry** oder **I´m in a hurry** (ich bin Eile) abgewürgt.

Leichte Konversation, oberflächliches Blabla ist das was der Ami kann und will. Für tiefschürfende Diskussionen mangelt es zum Teil an Wissen und auch an Zeit. Diese kann man in jedem Fall besser nutzen, sei es vor dem TV oder am Computer. Alles andere ist Zeitverschwendung...

(Vor)Wahlen in den USA

Um noch einmal das Thema Wissen aufzugreifen, beschäftigen wir uns kurz mit den sogenannten „*primaries*".

Im Moment gerade wieder aktuell in den Vereinigten Staaten – der Präsidentschafts-Wahlkampf 2012. Die Kandidaten der Republikaner und Demokraten konkurrieren in mehr als 50 Vorwahlen um die Nominierung zum US-Präsidentschaftskandidaten. Das Rennen konzentriert sich auf zwei Bewerber, der eher moderate Mitt Romney und der mittlerweile leider umstrittene Barack Obama und für keinen der beiden kann im Moment rechte Begeisterung aufkommen (das nur am Rande bemerkt!).

Die Wahl des US-Präsidenten beginnt mit den Vorwahlen. Dabei bestimmen die großen Parteien wen sie in das Rennen um das Weiße Haus schicken. Bei der Präsidentenwahl geben die US-Bürger ihre Stimme nicht für eine Partei ab, sondern indirekt über Wahlmänner für eine Einzelperson. Der Kandidat mit den meisten Stimmen wird am Ende des Vorwahlkampfes dann um den Einzug in das Weiße Haus in Washington D.C. kämpfen.

Alle vier Jahre, wenn Wahlkampf in Amerika ist, werden auch Stars politisch. Barack Obama, jetziger Amtsinhaber, hat einige Unterstützer. Dennoch wird er es schwer haben. „Washington fühlt sich genauso kaputt an wie vor vier Jahren". Obama nennt die politische Kultur in der US-Hauptstadt verkommen. Es sei ihm während seiner Amtszeit nicht gelungen, die Atmosphäre zu verbessern, gesteht der Präsident ein!

Aber was sind „primaries"? Übersetzt sind es Vorwahlen, die in den USA den Kandidaten für den Präsidentschaftswahlkampf bestimmen. Will ein Amerikaner als P-Kandidat antreten, kann er sich als Einzelperson oder als Vertreter einer Partei registrieren lassen. Für das höchste Amt im Staat hat jeder gebürtige Amerikaner, der mindestens 35 Jahre alt ist und seinen ständigen Wohnsitz seit 14 Jahren in den Vereinigten Staaten hat eine Chance. Stehen dann mehrere Kandidaten fest, beginnen die Vorwahlen.

Hier wählen die einzelnen Bundesstaaten ihre Favoriten unter den Kandidaten, die dann von jedem Staat zu den sogenannten „National Conventions" – eine Art Parteitag – geschickt werden. Auf diesem werden dann die Kandidaten gekürt, was durch sogenannte Wahlmänner geschieht. Die Wahlmänner vertreten die Bürger bei der eigentlichen Wahl. Sie wählen den Präsidenten und Vizepräsidenten direkt. Gewählt ist, wer mehr als die Hälfte der 538 Stimmen des *electoral college* erhält, das sind mindestens 270 Stimmen. Die Wahlmänner geben ihre Stimme nicht auf einer zentralen Versammlung, sondern in ihren jeweiligen Hauptstädten ab. Die heiße Präsidentschaftswahl zieht sich durch den ganzen Sommer und endet im November.

Hauptaugenmerk der Wahlen sind heutzutage die Schlachten um Spenden und Unterstützer der Favoriten. Der eigentliche Wahlkampf fordert von den Kandidaten immer noch einen umfassenden Einsatz von Mitteln, die aber neben Spenden auch durch ein Prinzip staatlicher Wahlkampfhilfen erweitert wurden. Dafür gibt es ein Wahlkampfmanagement = PACs (Political Action Committees), die die Spendenverteilung und die Unterstützung von Kandidaten und Parteien übernehmen.

Die meisten Amerikaner haben keine politische Meinung. Warum sollen dann ausgerechnet ihre Kandidaten eine haben? Den meisten Bürgern ist es doch völlig egal, wer da gewinnt, weil sich die Kandidaten kaum in ihren schauspielerischen Qualitäten unterscheiden. Deshalb müssten eigentlich die Persönlichkeiten überzeugen, nicht irgendwelche programmatischen Seifenblasen, denen ohnehin niemand Glauben schenkt.

Das Spiel ist überall dasselbe, der aussichtsreichste Kandidat müsse von seiner Ausstrahlung her ein „Führer" sein, sympathisch und vertrauensvoll. Zugleich dürfe er nicht allzu intelligent auftreten, weil der Amerikaner am liebsten so eine wählt, wie er selbst ist!

Bestes Beispiel hiefür waren Arnold Schwarzenegger, österreichisch-amerikanischer Schauspieler, vielen vielleicht besser bekannt durch seine Verkörperung als Terminator, der von 2003 bis 2011 38.Gouverneur von Kalifornien war. Oder Ronald Reagan, US-amerikanischer Schauspieler, der in rund 50 Filmen mitspielte, von denen die meisten zur Kategorie „B-Movie" gezählt wurden.

Das Thema Wahlkampf hat sich in den vergangenen Jahren sowieso massiv verändert. Mittlerweile betreiben die Gattinnen der Kandidaten genauso Wahlpropaganda wie ihre männlichen Mitstreiter. Es ist noch nicht so lange her, da durften die Frauen der angehenden Präsidenten auf Parteitagen nicht sprechen, bis 1920 konnten sie ihren Mann noch nicht einmal wählen. Die Chance aber, aus einer sehr persönlichen Sicht für den eigenen Mann zu werben, nahm erstmals 1992 Barbara Bush wahr, obwohl ihre übersteigerte Lobpreisung für ihren Mann George nicht fruchtete. Da ist es bei Michele Obama ein klein wenig anders, sie plaudert aus dem Nähkästchen und erzählt wie ihr Mann so ist, woher sie selbst kommen und wie ihr Familienleben funktioniert.

Maße und Gewichte

Beim Kochen und viel wichtiger beim Backen – kommt es auf die genaue Menge der Zutaten an, damit das Rezept perfekt gelingt.

Sollte man wie ich deutsche Backrezepte mitgebracht haben und sich als Zuckerbäcker versuchen wollen, kann man jämmerlich scheitern.

Denn deutsche Maße auf amerikanische erst umzurechnen (und das alles ohne Taschenrechner und Größenvorstellung!) kann ziemlich in die Hose gehen!

Den Marmorkuchen, den ich anfangs zur Freude und Überraschung meiner Gastfamilie backen wollte, erwähnte ich nie und ließ die undefinierbare Masse kommentarlos in den Tiefen der Mülltonne verschwinden…

Hier ein kleiner Einblick in die *Maße – und Gewichtsunterschiede:*

1 *tablespoon* = 1 Esslöffel

1 *teaspoon* = 1 Teelöffel (1/3 table spoon)

1 *cup* Mehl = 120g

1 *cup* Butter = 225g

1 *cup* Zucker = 225g

1 *ounce* = 28,35g

1 *pound* = 16 ounces = 454g

Wichtig zu wissen sind auch die unterschiedlichen Literangaben. Es macht nämlich einen Unterschied, ob ich mir einen *pint* Bier (0,47 Liter) bestelle oder eine *gallon* (3,785 Liter)! Nach dem Genuss einer Gallone, wäre so mancher am Rande einer Alkoholvergiftung!

Hier ein Auszug der bekanntesten *Hohlmaße:*

Gallon	3,785 Liter
Barrel	119,228 Liter
Quart	0,94 Liter
Pint	0, 47 Liter
Fluid ounce	0, 03 Liter (fl.oz.)

Damen dürften sich im ersten Moment des Klamotten-Shoppings tierisch freuen. Größen 8- 12 in den USA klingen wie Kindergrößen, entsprechen aber den deutschen Größen 34-38.

Das gleiche lässt sich bei Schuhen erahnen, man lebt auf kleinem Fuß. Die Größen 5-7 entsprechen nicht Kindergrößen, sondern Größe 36-38.

Damenkonfektion:

D	36	38	40	42	44
USA	10	12	14	16	18

Damenschuhe:

D	36	37	38	39	40
USA	5	6	7	8	9

Ratsam wäre es auch zu wissen, wie hoch die Unterschiede zwischen Celsius und Fahrenheit sind. Wenn dir jemand etwas von 50 Fahrenheit erzählt, sollte man auf der Hut sein.

Klingt nach unserem Ermessen warm und wohlig, entpuppt sich dann aber als 10° Celsius! Also ist es besser, ein wenig die Temperaturunterschiede zu kennen, bevor man die falsche Kleidung ins Reisegepäck verstaut!

Hierfür gibt es eine ziemlich umständliche Umrechnungsformel, mit der hier aber keiner gequält wird

Grob kann man sich merken:

10° *Celsius* = 50 *Fahrenheit*
20° *Celsius* = 68 *Fahrenheit*
30° *Celsius* = 86 *Fahrenheit*

Auch mit Längenmaßen sollte man sich auseinandersetzen. Es könnte etwas langwieriger werden, wenn man mit den falschen Zielvorgaben vorangeht.

Es macht einen Unterschied ob ich zwei Meilen gehen muss – sie entsprechen nämlich nicht, wie viele annehmen zwei Kilometern, sondern 3,218 Kilometern. Damit hat man nicht nur einen Strecken-, sondern auch einen Zeitunterschied!

Hier die wichtigsten Längenmaße:

Mile = 1,609 Kilometer
Yard = 0,915 Meter
Foot = 30,48 Zentimeter
Inch = 2,54 Zentimeter

Nach diesen wertvollen Tipps, Anmerkungen und Erläuterungen meinerseits, müssten alle Leser dieses Buches bestens gewappnet in den Amerika-Urlaub starten können.

Ich hoffe nur, dass sich hier kein Fehlerteufel eingeschlichen hat und ich irgendwelche wichtigen Zahlen verdreht habe. Wäre ja äußerst dramatisch, wenn *Foot* und *Inch* verwechselt werden würden. Dann könnte der Weg zum Ziel verdammt lange werden, vor allem in einer besonderen Umgebung, wie z.B. unter der gleißenden Sonne der arizonaschen Wüste...

Aber solange mir in Deutschland und nicht in den USA der Prozess gemacht wird, sehe ich dem ganzen recht entspannt entgegen.

SCHÖNE REISE

Telefon- und Briefverkehr

Wie haben wir das früher nur alles überlebt?

Ist mir rätselhaft, wie wir uns ohne digitale Medien verständigen konnten. Haben wir tatsächlich miteinander gesprochen und uns dabei womöglich noch in die Augen geschaut? Hatten noch Lexika und Wörterbücher in denen wir nachschlugen, wenn uns etwas fremd war? Vor allem standen sie meistens an irgendeinem Platz, sei es auf dem Schreibtisch oder im Regal, der danach verlangte, regelmäßig abgestaubt zu werden (fällt heute alles weg)!

Heute nutzt man das Internet, *World Wide Web*, und *googelt* die Begriffe.

Sind wir tatsächlich in Buchhandlungen gegangen und haben dort geschmökert und uns Bücher vom raren Taschengeld gegönnt? Heute gibt es *E-Books*, digitale Kopien von Originalbüchern. Man versucht hier, ein real existierendes Buch als möglichst wirklichkeitsgetreue Kopie des Originals papierlos nachzubilden. Johannes Gutenberg, der Erfinder des Buchdrucks, würde sich im Grabe umdrehen, wenn er das mitkriegen würde.

Handys, in den USA *mobile phones* genannt, sind weltweit nicht mehr wegzudenken. Los ging es in den 80er Jahren mit dem Barrenhandy, es hatte die Form eines Barrens, mit Ziffernblock und Display. Dieses wurde dann vom Klapphandy abgelöst, diese man zum Telefonieren oder SMS-Schreiben aufklappen musste. Dann kamen die sogenannten *Sliders*, bei denen die Klappe aufgeschoben wurde, um Zeichen auf der Tastatur einzugeben.

Zuguterletzt und noch ganz aktuell sind die *Smartphones*, die hinsichtlich ihrer Funktionalität mit kleinen Computern vergleichbar sind. Hier können zusätzliche kostenpflichtige oder kostenfreie Anwendungen als *Apps* aus dem Internet auf das Smartphone geladen werden.

Wir telefonierten in den 90er Jahren noch mit Festnetz-Apparaten. Die Preise damals – von Deutschland in die USA zu telefonieren – machen mich heute noch schwindlig. Mein Ex-Freund sparte sich jeden Monat 50.- DM zusammen, um 12 Minuten mit mir reden zu dürfen!

In den darauffolgenden Jahren begann ein drastischer Preisverfall bei Ferngesprächen, nur fünf Jahre später stellte die Telekom ihren Kunden für eine Minute Ferngespräch tagsüber nur noch 1.15 DM in Rechnung.

Jetzt kostet dasselbe Gespräch für ISDN-Kunden sage und schreibe 12 Cents, beziehungsweise 24 Pfennig nach alter Währung! Ich war mal wieder zur falschen Zeit am falschen Ort...

Noch krasser fällt der Vergleich aus, wenn man den günstigsten Anbieter von damals nimmt. Da beträgt die Ersparnis zu heute bis zu 85%.

Somit liegt auf der Hand, dass häufiges Telefonieren nicht möglich war, es sei denn man hieß Rockefeller oder hatte keine anderen Interessen sein Geld loszuwerden! Man beschränkte sich bei seinen Gesprächen aufs Wesentliche und tauschte schnellstmöglich wichtige Informationen aus. Höchstens zwei Mal im Monat hörte man die einem vertrauten Stimmen und Sprache.

In der heutigen Zeit wird ge*skyped,* das kostenlose Telefonieren via Internet. Per Bildschirm sehe und höre ich meine Liebsten. Man ist sich so nah und doch so fern. Wäre dies zu meiner zeit möglich gewesen, hätte ich bei jedem Gespräch die Tastatur vollgerotzt, da ich meinen Tränen keinen Einhalt hätte bieten können!

Nebenbei bemerkt, ist in unserem neuen Zeitalter auch die Zukunft des Fernsehens gefährdet. Werden *Apple, Google* und *Youtube* die Macht übernehmen? Kriegen wir irgendwann unsere Programme aus dem Internet? Im Herbst 2012 soll es soweit sein, ein Gerät, das ITV heißen soll, wird den Markt erobern. Der krisengebeutelte TV-Markt, wir sprechen hier von Milliarden-Verlusten wird hiermit revolutioniert.

Zu meiner Kindheit gab es die berühmten drei TV-Programme, *ARD, ZDF* und *Das Dritte*. Beim Zubettgehen musste man sich noch erheben, um den Fernseher auszuschalten. Mein Gott, wenn man über so etwas berichtet, meint man, man wäre in der Steinzeit groß geworden!

Als sich in Deutschland die Anzahl der Kanäle durch das Privatfernsehen vervielfachte, waren die Amis schon lange an diese Vielfalt gewohnt. Und *zappen* wurde zu einer wahnsinnig tollen Bequemlichkeit, sich Chips essend und Bier trinkend nicht mehr von der Couch erheben zu müssen. Aber laut irgendeiner Studie soll zappen ja beruhigen, obwohl ich fast immer kurz vor einem Herzinfarkt stehe, wenn ich auf die Werbung in den Privaten stoße. Diese sind an Lautstärke nicht zu toppen…Nun ja, Glaube soll ja bekanntlich Berge versetzen!

Zurück zum Thema.

Jedenfalls führte ich mit meinen Daheimgebliebenen regen Schriftverkehr. Interessant waren die Art und Weise der Briefinhalte und die darin enthaltenen Emotionen, die unterschiedlicher nicht hätten ausgedrückt werden können.

Mein Vater, sehr pragmatisch veranlagt, schrieb mir in knappen Stichworten seine Nachrichten – hier ein kleiner Auszug:

1. *Zur Familie* – Mutter, Vater und Tochter Tessa (+ Hase Winnie) sind wohlauf. Nur meine Nase läuft…

2. *Zum Wetter* – Regnerisch, trübe und nasskalt. Zum Wochenende etwas

besser...

3. *Zum Sport* – WM-Qualifikationsspiel *Deutschland-Finnland* 6:1
   KSC- Düsseldorf   2:2
   Köln ist jetzt Spitzenreiter. Der KSC hat immer noch die Laterne!

4. *Sonstiges* – Wie ich so nebenbei hörte, willst du erst mal bis Januar durchhalten. Kopf hoch! Wenn du das schaffst, ist auch der September nicht mehr weit, zumal dazwischen der Sommer liegt und du bis dahin bestimmt ein paar Bekanntschaften in der Schule gefunden hast. Es heißt nicht umsonst, „aller Anfang ist schwer"...

Danke Papa, das sind genau die Sprüche, auf die ich die ganze Zeit gewartet habe!!!

Meine Mutter schrieb mir so wahnsinnig alltägliches - über verkaufsoffene Donnerstage (der erste „Schlado" = *Scheiß langer Donnerstag*, abgekürzt in Fachkreisen, war übrigens der 5.10.1989, geöffnet bis 20.30 Uhr), über Nachbarschaftsverhältnisse und meine Freunde, mit denen sie regen Telefonverkehr pflegte!

Meine äußerst praktisch veranlagte Großmutter gab mir Tipps gegen meine leichte Depression und meinen Heimwehschmerz – einfach eine Tasse heiße Schokolade trinken – es hilft bestimmt (mir hat es nicht geholfen und Alkohol hatten wir nicht im Haus – shit...)!

Genauso eine lapidare Antwort bekam ich, als ich berichtete, dass ich mich manchmal langweilen würde, da ich in einem vollautomatisierten Haushalt lebte. „Aber Kind, das ist doch fabelhaft, dann kriegst du schon keine abgearbeiteten Hände..." Meine Güte, niemand sah es anscheinend so schlimm wie ich!

Mein allerliebster Onkel, charmant wie eh und je, schrieb mir immer sehr aufbauende Briefe. „Was machen denn deine vielen Freunde? Du treibst es ja ganz schon toll! Bei deiner Mutter geben sie sich ja auch die Klinke in die Hand. Übrigens: Der Nachbar von Hartmut (mein Onkel in Arizona den ich besucht hatte), Allan heißt er, wird natürlich auch bereit sein, dich zu ehelichen. Das wäre eine gute Partie. Er hat Geld wie Heu. Leider ist er blind, aber das ist ja nicht so schlimm…"

Gott sei Dank gab es auch besinnliches zu lesen, wie folgendes Gedicht, das mir eine Schulkameradin schickte:

Ich wünsche dir Zeit

Ich wünsche dir nicht alle möglichen Gaben.
Ich wünsche dir nur, was die meisten nicht haben.
Ich wünsche dir Zeit, dich zu freuen und zu lachen
Und wenn du sie nützt, kannst du etwas draus machen.

Ich wünsche dir Zeit für dein Tun und dein Denken,
nicht nur für dich selbst, sondern auch zum Verschenken.

Ich wünsche dir Zeit, nicht zum Hasten und Rennen,
sondern die Zeit zum Zufrieden sein können.
dir Zeit, nicht nur so zum Vertreiben

Ich wünsche, sie möge dir übrigbleiben,
die Zeit für das Staunen und Zeit zum Vertrauen,
anstatt nach der Zeit und der Uhr zu schauen.

Ich wünsche dir Zeit, nach den Sternen zu greifen,
und die Zeit zu wachsen, das heißt um zu reifen.

Ich wünsche dir Zeit, neu zu hoffen, zu lieben,
es hat keinen Sinn, diese Zeit zu verschieben.

Ich wünsche dir Zeit, zu dir selber zu finden,
jeden Tag, jede Stunde als Glück zu empfinden.

Ich wünsche dir Zeit, auch um Schuld zu vergeben,
ich wünsche dir Zeit zu haben zum Leben.

Und dann kam wieder etwas mit folgender Einleitung:
„Endlich weiß ich, weshalb ich Magenschmerzen habe, und setze mich hin, dir einen Brief zu schreiben, und die Schmerzen sind wie weggeblasen…
Oder Anreden wie „Hi du Ei", „du Gurkenbatschgesicht", „du Element der Erde", die aus der Kreativität meiner so äußerst begabten Schwester stammten.
Genauso wie sie mir über ihren Landschulheimaufenthalt berichtete, wie sie mit Schulkameraden *Blue Curacao*, *Martini* und *Sekt* trank und sich anschließend über das kostenlose Karussell freute, das ihr der Alkohol bescherte!
Von meinem Ex-Freund bekam ich glühende und sehnsuchtsvolle Briefe und Karten bis zu zwei Mal in der Woche geschickt. Einleitend begannen sie mit folgender Frage:
„ Weißt du eigentlich was du mit einer Flasche Champagner gemeinsam hast"?
Ihr seid wertvoll…prickelnd…und verdreht einem immer wieder den Kopf!!!
Oder „dich zu kennen, heißt dich zu lieben"…
Klingt ja irgendwie toll, man fühlt sich umschmeichelt, konnte manchmal aber ein wenig nerven…
Je näher die Zeit rückte, die mich nach Hause bringen sollte, desto freudvoller wurde die Kommunikation auf allen Seiten. Es wurden die Tage gezählt und Pläne geschmiedet.
Das mussten wir ja auch, denn meine Zukunft sollte ja weitergehen. Ich entschied mich für eine Privatschule in Karlsruhe, damals noch „Merkur Schule", heute „Merkur Akademie" genannt, um mich zur Europasekretärin ausbilden zu lassen. Meine Eltern ebneten mir dafür den Weg, besorgten mir alle notwendigen Formulare, beantragten Bafög, so dass ich zum 24.September meine neue Aufgabe antreten konnte.
Meine Tante Elke, so nenne ich sie nur offiziell, in Familienkreisen heißt sie ein

klein wenig anders, führte, glaube ich zumindest, ein Tages- Maßband. Auf jeden Fall wusste sie immer, und teilte mir das auch regelmäßig mit, wie viele Tage ich schon hinter mir hatte und wie viele noch vor mir lagen. Das war auch jedes Mal Balsam für meine geschundene Seele, da sich bei jedem Brief die Anzahl der verbleibenden Tage drastisch reduzierte.

Schulkameraden berichteten mir über ihre Werdegänge. Einige meiner ehemaligen männlichen Mitstreiter waren ebenfalls für längere Zeit von zu Hause weg(zumindest unter der Woche), allerdings bestand deren Familie aus lauter grünen Männchen und schimpfte sich *Bundeswehr*.

Oder andere die mir über ihre diversen Ausbildungen berichteten und einige die noch die Schulbank drückten (teils weil sie noch Ehrenrunden drehten, teils weil sie berufsbegleitende Kollege besuchten).

Am Ende meiner Zeit und damit auch meines Schriftverkehrs wurden meine Lieben etwas verlangend. Anfragen, ihnen etwas mitzubringen standen an. Nur mit Saphircolliers von Tiffany`s oder „irgendwas mit Smaragden" wollte mir dann doch nicht in den Sinn – aber nur, weil es mir schlichtweg an Zeit mangelte, noch einmal auf die 5th Avenue zu hetzen!

Da waren mir die minimal bescheideneren Wünsche wie Aspirin, *butterfinger* oder *peanut butter* doch etwas sympathischer, da der Zeitaufwand ein Geringerer war!

Auch die zwei Tüten Maischips, die von meinem Vater gewünscht wurden, mit dem Hinweis, ich solle unbedingt die Freimenge an Waren beachten, die seinerzeit 115.- DM zollfrei betrugen! War ein sehr informativer und gut gemeinter Tipp eines Zollbeamten!!!

Und am Ende meiner hart umkämpften Zeit, bekam ich eine Karte vom meiner Mutter, die ich bis heute hüte wie meinen Augapfel:

Meine liebe Tochter

„Du hast eine schwierige Zeit
gut überstanden und bist jetzt weiser,
glücklicher, und vor allem klüger.
Ich bin auf die Art, mit der du
diese Situation bewältigt hast, sehr stolz
und auch auf die Art, mit der du die
richtige Lösung gefunden hast,
sowie auf die Kraft, die du aufbringen musstest,
um durchzuhalten.
Ich brauche mir von nun an keine Sorgen mehr
um dich zu machen..."

Ich glaube diese Karte ist selbstredend und ich muss den Lesern dieses Buches in keinster Weise erklären, wie meine Gefühlswelt nach dem Lesen dieser Post aussah...

Endspurt

Kaum zu glauben, ich näherte mich dem Ende meines Aufenthaltes. Wie man so schön sagt: Alles geht vorüber! Auch meine hart umkämpfte Zeit neigte sich dem Ende entgegen.
Es gab allerdings für mich noch einiges auf amerikanischen Boden, wie auch über dem Teich zu regeln.
Hier musste ich mich um den Rückflug kümmern, beziehungsweise meinen Wunschtermin durchgeben, damit Au Pair Care diesen für mich organisieren konnte. Ich entschied mich für den 15.09.1990, damit ich am 16.09.1990 wieder auf deutschem Terrain landen konnte.
 Hintergrund des ganzen war der Geburtstag meines Onkels, bei dessen Feier ich als Überraschungsgast aufkreuzen sollte. Lediglich meine Eltern wussten von meiner Ankunft am Stuttgarter Flughafen, klar, jemand musste mich ja auch abholen. Denn in einem Jahr sammelt sich viel Gepäck an, obwohl ich einen Teil schon vorher aufgegeben hatte.
Des Weiteren musste ich mein Konto auf der Norstar Bank auflösen, meinen Vertrag beim örtlichen Sportclub kündigen und vor allem, eine Abschiedstour für die hier gefundenen Freunde organisieren.
Zuerst bedachte ich die Nachbarschaft, da dies am schnellsten ging. Schüttelte jedem das Pfötchen, ließ gute Ratschläge über mich ergehen und bedankte mich für die letzten 12 Monate gute *neighborhood*.
Als nächstes führte ich Telefonate, verabschiedete mich bei den beiden Großelternpaaren und anderen Familienmitgliedern der Familie Ward, die für ein persönliches *goodbye* schlichtweg zu weit weg waren. Dann sagte ich Tschüß zu den paar verbleibenden Au Pairs, mit denen ich noch Kontakt hatte und gab ihnen gutgemeinte Tipps und viel Selbsterfahrenens und Selbsterlebtes mit auf den Weg!
Telefonierte noch mit meiner Verwandtschaft in Phoenix um ade zu sagen und war bei allem völlig unemotional. Wenn man vergleicht, wie der Abschied damals in Deutschland verlief und jetzt, würde jeder behaupten, ich wäre zu einer Killerbraut mit Pokerface mutiert!
 Aber es gab eine ganz simple Erklärung dafür: Ich hatte es geschafft, ein Jahr völlig selbständig in einem fremden Land zu bestehen, war einfach glücklich es gemeistert zu haben und freute mich wahnsinnig auf meine Lieben und meine Heimat.
Mit dem hier aufgebauten Freundeskreis, wir waren eine Clique von 6 Leuten organisierte Demos der Donut-König eine Cocktail Party. Aber nicht irgendeine,

sondern in ganz besonderem Ambiente.
Da ich ja so wahnsinnig begeistert von meinem Familien- Florida- Trip zurückkam und allen erzählte, dass ich wahrscheinlich nie wieder in meinem Leben eine Wohnwagen- Tour unternehmen würde, da ich nach dieser Exkursion etwas traumatisiert war, charterte Demos ein Wohnmobil mit dem wir auf einen wunderschönen Aussichtspunkt fuhren, wo wir einen traumhaften Blick über die Wälder New Yorks hatten. Er wollte mir damit demonstrieren, dass man in so einem Gefährt auch Spaß haben konnte und hatte das Mobil zu einer einmaligen, rollenden Cocktail-Bar umgebaut!
 Demos war unser **1a** Cocktail Mixer, kredenzte uns „*Sex on the beach*", „*Pina Coladas*", "*Turn the lights off*" und weitere mehr...
Obwohl mir recht schnell die Lichter ausgingen, denn Alkohol war ich ja gar nicht mehr gewohnt... und schon gar nicht in solchen Mengen und solchen Mischungen, ging unsere Party bis in die frühen Morgenstunden.
Bevor mir beziehungsweise uns endgültig die Sicherungen durchbrannten machten wir Schluss und ich ließ mich bis vor die Türe heimfahren. Machte ich eigentlich nie, lies mich sonst immer vor der Einfahrt absetzen.
Denn heute fühlte ich mich wie 70, sah wahrscheinlich auch so aus und hatte einen Kopf wie ein Softeis oder im Volksmund auch Matschbirne genannt. Der Alkohol, sowie die von meiner Seite aus fröhliche auf der anderen Seite jedoch etwas getrübte Stimmung, hatte sein Übliches getan und ich war froh endlich hinter mir die Türen schließen zu können und mich auf ein neues Kapitel zu konzentrieren.
 Jedoch musste ich erst mal in diesen frühen, grauen Morgenstunden durch die Türe des Ward-Hauses kommen! Dies war gar nicht so einfach, denn ich fand das verdammte Schlüsselloch nicht. Entweder war der Schlüssel zu klein oder das Schloss wurde ausgetauscht oder die verdammten Schlösser verdoppelten sich...
Ich probierte solange damit rum, bis auf einmal die Türe von innen aufgerissen wurde, und mir der Hausherr persönlich Eintritt gewährte. Schnellstmöglich verschwand ich in mein Zimmer, nicht ohne vorher noch irgendwelche unqualifizierten und unzusammenhängende Wörter oder Sätze gebrabbelt zu haben. Ich glaubte, ziemlich verdutzte Blicke in meinem Rücken zu spüren...
Über den nächsten Morgen möchte ich gar nicht sprechen, denn erstens verschlief ich granatenmäßig, weil ich diesen unzuverlässigen Wecker nicht hörte und zweitens schob ich eine Birne als ob tausende Hammer und Bohrer mein Hirn malträtierten.
Das schlimme war ja, das ich eine Pflicht zwei Kindern gegenüber hatte, wovon eins in die Schule und eins in den Kindergarten musste. Aber mein Gastvater, sonst eher faul, träge und wenig hilfsbereit ahnte in der Nacht schon, das das mit mir am nächsten Morgen nichts werden würde und stand bei Zeit auf um seine Kinder pünktlich aus dem Haus zu kriegen. Das rechnete ich ihm wirklich hoch an, denn ausgerechnet in meinen letzten Tagen musste mir noch so ein Fauxpas passieren!

Als ich etwas blass ums Näschen meinem Hausherrn gegenübertrat und mir meine verdiente Standpauke abholen wollte, lächelte er mich spitzbübisch an und erkundigte sich nach meinem Befinden.

Stammelnd, nach Ausreden suchend und völlig an den Haaren herbeigezogen waren meine Erklärungsversuche. Warum eigentlich? Ich hatte, außer mir selber, niemanden absichtlich geschadet, war davor (fast) immer korrekt gewesen, da konnte man mir ja wohl diesen Fehltritt verzeihen. Also erzählte ich ihm voller Freude von unserem feuchtfröhlichen Abschiedsabend und den originell kredenzten Cocktails.

Vollstes Verständnis kam mir entgegen, ich glaube seine Frau hätte mich anders empfangen. Jedenfalls wurden keine großen Worte mehr darüber verloren und Mary sprach mich nie darauf an.

Daraus folgerte ich, dass Bob unser kleines Geheimnis wahrte oder Angst davor hatte, dass mich seine Frau noch kurzfristig mit Schimpf und Schande aus dem Haus jagen würde...

Mein Fazit

Nachdem viele, sei's Familienmitglieder wie auch Freunde, Bedenken oder auch Ängste! hatten, das ich nicht mehr wieder in die schöne Heimat zurückkehren werde, habe ich mich noch einmal ausgiebig mit dem Thema befasst, was für Gründe es geben möge, mich hier zu halten.

Unter anderem wäre ein Grund gewesen, dass ich hier als Ausländerin überhaupt nicht aufgefallen bin, weil ungefähr 50% der Bevölkerung aus Nicht-Einheimischen besteht. Sich geben wie man ist, reden wie einem der Schnabel gewachsen ist, so habe ich es getan und bin ganz gut damit gefahren. Hier wird niemand schräg angeguckt, weil er anders spricht oder aussieht. Im Gegenteil, manchmal erweckt sich der Eindruck, dass man von den Hiesigen bewundert wird, weil man etwas beherrscht, was der Amerikaner nicht kann ... Also keine falsche Scheu, ab durch die Mitte und kämpfe ums Überleben, ob du es schaffst, interessiert sowieso keinen...

Des Weiteren muss man den Amis ihre Kontaktfähigkeit anerkennen, denn du kommst mit Wildfremden in Kontakt, ob du es willst oder nicht.
„Oh, hast du hübsche Ohrringe an", so kann man auf New Yorks Strassen angesprochen werden. Es fühlt sich einfach gut an, Aufmerksamkeit zu bekommen, auch wenn es fremde Menschen sind (oder gerade deshalb?). Hier können sich andere Nationen fette Stücke von der Unklompliziertheit abschneiden...

Du lernst hier sehr schnell Meister im *small-talk* zu werden, denn jeder quatscht mit dir, sei es die Kassiererin im Supermarkt oder auch einfach nur Leute im Fahrstuhl, die mit dir über Gott und die Welt labern möchten. Ja, es ist oberflächlich, nervt vielleicht auch den ein oder anderen, fördert aber das Mitmenschliche, das uns in der heutigen Zeit immer mehr abhanden geht...

Ist man etwas unkoordiniert und hat noch etwas für die bevorstehende Party oder das anstehende Event vergessen – no problem:
Der Supermarkt hat ja die ganze Nacht geöffnet! Da kann ich auch noch um 24 Uhr nachts meine Zitronen für den Cocktail kaufen gehen und dabei 20 Meilen zurücklegen! *Who cares...*

Was auch für viele ein positiver Aspekt wäre, vor allem die, die ihre Einkäufe schnell und unbürokratisch erledigen möchten, ist das stressfreie Einkaufen im Supermarkt. Du zahlst mit deinem Plastikgeld, sprich mit der Kreditkarte und ersparst dir das lästige Herumhantieren mit dem Wechselgeld. Und als kleines Sahnehäubchen obendrauf kriegst du noch deine Ware in braune Papiertüten verpackt...

Und um noch einmal auf mein Lieblingsthema das Essen einzugehen, es gibt hier mit Abstand die besten Steaks der Welt! Keine andere Nation, zumindest für mich, kriegt ein Rindersteak auf dem Barbecue so gut hin wie der Ami. Genuss pur und vor allem muss man hier keine Angst vor BSE haben...
Kleiner Tipp am Rande, sollte man keine leidenschaftliche Köchin oder Koch sein, *no problem*: Hier kann man ganz schnell zum leidenschaftlichen Anhänger der vielzähligen Fastfood Ketten werden, es gibt alles schnell „*to go*" und für jeden Geschmack ist etwas dabei! Sei´s amerikanisch, italienisch, mexikanisch oder chinesisch, hier ist für jede Geschmacksrichtung gesorgt...
Was für den ein oder anderen auch angenehm zu wissen ist, dass, wenn man seinen Berufswerdegang hier mehrmals wechselt, sprich einige Jobs antritt oder sich darin versucht, man hier als besonders flexibel und innovativ gilt. Man ist seinen Aufgaben gewachsen und gilt nicht als Versager wie bei uns in Deutschland. Viele Jobs haben bei uns nichts mehr mit Flexibilität zu tun, sondern eher mit Desinteresse am Job, fehlendem Durchhaltevermögen und desto Folge mangelnder Fachkompetenz!

Deshalb ist hier auch der ungebrochene Optimismus die Sachen anzugehen, sowie das offene und freundliche Wesen, jeden und jedes Thema anzusprechen und anzupacken bewundernswert!

Was natürlich auch sehr reizvoll ist, jetzt den Staat New York außer Acht gelassen ist, das es Staaten gibt in denen man im Dezember mit kurzen Hosen rumspringen kann...
Wie cool ist das denn?????!!!!!

Natürlich müssen auch die negativen Aspekte des Landes beleuchtet werden, damit ihr alle wisst, warum es mich wieder zu euch nach Germany gezogen hat!

Zum einen ist es einfach unglaublich wie naiv die Amerikaner sein können, allein die Tatsache einen Schauspieler oder Cowboy zum Präsidenten ihres Landes zu machen finde ich echt krass. Damit bin ich wieder in meiner Meinung gestärkt, dass die Amis null Politikverständnis haben und sich auch gar keine Mühe geben, ein solches zu erlangen. Politik ist ein notwendiges Übel, es existiert und muss ausgeübt werden, also wählen wir halt. Wenn sich ein Ronald Reagan zur Kandidatur aufstellt, umso besser, den kennt man ja, war seinerzeit ein ganz guter Schauspieler, dann wird er das bisschen Politik auch hinkriegen...

Zum anderen wurden mir dermaßen blöde Fragen über Deutschland gestellt, wie z.B. *Gibt es bei euch auch Mc Donalds?* oder *Gibt es bei euch auch Mercedes Autos?* HILFE!!!
Am liebsten hätte ich geantwortet, McDonalds?- noch nie gehört, wir ernähren uns fast ausschließlich von Haferbrei! Mercedes? ist ja **nur** ein deutsches

Unternehmen, aber wir haben keine Autos, wir fahren immer noch mit Kutschen herum! Sorry, aber über soviel Unwissenheit kann ich mich echt echauffieren. Solche Fragen wurden mir übrigens einige Male von den unterschiedlichsten Leuten gestellt...
Das meine ich mit der Oberflächlichkeit der Amerikaner, es wird immer nur an der Oberfläche gekratzt, aber nie ausgehöhlt. Wie die Begrüßungsfloskel *How are you*? – dabei interessiert es ja doch keinen wie es dir tatsächlich geht. Du kannst triefend, tropfend, fieberrot und frostschüttelnd vor jemandem stehen – who cares...(im Klartext: keinen interessierts!)

Dafür ist es umso interessanter für den US-Bürger, ein riesiges Angeberauto zu fahren, das ungefähr 20 Liter Benzin und mehr schluckt und zwei Parkplätze braucht.
Jeder Dritte fährt ein solches Gerät! Umweltaspekt? Hä?
Damit wären wir schon beim nächsten Punkt, nämlich der amerikanische Umwelt- und Verpackungswahn – Umweltbeutel, mitgebrachte Einkaufstaschen oder Körbe, wie bitte? Da könnte man sich ja daran totschleppen! Über das Thema Umwelt macht man sich hier sowieso kaum Gedanken...

Auf den Autobahnen – Highways - ist es auch irgendwie langweilig, denn du darfst nicht schneller als durchschnittlich 100km/h fahren. Damit kommst du nie in den Genuss die vollen PS deines Gefährtes kennenzulernen...

Einkaufen in Shopping malls ist auch immer dasselbe. Immer die gleichen Anbieter auf mehreren Ebenen, ein Dach über dem Kopf, musikalische Berieselung und irgendwo ein plätscherndes Wasserspiel.
Gemütliche Fußgängerzonen gehören in den meisten Städten nicht mehr zum Stadtbild, flanieren an der frischen Luft? – wie gesund ist das denn...?
Somit gibt es auch keine gemütlichen Cafes oder Eisdielen mehr, der Ami bevorzugt es, seinen Kaffee *to go* aus Pappbechern unterwegs zu trinken. Spart Zeit...
Durch das viele Fast Food verlieren die Bürger dieses Landes auch immer mehr die Kontrolle über ihren Körper, die Ästhetik bleibt auf der Strecke. Es geht unheimlich schnell hinauf auf den Kalorienberg, nur der Abstieg ist verdammt schwierig (und wie Berge sehen die Landsleute hier auch aus...)

Paradoxerweise betreibt das weibliche Geschlecht eine andere Art von akribischem Körperkult. Sie können noch so übergewichtig sein, aber die Bein- und Achselhaarentfernung wird pedantisch ausgeführt. Wer da nicht mitmacht, hat verloren, gilt als unfein! Dabei wäre es meiner Ansicht nach sinnvoller, sich mit wichtigeren Themen zu befassen. OK, meine Meinung...

Auf nichts hier ist Verlass, selbst Verabredungen mit Freunden müssen vorher nochmals bestätigt werden. Wenn nicht, wird man gnadenlos versetzt und deine

Bekanntschaft hat überhaupt kein schlechtes Gewissen!
Da rühme ich mir unsere deutschen Tugenden, klingt jetzt zwar wahnsinnig pathetisch, aber so bin ich erzogen worden, so habe ich es kennen- und schätzen gelernt, das habe ich vermisst und das will ich wieder haben.
Somit wird mich Deutschland wieder in seinen heimatlichen Schoß aufnehmen dürfen und ich werde artig meine Steuern zahlen, die Wirtschaft ankurbeln, durch meine Arbeitskraft und meinen Konsum.

Ich hoffe, ich komme nicht allzu spießig rüber, das war nicht meine Absicht. Ich glaube, um solche Vergleiche anzustellen zu können, muss man wirklich im Land selber seine Erfahrungen machen. Vielleicht gibt es Menschen, die diese Lebensart als cool und locker betrachten und sich damit anfreunden können, ich für meinen Teil lebe lieber in einem etwas anders strukturierten Land.

Fakt ist, das Land in dem ich in Zukunft leben will und werde wird Deutschland sein. Alle, die mich tatsächlich vermisst haben, können sich jetzt freuen, mich bald wiederzusehen, die anderen, die hofften, ich würde auf irgendeiner amerikanischen Farm Rinder züchten und bleiben wo der Pfeffer wächst oder besser gesagt der Mais wächst, muss ich leider enttäuschen. Obwohl mir eigentlich keiner denkt, der mich nicht wiedersehen möchte…
Aber als Reiseland werde ich hier immer wieder zurückkehren, denn es ist auf vielfältige Weise ein landschaftlich ungeheuer schönes und faszinierendes Land.

Hi Germany   here I'm again
Bye America, but we will see us again…
(Thank you for the good times and the bad times)

The End

Herstellung und Verlag:
BoD - Books on Demand, Norderstedt
ISBN 978-3-7392-1975-2